너와 막걸리를 마신다면

너와 막걸리를 마신다면

초판 1쇄 발행일 2021년 8월 12일 │ **초판 3쇄 발행일** 2022년 4월 5일

지은이 설재인 │ **펴낸이** 김석원

펴낸곳 도서출판 밝은세상 │ **출판등록** 1990. 10. 5 (제 10 – 427호)

주 소 (10881) 경기도 파주시 문발로 119, 202호

전 화 031–955–8101 │ **팩 스** 031–955–8110 │ **메일** wsesang@hanmail.net

블로그 blog.naver.com/balgunsesang8101 │ **인스타그램** www.instagram.com/wsesang

ISBN 978-89-8437-429-4 │ **값** 15,000원

잘못된 책은 구입한 곳에서 교환해 드립니다.

너와 막걸리를 마신다면

설재인 장편소설

밝은세상

"엄마, 그거 알아? 나는 남자로 태어나지 않은 걸 너무 다행이라고 생각해."

"무슨 뚱딴지같은 소리야, 넌 또?"

본가 아파트의 뒷산에 '뒷산'이 아닌 이름이 붙어있단 걸 나는 서른셋이 되어서야 처음 알았다. '낙가산'. 그 산줄기를 한 시간 정도 타고 가다 보면 어느새 산 이름이 '것대산'이라고 슬그머니 바뀌었다. 엄마와 나는 낙가산과 것대산의 중간 즈음에서, 한참 동안의 오르막을 드디어 끝내고 내리막에 접어들며 호흡을 가다듬는 참이었다.

오늘의 코스는, 낙가산에서 출발해 것대산을 지나 산성마을에 도착한 후 엄마와 막걸리를 한 잔씩 시원하게 마시는 것이었다.

"솔직히 엄마도 알잖아. 나 분노 조절 안 되는 거."

"알지."

"뭘 알아, 알긴. 엄만 반의반도 몰라."

"왜 이랬다저랬다 해. 방금은 알 거라며."

"엄마는 내가 연애하는 거 옆에서 본 적 없잖아. 엄마 그 거 알아? 나 지금까지 연애할 때마다 남친들을 완전 음식물 쓰레기통처럼 썼어. 먹기 싫은 거, 상한 거, 그런 거 다 갖 다 부었어. 술만 마시면 꼬장에 폭언에…. 지금까지 한 대도 안 맞은 게 신기하다니까. 내가 일하면서 맞는 여자들을 얼 마나 많이 봐왔겠어. 그럴 때마다 가슴을 쓸어내린다고."

"뭔 소리야. 네가 남자한테 왜 맞아!"

"안 맞았다니까, 좀 집중해서 들어. 엄마가 나한테 왜 맨 날 말라빠졌는데 키까지 더 작은 남자 만나냐고 속상해 했 잖아. 왜 학벌도 안 좋고 벌이도 시원찮고 말주변도 없이 수줍기만 한 애들 만나냐고 했잖아. 왜 그 잘하던 탁구나 계속 치지, 남 목 조르고 잡아채는 운동만 하냐고 13년째 혼내고 있잖아. 근데 엄마, 솔직히 말해줄까? 내가 왜 그랬 는지?"

"너 갑자기 왜 이러니, 술도 안 마셨으면서."

몸을 움직이고 호흡이 거칠어지면 아드레날린이 나와서 인지 이상하게 평소 할 수 없던 말들을 마구 뱉게 된다.

"내가 술 먹고 아무리 쓰레기처럼 굴어도, 날 때릴 수 없을 만한 애들을 골라 사귄 거야. 내가 그 정도로 쓰레기 같았던 걸 나는 알고 있거든. 엄마, 그게 바로 내가 남자로 태어나지 않아 다행이라는 이유야. 내가 남자로 태어났잖아? 학교 다닐 때 애들 괴롭히고, 연애하면서 여자 괴롭히고, 자식 낳으면 맨날 소리나 지르고, 그랬을 거야. 때렸을지도 몰라. 진짜로."

"무슨 소리야, 너 인성 그렇게 나쁜 애 아니고, 엄마가 그렇게 안 키우려고 기를 썼을 거야."

그다음에 이어 하고 싶던 대답은 속으로만 뱉었다. 유치원 다닐 때부터 인서울 해서 해방될 때까지 집에서 보고 배운 게 그것뿐인데, 엄마가 아무리 발버둥 친다 해도 별수 있었을 것 같아? 십여 년을 그런 집구석에서 커야 했던 아이가 짠, 하고 성인군자가 될 수 있을 것 같아?

"어쨌든 그래서 나는 남자로 태어나지 않아 천만다행이라고. 선천적으로 힘이 달리니까 나쁜 짓을 못하잖아. 저절로 착해졌어. 이러고 싶지 않은데."

"…너 남자들 이겨먹으려고 유도 배웠지."

"에에이, 못 그래. 사람들이 막, 여자가 격투기 하면 남자 이기겠네, 하고 기대하거든? 근데 너무 슬프지만 선천적인 하드웨어 차이가 있어. 엄마. 남녀는 타고난 근력이나 뼈대 자체가 아예 달라. 그러니까 싸움박질은 안 할 거야. 걱정하지 말고, 뭐 그냥 아, 이래서 얘가 연애를 더 이상 안 하는구나, 결혼할 마음도 없구나, 정도로 생각해주면 좋겠다 이거야. 쓰레기 되고 싶지 않으니까. 남 불행하게 하고 남의 삶 망치고, 그러고 싶지 않으니까."

"쓸데없는 소리 하지 말고 귤이나 먹자."

뭘 이렇게 무겁게 챙겨왔어? 나는 핀잔을 주며 앉은 자리에서 귤을 다섯 개나 까먹었다. 엄마는 겨우 하나를 먹더니, 부르튼 입술에 귤즙이 들어가 따갑다며 립밤을 빌려 달라고 했다. 갚을 거야? 나는 괜히 투덜댔다.

한 시쯤 산성마을에 도착해 사람들이 줄을 서서 먹는 아주 유명한 막걸리 집의, 옆의 옆에 있는 집에 들어갔다. 아직 한겨울인데 날이 갑자기 풀려서인지 사람들이 죄다 산성으로 우르르 나들이를 온 것 같았다. 평소엔 한산했다던 이 가게까지도 손님으로 붐볐다. 팔에 문신이 가득하지만 아무리 봐도 얼굴은 스물둘 정도로밖에 안 보이는 남자 아르바이트생들은 땀을 뻘뻘 흘리며 연신 주방에 "이모! 찌개 아직 멀었어요?"를 외쳤다. 물만 마시며 한참을 기다리다가 뭐 이렇게 느린 식당이 있냐며 성을 내고 나가버리는 손님들도 많았다. 아르바이트생들은 죄송하다며 꾸벅 고개를 숙였지만 너무 바빠서, 그 와중에도 걸음을 멈추지는 못했다.

"우리도 나갈래?"

"됐어 엄마, 우리가 뭐 급한 일이 있다고."

"이게 잘되는 집이랑 차이야. 옆 가게, 거기 가면 딱 들어가자마자 물 세팅 파바박 되고, 반찬은 다 셀프라 알바들 바쁠 일 없고, 비지도 셀프로 퍼다 먹을 수 있고 그러는데."

"오늘 아빠가 안 온다고 한 게 다행이네. 아빠 있었으면 지금쯤 벌써 알바들한테 호통치고 난리 났지."

"그러게."

엄마와 나는 밑반찬만을 가지고 막걸리 반 되를 비웠다. 엄마는 운동 후 빈속에 술을 마시니 머리가 핑 돈다며, 손님들이 조금 빠진 방바닥에 아예 드러눕다시피 했다. 옛날엔 고량주도 꿀떡꿀떡 마셨는데 나이 들어서 이젠 겨우 이거 가지고 취한다 얘, 라고 한탄도 했다. 너, 엄마 나이가 올해 몇인지 아니? 육십이다 육십. 어후 끔찍해. 어휴 무서워. 그러더니 물었다. 얘 네가 올해 몇 살이지?

"그러게 엄마, 나도 올해 벌써 서른셋이다."

"벌써 그렇게 됐니. 너도 이제 나이 생각하고 건강 챙길 때 됐네."

"뭐야. 아직 그 정도는 아니야."

"정신 좀 차리고, 제대로 좀 똑 부러지게 살고. 직장도 좀 옮겼으면 좋겠다. 네 직업 생각하면 생각할수록 위험해."

"내가 무섭다고 못하면, 그럼 누가 해?"

"지금이라도 뭘 좀 새로 시작해봐. 위험하지 않은 걸로, 엄마 걱정 안 되는 걸로, 있지."

위험? 서른셋이었던 엄마는 매일 아침 죽은 쥐가 문 앞에 놓여있던 셋집에서 여섯 살의 나를 키웠고, 아빠가 던진 그릇에 맞아 머리가 깨진 적이 있었고, 그 머리를 붕대로 칭칭 감은 채 작은 도시에 새로 지어지는 작은 아파트를 사기 위해, 아빠와 머리를 맞대고 예산을 계산했었다.

"그때 사귀었던 걔는 혹시 연락 안 오니? 걔 결혼 했니?"

"장난해? 엄마 진짜 웃긴다. 내가 4년 전에 헤어진 남친 근황을 어떻게 알아."

"맞네. 내가 바보 같은 질문을 했다. 근데 취한 김에 좀 말하자."

"뭘 또."

"요새 여자들 혼자 사는 것도 멋있고 좋더라, 〈나 혼자 산다〉 보니까. 하고 싶은 대로 하고 먹고 싶은 대로 먹고. 속 썩을 일도 없고, 그래서인지 결혼 안 한 애들은 늙지도 않는 것 같아… 그런데."

"그런데 뭐."

"다른 집 딸이 그렇게 사는 건 멋있어. 근데 내 딸은 결혼 했으면 좋겠어."

"아, 그만해."

"아니 엄마가 취한 김에 말하는 거야, 그냥 흘려듣든지. 지금에야 괜찮지, 너 계속 혼자 지내봐라? 마흔 되면 외로워. 쉰 되면 불행해."

"양심적으로 엄마, 행복한 결혼 생활을 보여줬어야 내가 뭐 하겠다 말겠다 고려라도 하지. 보고 배운 게 있는데. 내 부족함이라고 생각하지 마. 아빠 엄마 잘못이야."

"어 맞아, 다아아 내 잘못 맞는데. 그래도 서로 맞춰가면 서 사는 게 또 재미고 인생이다."

"엄마 벌써 치매야? 기억을 다 잃었어? 그게 재미였다는 말을 어떻게 해?"

음식 나왔습니다, 라는 말에 대화가 끊어졌다. 청국장과 밥 두 공기가 나왔다. 주문한 지 30분 만이었다.

텅 비었던 속에 출렁출렁 소리가 나도록 막걸리를 마시고 그 위로 찰진 흑미밥 한 공기를 쏟아부으니 금세 방광이 꽉 찼다. 엄마, 나 화장실 좀. 몰래 계산하지 마. 내가 할 거 니까. 그렇게 을러대고는 엉덩이를 실룩이며 뛰다시피 걸었 다. 식당 공용 슬리퍼를 꿰어 신고는, 쭈뼛쭈뼛 부엌을 지나 식당을 나선 후 오른쪽 방향으로 코너를 돌면 보이는 건물의 공동 여자 화장실에서 일을 해결했다.

그리고 다시 돌아왔을 때 엄마의 앞에는 모르는 남자가 앉아서, 시치미를 뚝 떼고, 내가 쓰던 숟가락으로 내가 먹던 흑미밥에 청국장을 썩썩 비벼 처먹는 중이었다.

01

나는 남자에게 저기요, 여기 제 자리인데 지금 뭐 하세요, 라고 말을 걸지 않았다. 엄마에게 엄마, 이 사람 누구야? 라고도 묻지 않았다. 드라마 속의 눈치 없는 여주인공이었다면 빠른 전개를 위해 당장에 진상을 따지려 들었겠지만 그거야 드라마니까 가능한 일이고…. 남자의 집요한 숟가락질과 엄마의 태연한 표정을 한 번씩 훑고 나서, 나는 내게 가능한 유일한 일을 할 수밖에 없었다.

옆 테이블에 앉기. 이제 좀 한가해진 탓인지, 아까와는 다르게 아르바이트생이 자리로 주문을 받으러 다가왔다.

"혼자 오셨어요?"

"네."

"죄송한데, 저희 2인분부터밖에 주문 안 되는데."

"아, 식사 말고 안주 메뉴 시켜도 혼자는 안 돼요? 식사 두 개보다 비싸잖아요."

"잠시만요…." 알바가 주방에 가서 쩌렁쩌렁 외쳤다. 이모! 여자 손님 혼자 왔는데 안주 하나 시키신대요. 받아요, 말아요?

남자가 옆에서 끄윽 소리를 내며 트림을 했다. 뭐 더 먹을래니? 막걸리 반 되만 더 시켜 줄까? 엄마가 남자에게 물었다. 남자는 시력이 그다지 좋지 않은 듯, 눈을 찌푸리며 메뉴판을 한참 바라보더니 말했다.

"아빠는. 오고 있대?"

저게 무슨 소리야. 아빠?

"다 왔는데, 요 앞에 주차장이 꽉 차서 밑에다 대고 올라오고 있대."

"아니, 그렇게 바쁘다는 양반이 왜 굳이, 굳이 여길 온다고."

"아들이랑 대화하고 싶어서 그렇지. 집에서는 잠만 자고 밖으로만 나도는데 아빠가 마음이 좋겠니. 어쨌든 아빠도 마실 테니까 막걸리 한 되 더 시키지 뭐. 그리고 청국장 하나 추가하고. 아니면 안주 메뉴를 더 시키든지. 두부 시킬까, 아들? 두부?"

"그 사람들이랑 먹고 오지, 씨발…. 나 아빠랑 밥 먹으면 체하는 거 알면서 그래?"

"쓰읍, 아들. 말. 욕 그만."

누군가 내 어깨를 툭툭 쳤다. 아르바이트생이었다. 손님, 안주 된다는데 뭐 주문하실 거예요?

"더… 더덕구이요."

"술은요?"

그 와중에도, 이미 막걸리를 한참 마신 터라 배가 부르다는 생각을 했다.

"소주로 주세요… 그… 시원한 청풍, 으로."

엄마가 대각선 방향으로 시선을 돌려 나를 힐끔거렸다. 그러더니 손바닥을 들어 입을 가리곤 맞은편의 남자에게 비밀을 말하듯 속삭였다. 하지만… 엄마는 5년 전 즈음부터 목소리가 점점 커지고 있었다. 나이가 드니 귀가 잘 들리지 않는다고, 엄마를 창피해하지 말아달라고 변명처럼 이야기하던 기억이 났다.

"요샌 여자 혼자 와서도 소주를 먹는다, 아들. 그치."

남자는 대답하지 않았다.

"저런 아가씨들 보면 엄마는 있지, 세상이 많이 변했구나, 해. 그 옛날엔 저런 거 상상이나 했겠니. 하여간 요새 아가씨들은 자유로워 보여. 부럽기도 하고."

"엄마. 제발 헛소리 좀 하지 말고."

"응?"

"혼자 술집 가서 소주 시켜 마시는 여자를 며느리라고 데려오면 엄마가 퍽이나 예뻐하겠어?"

"너 설마, 연재인가 걔가 그런 애니."

"무슨 소리야, 절대 아니지."

"그래, 절대 안 된다. 다행이네. 근데 아들, 걔 사진 보니까 생각보다 좀 나이 들어 보이더라."

"그 사진이 좀 이상하게 나왔어."

"식 올리면 또 엄가네 뒷담화 엄청 듣게 생겼어, 신부 얼굴 가지고 삭았다, 나이 속인 거 아니냐, 뭐 그렇게 이러쿵저러쿵. 저번에 주헌이 결혼할 때 고모들이 뷔페 먹으면서 얼마나 뭐라고 했는지 알아? 신부가 어떻게 저렇게 살쪘냐고. 정말 지긋지긋하더라."

"근데 주헌이 와이프가 좀 돼지상이긴 하잖아. 어떻게 그 몸뚱이로 뻔뻔히 결혼식을 했는지 이해가 안 돼. 다이어트 안 했나?"

"주헌이 와이프가 뭐야, 제수씨지, 제수씨. 어머 얘! 아빠 왔다."

남자의 입에서 아주 작게 다시금 흘러나오는 욕설을 나는 놓치지 않았다. 더덕구이 나왔습니다, 하고 아르바이트생이 쟁반을 가져와서는 접시들을 테이블에 들이밀었다. 그 바쁜 움직임 사이로, 나는 신발을 벗고 들어와 방금 옆 테이블에 앉은 남자를 몰래 응시했다.

다부진 체구, 까무잡잡한 피부, M자형 탈모 그리고 숯검정 눈썹. 아무리 봐도 분명, 나와 엄마가 등산화를 신고 출발할 때 집에서 늘어지게 자고 있던 아버지, 엄용민 씨였다.

너무 빤히 쳐다보는 것 같아 얼른 더덕구이 접시 쪽으로 시선을 내렸다. 소주병을 빙글빙글 흔들고 팔꿈치로 병의 바닥을 툭툭 친 후 열었다.

대체 무슨 일이 일어나는 걸까. 왜 엄마도 아빠도 나를 모르는 척하지. 저 남자는 누구지. 분명 엄마는 남자를 아들이라고 불렀다. 혹시 삼십 년 간 아들 없는 걸 한탄하던 엄용민 배중숙 부부가 결국 어디서 아들 하나를 입양해온 걸까, 나 몰래? 그러고는 출세도 그렇고, 알아주는 말술에다가, 남자한테 애교 한 번을 못 부려서 남들 다 한다는 결혼마저도 못하는 딸은, 호적에서 파버리기로 한 걸까?

그러나 이상했다. 사촌 동생 엄주헌의 결혼 얘기라니. 걔 꾸역꾸역 대학원 수료하고 느지막이 군대 간 지 이제 겨우 석 달째인데 결혼은 무슨 결혼이야. 말도 안 되는 일이었다. 나는 소주잔을 비우고 더덕구이를 입에 넣어 질겅질겅 씹었다. 그 와중에 양념 맛있네, 술을 부르는 양념이네, 라는 생각이 들었다. 정말이지 제 버릇은 남 못 주고….

엄용민 씨가 도착하면서 옆 테이블은 갑작스레 조용해졌

다. 남자는 핸드폰을 연신 들여다보았고 엄용민 씨는 새 청
국장이 나오기만을 기다리며 막걸리를 꿀떡꿀떡 마셨다. 엄
마는 파리처럼 손을 비비적대며 두 남자의 꼴을 지켜보는
중이었다. 보는 내가 다 숨 막히네. 속으로 투덜거리며 소
주 한 잔에 더덕구이 한 점을 또 삼키는데, 갑자기 질문이
날아왔다.

"아가씨. 더덕구이 맛있어요?"

사레가 터져 나왔다. 짓이긴 더덕이 제대로 기도 쪽으로
들어가 버렸다. 고추장 양념이라 더 괴로웠다. 코에서 콧물
이 줄줄 나오는 것 같아 기침을 하면서도 물수건으로 코를
막았다.

방금 전까지 나와 등산을 하던 엄마가, 전혀 모르는 사람
에게 하는 것처럼 아가씨란 호칭을 사용해 말을 걸다니.

"어머, 이를 어쩌나. 내가 너무 갑자기 말을 걸었나 보
네. 미안해라."

"아 씨, 엄마!" 아들이란 남자가 버럭 소리를 질렀다. "왜
모르는 사람한테 친한 척을 해, 쪽팔리게."

"아니 젊은 아가씨 혼자 와서 더덕구이 한 상 시켜 먹을
정도면 저게 또 숨겨진 맛집 메뉴인가 해서 궁금했지…. 아
가씨 물 마셔요, 물."

저 새끼, 우리 엄마한테 하는 말버릇 봐라. 화가 났다.

나는 물을 한 컵 크게 들이켠 후, 아저씨들처럼 캬아 소리를 내면서 일부러 천연덕스러운 척 뻔뻔스럽게 외쳤다.

 "엄청 맛있어요. 단짠단짠. 술이 콸콸 들어가요."

 "거봐, 맛있다잖아. 아가씨 고마워요. 물 더 마시고. 여보. 우리 다음엔 더덕구이 한번 시켜 먹어 봅시다. 응? 맨날 청국장이랑 두부만 먹지 말고."

 엄용민 씨가 막걸리 잔을 테이블에 내려놓고 쇠젓가락을 들어 테이블을 내리쳤다. 탁! 생각보다 소리가 커서 저쪽 테이블에서까지 무슨 일이 일어났나, 하고 고개를 빼 쳐다볼 정도였다.

 "워닝."

 갑자기 심장이 쿵쾅거렸다. 숨이 쉬어지지 않았다.

 엄마는 평생 동안 영어를 하나도 못했다. 하이, 헬로, 굿바이 정도만을 알고 살았다.

 그러나 정확히 아는 단어가 세 개 있었다.

 비웨어(beware), 커션(caution) 그리고 워닝(warning).

 아빠는 엄마가 마음에 들지 않는 행동을 하면, 비웨어, 라고 말했다.

그리고 나서도 또 수틀리면, 커션을 뱉었고.

워닝은 마지막 단계였다.

지금이라도 당장 죽어버릴 것 같은 공포감에 휩싸였다. 혀가 주욱 길어져 기도에 들러붙은 기분이었다. 안 돼. 나는 손을 가슴에 얹고 도리질을 했다. 안 돼, 안 돼.

*

얼마나 정신을 놓고 있었는지 모르겠다. 저기 손님. 손님? 아르바이트생이 내 어깨에 손을 올리고서야 화들짝 놀라서, 그 손을 쳐냈다. 네?

"저희, 브레이크 타임인데요. 술 많이 드셨어요? 집에는 가실 수 있겠어요?"

네, 네. 나는 옆에 아무렇게나 뒹굴고 있던 외투를 챙겼다. 일어나 걸으려는데 양쪽 다리가 사정없이 저리고 바닥에 짓눌려있던 복숭아뼈가 아파서 우두커니 몇 분을 서 있어야 했다. 알바는 카운터에 앉아 핸드폰 게임을 하며 내가 나가기만을 기다리는 중이었다.

옆 테이블은 이미 비어있었다. 간 건가. 자리를 뜨는 걸 본 기억이 없는데. 술도 별로 안 마셨는데 필름이 끊겼을 때처럼 정신이 어지러웠다. 그런데, 테이블 밑에서 뭔가가 빼꼼 보였다.

　남성용 구찌 반지갑이었다.

　나도 모르게 지갑을 열고는 주민등록증을 꺼냈다.

　엄주영. 890928-1XXXXXX.

　옆에 붙은 사진은 아까 엄마가 아들이라고 부르던 바로 그 남자의 얼굴이었다.

　그리고 엄주영은 33년간 써온 내 이름이었다.

02

아무리 식당 바닥을 청소하듯 쓸며 돌아다녀도 내 가방은 보이지 않았다. 패딩 주머니에 넣어둔 카드 지갑과 핸드폰, 그리고 립밤만이 소지품의 전부였다. 카드를 냈더니 아르바이트생이 고개를 갸웃거렸다. 아예 인식이 안 되는데요. 다른 카드 또 없으세요? 세 개나 되는 카드가 모두 그랬다. 알바생의 표정이 험악해져서, 나는 결국 벌벌 떨리는 손으로 남자의 지갑에서 현금을 꺼내 계산했다. 식당을 헐레벌떡 나오고서는 나머지 현금도 모두 꺼낸 후 바지 주머니에 넣었다.

본가가 있는 동네로 돌아가기 위해 1시간에 한 대씩 있는 버스를 기다렸다. 4시가 거의 다 된 시각이었고, 그다지 춥지 않은 겨울날이었지만 버스 정류장에 드리워지는 그림자는 한없이 길었다. 가족 단위의 나들이객들이 꺄르륵 웃으며 나를 지나쳐서 주차장을 향해 내려갔다. 핸드폰을 들었지만 통화권 이탈로 표시되었다. 남자의 현금으로 버스비를 내고, 가장 뒤쪽의 좌석에 앉아 눈을 감았다. 피곤했다. 술까지 마신 터라 졸음이 몰려왔지만 일단 도청 앞에서 내려 버스를 갈아타야 했다. 자칫 잘못 잠이 들었다간 듣도 보도 못한 외곽 시골 동네로 빠질 수도 있었다. 그건 서울에서 만취해 지하철 종점까지 가는 일과는 차원이 달랐다. 택시도 모텔도 없는 시골 동네의 길거리에서 하룻밤을 버텨야 할 수도 있단 얘기였다.

"근데 우리 동네로 돌아간다고 쳐. 그다음엔 어쩔 건데. 그 집에 쳐들어가? 아니면 멍청이처럼 지갑 주고 돌아 나와?"

옆자리에 앉은 남자 중학생들이 혼잣말을 하는 나를 힐끔힐끔 바라보았다. 킬킬 웃는 소리를 숨기지도 않으면서. 무신사에서 유행하는 후드티에 무신사에서 잘 팔리는 카고 바지를 유니폼처럼 맞춰 입곤 말끝마다 숨 쉬는 것처럼 씨-이발-을 내뱉는 아이들이었다.

도청에 도착해서는, 버스에서 내려 길 건너의 정류장으로 옮겨가 다시금 본가가 있는 동네로 들어갈 버스를 기다렸다. 시간이 고무줄처럼 늘어지면 얼마나 좋을까. 결정을 유예하고, 선택을 보류하고, 위협을 모른 척할 수 있게. 핸드폰은 여전히 먹통이었다.

905호의 도어락은 내가 알고 있는 그 도어락과는 모델이 달랐다. 복도는 고요했다. 나는 한참을 그 앞에서 망설이다가 등을 돌렸다. 다리가 아팠다. 등산을 한다고 엄마랑 아침 9시 30분에 집을 나왔으니 하루 종일을 밖에서 배회하는 셈이었다. 결국 택시를 타곤, 용암지구대로 가주세요, 라고 말했다. 거기로 지갑의 주인을 부를 심산이었다.

어렸을 땐 집에서 5분만 걸어가면 지구대가 있었다. 그 안에 들어간 적은 딱 한 번, 중학교 3학년 때였다. 학교에 다녀왔는데 집이 비어있었다. 밤이 늦도록 엄마가 돌아오지 않았다. 지구대에 가서, 엄마가 없어졌어요, 라고 말했다. 경찰관은 손톱을 세워 눈가 옆을 벅벅 긁으면서 지나치게 친절하고 또 너무나 솔직하게 물었다.

"성인 실종은 가출인 경우가 대부분인데, 메모 같은 건 없었니? 엄마를 마지막으로 본 게 어떤 상황이었지? 혹시 뭐 어젯밤에 아버지랑 싸웠다거나, 그러시진 않았니?"

나는 그 경찰관에게 아무 말도 할 수가 없었다. 왜냐하면······.

첫째, 나는 엄마가 가출했다는 사실을 알고 있었다.

둘째, 엄마는 냉장고에 메모를 붙인 반찬통을 열다섯 개 만들어놓고 사라졌다. 난 아빠가 보기 전에 그 메모들을 서둘러 다 떼어냈다. 쫙쫙 찢은 다음 변기에 넣고 물을 내렸다.

셋째, 엄마는 멍든 광대를 올리며 웃었다. 학교 잘 다녀와.

넷째, '싸우다'를 국어사전에서 찾아보면 '말, 힘, 무기 따위를 가지고 서로 이기려고 다투다'라고 설명되어 있는데, 그 뜻대로라면 엄마는 아빠와 싸우지 않았다. 엄마가 아빠를 이기려고 다투지는 않았으니까. 말, 힘, 무기가 존재하긴 했는데, 그 모든 게 한 사람에게만 속해 있었으니까.

결국 허무한 마음으로 지구대를 나와 아파트 단지로 돌아왔는데, 우리 집 거실을 올려다보니 불이 켜져있었다. 회식하고 귀가했을 아빠일까, 아니면 잘 곳이 없어 다시 돌아온 엄마일까. 나는 언제나 엄마가 그 끔찍한 결혼 생활을 그만두고 당장 이혼해 버리길 바랐으나, 막상 엄마가 진짜로 사라져 버리고 나 혼자 주차장에 서서 9층 창문을 올려다보던 그때엔, 그만 이기적인 생각을 하고 말았다. 아빠가 귀가하기 전에 엄마가 먼저 급한 걸음으로 돌아왔길 바랐다. 와서 아무 일 없었다는 듯, 아빠에게 북엇국을 끓여 먹이고 양말과 바지를 벗긴 후 안방에 밀어넣는 삶을 다시 택하길 바랐다. 엄마는 집을 나가려면 나를 데리고 나가야지. 그래야 엄마지. 엄마라면 이렇게 나를 버릴 수는 없는 거였다.

주차장을 다섯 바퀴쯤 돌면서 아빠 차가 없는 걸 확인하고 집에 올라갔다. 엄마가 부은 눈으로 콩나물을 다듬고 있었다.

"진짜 신기하네요. 어떻게 지갑 주운 분이랑 주인분 이름이 같으시지."

엄주영과 통화를 마친 경찰관이 웃었다. 그런데 표정이 조금 미묘했다.

"네, 이해합니다. 지갑 주인을 꼭 보고 싶다고 하실 만하네요. 저 같아도 동명이인이면 궁금할 것 같아요. 흔한 이름도 아니시고. 마침 주인분도 바로 오실 수 있다고 하니까…. 그런데요. 그게… 굳이 꼭 그러실 필요는…."

"네?"

"아니 그러니까 이게 참, 그런데. 그, 여자분이신데 모르는 남자분을 만나신다는 게. 요새 세상이 워낙 흉흉하기도 하고 그래서요."

"그냥 지갑만 전달해 드리고 싶은 거예요."

"저도 아는데…. 아, 이게 참."

"혹시나 해서 말씀드리는 건데… 저 진짜 그냥 궁금해서 기다리는 거예요. 뭐 대가 받겠다, 이런 마음 없어요."

"저도 선생님께서 그런 마음 아니시라는 거 잘 알아요."

최은빈. 유니폼 위에 수놓여있는 이름 때문에 내내 머리가 지끈거렸다. 왜 갈수록 골치 아픈 일만 일어나는 걸까. 대체 왜, 왜.

이 최은빈이 내 중고등학교 베스트프렌드였던, 그러나 야자 끝나고 같이 집에 가던 어느 날 대판 싸우곤 완전히 절교해버린, 바로 그 최은빈인 건 확실했다. 얼굴이 하나도 안 변했으니까.

그리고 남들처럼, 여자 엄주영을 못 알아보는 것 역시 확실했다.

최은빈이 종이컵에 커피를 타더니 내게 내밀었다. 남은 설탕 알갱이 하나 없이 봉지 끝까지 탈탈 털어넣은 듯 다디달았다. 축 늘어진 팔다리에 기합이 번쩍 드는 맛이었다.

문득 최은빈이 남자 엄주영을 알진 않을까, 하는 짐작이 들었던 것은 아마 그 믹스커피 덕이었을지도 모른다.

내가 그렇게 눈치가 없는 사람은 아니다. 그저 무서워서, 두려워서, 내게 이런 일이 일어났을 때 어떻게 대처해야 하는지 집에서도 대학에서도 직장에서도 가르쳐주지 않았기 때문에 무지해서 애써 눈을 질끈 감고는 모르는 척하고 있었던 것이다. 팝콘 들고 극장에 들어가서 두어 시간 정해진 양만큼 즐기고 나오면 끝인 세상 안에 내가 떨어져서. 엔딩 크레딧이 올라가길 기다리지도 못하고 퇴장해 팝콘과 콜라를 아무렇게나 버리곤 하하 웃으며 떠나는 관객들의 등 뒤에 놓인, 돈이 되는 이야기가 끝난 후 아무도 더는 주목하지 않는 찌꺼기 같은 후일담들만 남아 빌빌대는 그런 세상에 내가 떨어지고 말아서.

여긴 또 다른 세계인 게 분명했다. 이런 걸 뭐라고 해? 평행 세계? 그런 단어로 칭하면 얼추 맞나? 불행히도 난, 판타지라면 딱 질색하는 인간이었다. 현실 세계에 발붙인 이야기들만 좋아했다. 환상의 요소가 섞인 설정 아래에서는 어떤 담론을 논하든 그저 회피와 도피로만 느껴졌다. 소리 지르는 아빠와 우는 엄마, 부서진 세간살이의 모습이 내 유년기의 전부인데 어떻게 환상의 세계나 우주 저 너머를 생각할 수 있었을까.

"고향에 오랜만에 왔는데, 정말 많이 변했네요. 아파트가 뭐 이렇게 많이 생겼대요? 운동동 쪽도 싹 다 아파트던데."

"아, 이쪽이 본가이신가 봐요?"

"네. 승정고등학교 근처예요."

"와. 저 승정고 나왔어요."

그럴 줄 알았지!

"저는 집은 그 근처인데, 엄마가 여고 보내야 된다고 해서 영진여고 갔거든요." 당연히 뻥이다. 나도 승정고 출신이다. "그… 지갑 주인 엄주영 님도, 민증 보니까 진짜 가까운 데 사시더라고요."

최은빈이 제 종이컵을 들더니 커피 한 잔을 더 탔다. 고등학생 때도 카페인 중독이었다. 커피로는 안 되어서 박카스를 박스째 사다 마시곤 두통으로 응급실에 실려 간 적도 있던 약골이었는데. 어떻게 경찰이 되었을까. 상상도 못 해 본 일이었다.

"그, 엄주영 님, 그러니까 습득하신 주영 님께서 충분히 호기심을 품고 궁금해하실 법한 일이라고 저는 생각해요. 그런데…" 내 세계에서의 최은빈도 경찰로 일하고 있을까. "그런데, 음. 아무래도 그냥 돌아가시는 게 좋아요… 아 진짜, 다른 사람 얘기 이렇게 하면 안 되는데…."

"은빈아, 그냥 말씀드려." 뒤에서 안 들리는 척 묵묵히 자기 일을 하던 중년의 남자 경찰관 하나가 툭 뱉었다. "뭐 어때. 쓰레기를 금고에 꽁꽁 숨겨서 뭐 하냐. 여기 쓰레기가 있으니 피해 가십시오, 하고 봉투에 담아 잘 보이는 데 둬야 민중의 지팡이지."

엄주영. 빨간 줄은 없는 사람이었다. 그러나 빨간 줄을 피할 수 있는 방법을 꿰고 있는 사람이기도 했다. 엄주영은 최은빈과 고등학교 동창이었고, 그 패거리는 입학하자마자 유명해졌다. 술 담배를 즐기고, 돈을 뺏거나 때리는 것은 예사. 인문계와 실업계를 가리지 않고 돌며 예쁜 걸로 유명한 여자애들을 모아서는 노래방 도우미로 일하게 시키기도 했다. 엄주영은 그 패거리의 '따까리'였다. 잘나가는 애들한테 빌빌 기고, 망보며 기생하는 존재. 친구들의 힘이 자기의 것인 줄 착각하는 멍청이였다.

엄주영은 집 가까운 전문대에 진학하고 나서 갑자기 결혼을 했다. 상대가 누군지, 적어도 최은빈과 친했던 동창 중에서는 정확히 아는 사람이 없었다. 그저 여자가 타지 사람이고 꽤나 연상이라는 것뿐. 결혼 생활은 1년 반만에 끝났고, 여자는 존재하지 않았던 사람처럼 다시 슬그머니 이곳을 빠져나가 사라졌다. 패거리는 모두가 서른을 훌쩍 넘긴 지금까지도 굳건했다.

"그 패거리들이요, 지금도 외국인 노동자들 데려다가 엄청 착취해요. 특히 여자 노동자들. 사채업자들이랑도 연관되어 있고요. 저희도 모르는 거 아니에요. 그런데 걔들, 보통 영악한 게 아니라니까요. 출동 소식은 얼마나 빨리 듣고 움직이는지. 어쨌든 그런 패거리의 발가락쯤 되는 위치에 있죠, 이 지갑 주인 엄주영이요."

나는 고개를 저었다. 믿을 수 없다. 이 세계의 배중숙 씨가 내 엄마와 조금이라도 닮은 사람이라면 절대, 절대 자기 아들이 그처럼 쓰레기 짓을 하며 돈 버는 걸 묵인하지 않을 것이다. 이 좁은 지역 사회에서라면, 특히 더.

그러니까 그냥 가시는 게 좋을 거예요…라고 최은빈이 말을 갈무리할 때쯤 지구대의 문이 열렸다. 너무 오래 이야길 나누었던 것이었다.

"어허이. 지갑 찾으러 왔습니다요."

아까 들었던 그 목소리가 지구대 안에 울렸다.

03

나는 내내 입을 꾹 닫고 있었고, 최은빈은 눈치가 빨랐다. 꿔다놓은 보릿자루처럼 지구대 한쪽에 앉아있는 나에 대해서는 한마디 설명도 하지 않고, 서둘러 지갑을 건넨 후 돌려보냈다.

엄주영이 지구대를 나선 후 1부터 30까지 세고 나서야 나는 입을 열었다.

"남자분이 나름 친밀하게 인사하시던데요."

"저 새끼가 친한 척할 때마다 소름이 돋아 죽겠어요. 남자애들이 우르르 몰려다니면서 여자애들 교복에 침 뱉고는 낄낄대고 그랬는데. 제 교복도 예외는 아니었죠. 친한 여자애들 시켜서 돈 뺏고. 저도 뺏겼어요. 그런데도 멀쩡히 잘 살고 있잖아요. 천벌 같은 건 없고. 하도 한이 맺혀서 경찰이 됐는데 정작 저 새끼는 무서워하지도 않고 능글맞게 인사 작렬. 제가 모자란 거죠, 뭐."

"하긴 그때는… 맞아요, 저희 어릴 때는 학교폭력이고 뭐고 그런 개념도 많이 없었잖아요. 걸려도 선생들한테 맞으면 끝이었고, 징계 같은 건 꿈도 못 꾸고."

"어차피 전 아무한테도 얘기 못 했을 걸요. 쟤 엄마랑 우리 엄마, 나름 친한 사이거든요. 같은 탁구장 다녀요. 한 20년 넘었나."

에?

"저희 엄마가 가족 빼고 친한 사람들이라고는 탁구장 회원들밖에 없는데. 그런데 제가 어디서 괴롭힘 당하고 다닌다는 이유 하나만으로 엄마한테서 탁구장까지 뺏을 순 없잖아요. 내가 모자란 죄를 엄마한테 뒤집어씌우는 거니까. 지금도 엄마는 모를 걸요, 쟤네 패거리가 저 괴롭힌 거."

이상하다, 왜 이렇게 쓸데없는 말을 많이 했지. 최은빈이 혼자 중얼거렸다.

"제가 원래 이런 사람은 아니거든요. 남의 말 함부로 한다고 오해하실까 봐…. 전 그냥 정말로 걱정돼서 그랬습니다. 그럼 이제, 귀가하시면 될 것 같은데요."

아. 갑자기 막막해졌다. 이미 한밤중이었다. 어디로 간단 말인가. 905호에 다시 가서 똑똑, 문을 두드리고 배중숙

씨 안녕하세요, 저는 당신의 잃어버린 딸 엄주영인데 혹시 제가 누울 자리가 남아있을까요, 라고 물어?

"경찰관님. 그 탁구장, 혹시 박대희탁구클럽이에요?"

"오! 어떻게, 잘 아시나 봐요."

"아. 동네니까… 혹시나 해서 여쭤봤어요." 이젠 정말 나가야 했다. 나가서 모텔이라도 찾을 수밖에 없었다. "감사했습니다, 최은빈 경찰관님. 저 걱정해주셔서 정말로 감사드려요. 그리고…."

나 왜 이래. 숨을 들이마시고 참을 새도 없이 그대로 눈알 두 개가 묵직해지더니 금세 볼이 축축하고 뜨거워졌다. 어이쿠, 소리를 내며 최은빈이 티슈를 뽑았다.

"죄송해요. 신경 쓰지 마세요. 다른 일이 생각나서 그래요."

너랑 절교하던 날이 떠올라서, 라고 말을 할 순 없으니까 대충 둘러댔다. 한 번도 은빈보다 더 친한 친구를 사귄 적이 없었다.

동네를 몇 번이나 돌았다. 모텔을 발견할 때마다 그 앞에서 서성였지만 이내 발길을 돌렸다. 모텔에 들어가는 내 뒷모습을 누군가 발견하고는 우리 엄마에게 네 딸이 모텔에 들락날락거리더라, 라고 일러바칠까 두려웠다. 나를 아는 사람이 이 세계엔 존재하지 않는다는 걸 명확히 알고 있는데도, 뒤집어쓴 지 너무 오래되어 피부처럼 두개골에 착 들러붙어버린 두려움은 쉽게 벗어던질 수 있는 성질의 것이 아니었다. 결국 집에서 15분쯤 떨어진 농협 사거리에 도착해서야 찜질방을 택해 들어갔다. 뜬눈으로 밤을 새웠다. 아무리 기다려도 잠이 오지 않았다. 돌돌 말아 양말 속에 넣어둔 현금을 셌다. 남자의 지갑에서 빼낸 현금은 30만원을 조금 웃돌았다. 이걸로 언제까지 이 세계에서 버틸 수 있을까. 원래 세계의 내 자리는 빈 걸까. 아니면 내가 두 명이 된 걸까. 월급날이 겨우 닷새 남았는데, 무단결근하다 잘리는 거 아닐까. 맙소사, 어떻게 들어간 직장인데.

날이 밝을 무렵 열탕 속에 뛰어들었다. 눈물 콧물 흘리며 오열하는 소리가 조용한 목욕탕 안을 울렸다. 탕을 둥둥 떠다니던 할머니 하나가 어쩌지, 하는 표정으로 말은 붙이지 못한 채 바라보기만 하는 게 느껴졌다. 나는 그 할머니가 내게 어쭙잖은 위로를 건네지 않은 것에 감사했다. 탕을 나가서 바나나우유 한 통 드시면서 잊으시길 바랐다.

목욕탕을 나가서는 선불폰 유심을 하나 사서 핸드폰에 장착했다. 드디어 핸드폰이 살아났다. 예상은 했지만, 이미 모든 계정에서 로그아웃되어 있었다. 일단 카카오톡 계정부터 새로 만들었다.

있는 힘껏 손을 쥐자 영수증이 그 안에서 한없이 작게 구겨졌다. 내 손으로 이 빌어먹을 박대희탁구클럽에 다시 돈을 바치게 될 줄이야.

아가씨 몇 살이에요? 어머어머, 결혼은 했어? 왜 아직도 안 했어. 아가씨 무슨 일 해? 아하, 회사. 그렇지 다 회사 다니지 회사 안 다니는 사람이 어딨어. 근데 여기 출신이야? 아니면 타지에서 왔어? 어머 영진여고! 아아, 중간에 전학 갔다고? 서울로? 그렇구만. 대학도 서울로 갔고? 그런데 자기야 왜 다시 여기로 왔어, 대학을 서울로 갔으면서?

그렇게 왁자지껄 호구조사를 당하는 동안 누구도 이름을 물어보진 않았다. 그렇다. 이곳은 내가 기억하는 그대로였다. 이름이 아니라 이런 학교 나왔고, 저런 직장 다니고, 직업이 아무개인 사람과 결혼한 개, 로 모두가 명명되는 세계.

신입 실력 좀 보자고 공용 라켓을 쥐여준 코치의 맞은편에 섰다. 공이 날아왔다. 두 눈 감고도 칠 수 있는 공이었다.

"오오." 아줌마들이 입을 모아 합창했다.

다음 공엔 회전이 좀 걸려 있었다. 그런다고 못 넘기면 내가 엄주영이 아니다.

"오오오. 뭐야, 어디서 좀 하다 온 아가씬데?"

코치는 해보자는 듯 공을 어렵게 넘겼고 나 역시 맘먹고 받아쳤다. 고요한 탁구장 안에서 똑딱똑딱 소리만 아주 빠르게 울렸다. 라켓을 놓은 지 15년이 넘었는데도 몸이 모든 동작을 기억했다. 가볍고 텅 빈 공이 만들어내는 경쾌한 리듬. 한때는 어린 나의 모든 순간을 무섭게 짓눌렀던 바로 그 리듬이었다. 그런데 이상하다, 나, 괜찮네. 코치의 굳어진 표정을 보곤 이제는 조금 져줘야겠구나, 하는 생각에 일부러 실수를 해 공을 천장으로 날리며 나는 생각했다. 이젠 정말로 괜찮아진 건가. 지레 겁먹고 거리를 두던 그 기억의 한복판으로 돌진하고 있으니 말이야. 아니면 그저 이곳이 여자 엄주영의 세계가 아니라서 내가 이렇게 용감해진 건가?

"어머 왔다! 중숙 언니! 용민 오라버니! 얼른 와 봐! 얼른! 대박 신입이 왔어요, 얼른!"

땀을 뻘뻘 흘리며 온갖 회원들을 상대해준 지 두 시간이 지나서야 드디어 주인공들이 모습을 드러냈다. 이제 비로소 본 게임이었다. 유도 동아리에서 매일같이 인터벌 트레이닝을 하던 걸 생각했다. 뒈질 것 같이 힘들어도 절대 뒈지진 않더라.

인사해, 여긴 우리 탁구장 최고참 언니 오빠. 나는 허리를 푹 숙였다. 다른 사람의 허리께까지 낮아진 두 귀를 향해 이런 말들이 흘러들어왔다. 봐서 좀 친해지면 금방 알겠지만 이 두 분이 워어어어낙에 잉꼬부부셔요. 완전 청주시가 낳은 최수종 하희라야. 언니 오빠가 잘 챙겨줄 거예요, 그러니까 친하게 지내. 참! 아까 몇 살이라고 그랬지? 그러네 맞네. 중숙 언니! 이 아가씨가 주영이랑 동갑인 것 같은데?

"아가씨 이름이 뭔데?"

"어머 언니, 들었는데 벌써 까먹었다."

거짓말! 묻지도 않았으면서.

"아가씨 이름이 뭐예요?"

배중숙 씨가 물었다.

내 엄마의 얼굴로 물었다.

내 이름이 무엇이냐고.

"엄주영이에요."

청주시가 낳은 최수종 하희라, 라는 말도 안 되는 거짓 앞에서 내가 내 멋대로 작은 거짓을 꾸며댈 힘은 나지 않았다.

왜 엄마는 남들 보는 눈에 그렇게 집착을 했을까?

왜 그토록 친하단 사람들에게, 단 한 번도 남편의 실제 모습을 이야기하지 않았을까?

자존심 때문이었을까? 그놈의 자존심이 수호신이라도 되는 모양인지 모르겠지만.

성인이 되어 본 어떤 영화에서, 폭력 가정에서 자라 완벽한 가정을 꾸미기 위해 안간힘을 쓰며 스스로를 속이는 여주인공을 접하고 나는 잠시 엄마 생각을 하기도 했다. 엄마도 저런 생각이었을까? 그러나 그렇게 만전을 기한 완벽한 가정이라기엔 구멍이 너무나 많았는데. 돈도 없고 옷은 후줄근하고 엄마와 내 눈은 자주 부어 있었는데.

엄마는 소리를 쳤다. 어머! 우리 아들이랑 이름이 똑같네.

그러더니 이어서 말했다. 어머! 우리 아들도 왼쪽에만 쌍꺼풀이 있는데 아가씨도 그러네.

배중숙 씨와 엄용민 씨가 탁구대에 나란히 섰다. 반대편엔 나 혼자였다.

아주 오래전에도 야근이 끝난 엄용민 씨가 이런 식으로 나를 탁구장에 불러내 랠리를 시키던 시절이 있었다. 엄용민 씨는 박대희 아저씨를 잘 구워삶아서 비상용 열쇠 하나를 받아두었다. 그걸로 어두운 탁구장의 문을 따고 들어간 후 내게 계속해서 공을 던졌다. 엄마도 무조건 함께여야 했다. 내가 피곤하다고 말하면 대번에 이런 말이 날아왔다.

"정신 상태가 그렇게 글러먹었으니까 저번 소년체전에서 본선도 못 가고 그 애새끼한테 진 거 아니야!" 그렇게 새벽 세 시, 네 시까지 계속. 똑딱거리는 소리만 울리는 어두운 탁구장 안에서 나는 언제나 극심한 요의를 참아야 했다. 불 꺼진 상가 복도를 걸어 화장실에 가는 길이 귀신으로 즐비할 것만 같았다. 엄마에게 화장실에 같이 가달라고 말할 수도 없었다. 둘 중 하나는 남아서 지치지도 않는 아빠의 공을 받아줘야 했으니까.

고등학생이 되고 나서부터는 운동을 그만두고 입시에 전념한다는 핑계로 빠져나올 수 있었는데 엄마는 가정주부라서, 아빠 말에 따르면 '돈 한 푼 못 벌면서 돈만 가져오면 꼬리를 흔드는' 식충이라서 벗어나지 못했다.

"아가씨, 탁구 치는 폼이 어쩜 우리 남편이랑 똑같애에?"
엄용민 씨가 받지 못한 공을 주우러 다녀온 배중숙 씨가 호들갑을 떨었다.

내 세계에서는 탁구장 아래가 봉구비어였는데, 여기선 '한잔 더 말이지'란 이름의 포차였다. 모두가 왁자지껄하게 사장과 반말을 나누는 걸 보니 대강 그림이 그려졌다. 운동 끝나면 매일 여기 와서 뒤풀이를 했을 것이다.

"하희라는 웬일로 안 들어가고? 주영이 밥 안 챙겨줘?"

"우리 아들 오늘 친구랑 술 한잔하고 들어온다고 해서. 그래서 간만에 엄마도 한잔하겠다고 허락받았지."

"그나저나 아가씨랑 언니 아들내미랑 이름 똑같은 거 너무 신기해."

"그러니까, 흔한 성씨도 아닌데. 왼쪽에만 쌍꺼풀이 있는 것까지 똑같더라고. 우리 아들도 아가씨처럼 탁구 치면 얼마나 좋을까. 가족끼리 맨날 와서 운동하고. 그런데 우리 아들은, 가족끼리 뭐 하는 건 다 죽어도 싫대. 그냥 뭐, 요새 남자애들 같은 거지. 지들끼리 당구 치고 게임 하고. 끈도 없는 납작한 가방 겨드랑이에 끼고 다니고. 안 불편한가 몰라, 그 가방?"

호들갑을 떨며 이야기하는 말투도 엄마와 똑같아. 나는 멍해졌다. 열일곱 살 무렵이었을까. 엄마랑 탁구장에서 단짝이라고 불렸던 아줌마에게, 내가 조용히 상담을 요청한 적이 있었다. 아줌마, 우리 엄마가 아무래도 우울증인 것 같아요. 아빠가 자꾸 물건을 던지고 욕을 해서요. 그때 그 아줌마는 말했다. 얘 주영아, 부부란 원래 살면서 피터지게 싸우기도 하고 그러면서 또 사랑이 견고해지고, 그런 거야. 주영이 네가 어려서 자꾸 그런 장면만 보고 겁을 먹어서 잘못 생각하는 거라고. 그리고 네 엄마가 그렇게 약한 사람이니? 얼마나 명랑하고 유쾌한데. 내가 네 아버지라면 네 엄마 말하는 것만 봐도 화가 사르르 녹을 거다. 엄마가 아빠를 싫어한다면 밖에서 그렇게 가족 얘기를 하고 다니겠어? 주영이 네가 오해하는 거야. 그 나이 땐 그럴 수 있지. 예민하잖아.

봉구비어가 아니라 '한잔 더 말이지'였기 때문에, 주종은 소주였다. 운동으로 땀을 다 뺐는데 그 목구멍에 소주를 들이부으려니 사하라 사막이 따로 없었다. 하지만 물잔으로 손을 뻗칠라치면 어허이 젊은 사람이 어디서, 라는 엄포가 날아왔다. 어디서 물을 마셔, 마시길. 물배가 남았으면 술로 채워야지 젊은 사람이. 목마르면 소맥 마셔!

아줌마 아저씨들이 이 엄주영을 몰라서 실수한 거죠. 나는 테이블에 드러누운 아홉 개의 뒤통수-'한잔' 사장의 것까지 포함한-를 보며 생각했다. 남자 엄주영은 술을 잘 마시는지 아닌지 모르겠지만요, 저는 말이죠. 마시면 마실수록 밑 빠진 독이 되어, 바싹 마른 스펀지가 되어 끝없이 빨아들인답니다. 다들 어떻게 집까지 가려고 이렇게 만취했어요? 다들 뭘 믿고 저한테 덤벼든 거예요?

테이블에 과메기가 잔뜩 남아 있었다. 쌈배추를 들고, 그 위에 마른김을 올리고, 두툼한 과메기 두 점과 마늘종 그리고 생마늘과 청양고추와 초장을 위태롭게 얹어서, 입을 크게 벌려 쑤욱 집어넣었다. 볼이 터지도록 씹었다. 그러면서 이쪽의 배중숙 씨와, 저쪽의 엄용민 씨를 번갈아 쳐다보았다. 배중숙 씨. 속으로 외쳤다. 당신 왜 이래, 엄용민 씨가 먼저 깨어나면 당신 또 집에 가서 욕먹는다고. 마누라가 남편 케어도 못하고 술 마시다 뻗었다고, 남들 보기에 쪽팔려 죽겠다고. 그렇게 욕을, 당신 자식 보는 앞에서 아주 배부르게 먹을 거라고. 왜 학습 능력이 없어? 왜? 왜 비웨어, 커션, 워닝…이란 단어들을 저 사람이 자꾸 내뱉게 만들어, 대체. 대체 왜?

덜컹.

밖에서 잠긴 유리문을 누군가 흔드는 소리가 들렸다.

덜컹, 덜컹.

소리가 제법 시끄러운데 아무도 고개를 들지 않았다. 옆에 앉은 아주머니가 연신 앓는 소리를 냈지만 테이블에 묻은 고개를 들진 않았다. 나는 유리문으로 걸어가 실눈을 떴다. 조명이 워낙 어두워 잘 보이지 않았던 얼굴이 점점 시야에 들어왔다.

"…어어."

허리를 굽혀 아래의, 그리고 의자를 끌고 와 올라서서 위의 잠금장치를 풀어놓은 후 문을 열었다. 익숙한 얼굴에,

처음 보는 사복 차림.

　최은빈이었다.

　"안녕하세요. 혹시 여기 박대희탁구 회원님들 와 계신가 해서……. 저희 엄마가 집엘 안 들어오셔서요."

　내 얼굴을 기억하지 못하는 모양이었다. 아아, 저기 있네. 또 다들 잔뜩 뻗으셨구나…… 최은빈이 혀를 차다가, 내게 물었다. '한잔' 사장님도 취하신 거예요?

　"으음, 네."

　"와. 혹시 새내기세요?"

　"네…."

　"대단하시네요. 저 사장님 완전 말술인데. 탁구장 회원들 중에선 사장님 이긴 사람 한 명도 없을 텐데. 사장님 자존심 제대로 건드리셨어요, 이제 맨날 술자리 불려 다니시겠다."

　"다들 잘 들어가시…겠죠?"

　"언제쯤부터 주무셨어요?"

　"사장님 뻗으신 게 한 15분 됐나…."

　"그럼 지금은 절대 안 일어나요. 한 1시간은 더 재워야 해요. 어쩔 수 없네요. 저도 좀 앉아있을게요." 최은빈이 의자를 끌어다가 앉았다. "과메기, 남은 거예요?"

　"네? 네."

"저 좀 먹을게요. 저녁을 못 먹어가지고요."

최은빈은 '한잔'의 냉장고에서 사이다를 꺼내오더니 제멋대로 포스기에 사이다 한 병을 찍어 추가했다. 척척 아무지게 쌈을 싸서 먹은 후 사이다를 벌컥벌컥 마셨다. 죄송해요, 트림 좀 할게요. 말을 뱉더니 대답이 돌아오기도 전에 바로 용 한 마리를 뱉어냈다. 꺼억.

"다음에 술 드실 때는요, 저희 엄마만은 좀 말려주세요. 저기 긴 머리 땋은 아줌마 있죠. 저 아줌마가 우리 엄마예요."

왁자지껄 자기 얘기하기 바쁜 사람들 사이에서 조용하고 수줍은 모습으로 웃기만 하는 아주머니였다. 그러고 보니 최은빈과 친했을 때도 걔 엄마를 본 적은 없었던 것 같은데.

내 세계에서의 최은빈은, 엄마와 같이 살지 않는 아이였으니까.

"저희 엄마, 술을 너무 드셔서 걱정돼 죽겠어요. 근데 탁구장 어르신들은 신경도 안 쓰고 그냥 같이 부어라 마셔라 해요. 그래도 젊은 새내기분이 말씀해주시면 조금 조절하실지도 몰라요. 누가 뭐라고 할 때 기분 나빠하진 않거든요. 그게 옳은 말이란 걸 아니까요. 그니까 저희 엄마한테 가끔씩만 얘기해주세요. 술, 적당히 드시라고."

그러고는 한참을 말없이 앉아있었다. 벽걸이 시계에서 나는 째깍째깍 소리뿐이었다. 나는 아무도 깨지 않고, 아무도 깨울 필요 없이, 시간이 멈추길 바랐다. 집에 돌아가면 엄용민 씨는 변기통을 붙잡고 토할 것이다. 배중숙 씨는 울컥울컥 치솟아 오르는 속을 억지로 누르면서 북엇국을 끓일 것이다. 숙취에 몸이며 기분이 엉망이 된 엄용민 씨는, 북엇국이 담긴 국그릇을 엎어버리는 것으로 화를 표출할 것이다. 그리고 그런 엄용민 씨의 버릇을 너무나 잘 아는 배중숙 씨는 다시 한 그릇을 더 줄 수 있도록 북엇국을 이미 아주 많이 끓여놓았을 테고….

내 세계에 남은 엄마의 허벅지에는 펄펄 끓는 국물에 덴 화상이 있었다. 이 세계의 배중숙 씨는 어떨까.

"경찰관님. 저 기억 안 나세요?"

눈을 질끈 감았다 뜨곤 내뱉었다. 더는 빙빙 돌릴 수가 없었다. 최은빈을 믿을 수밖에. 한때는 나와 가장 친한 친구였던, 자신의 아주 내밀한 치부까지도 내게 보여주었던, 우리 모녀가 불쌍하다고 나와 함께 울어주었던 최은빈. 그러나 결국엔, 부모가 이혼했으면 좋겠다는 내 말을 천 번째쯤 들었을 때 참지 못하고, 너 그게 무슨 소리인지 아냐고, 멀쩡히 살아있는 엄마를 한 번도 보지 못하고 지내는 게 무슨 뜻인지 아냐고, 너처럼 복에 겨운 소리 하는 년 때문에 속이 곪아 문드러져 미칠 지경이라고 욕을 거듭 퍼부으며 나와 깊은 밤에 머리끄덩이를 잡고 싸웠던, 종내에는 절교하고 말았던, 지금 무얼 하고 사는지 알 수 없는, 나의 오랜 친구 최은빈.

도와주세요. 나는 이 어린 여자 경찰관에게 그렇게 말할 작정이었다. 내가 너에게 준 상처를, 이 세계의 너는 모를 테니까, 그러니까 너는 나를 도울 수 있을 거야.

　"초등학교 땐 H.O.T.에서 장우혁 좋아해서, 막 장우
혁 부인이라고 복도에서 소리치고 다녔잖아요. 그러다 6학
년 일진 언니한테 찍혀가지고 불려가지 않았어요? 신화에
선 내내 김동완이었죠? 근육 너무 키워서 다 김동완 탈빠채
도 혼자 김동완 목 놓아 부르고. 중학생 때 무심천에서, 무
슨 행사였나, 하여간 그때 신화 왔었잖아요. 그때 학교 째
고 맨 앞줄에 앉아서 기다렸죠?"

　도박이었다. 어차피 더는 할 수 있는 일이 없었으니까.

　"외국 가수 중에선 아론 카터. 그러다 웨스트라이프로 갈
아탔고. 왜냐하면 학교 영어 시간에 '마이 러브'를 하도 틀
어줘 가지고. 언 엠티 스트릿, 언 엠티 하우스 따라 부르다
가 정들어서 팬질하지 않았냐고요."

최은빈은 내 얼굴과 손에 쥐어준 내 주민등록증을 번갈아 바라보았다. 경찰서에서 봤던 남자 엄주영의 주민등록증과 똑같은 생년월일, 그리고 똑같은 주소지가 적혀있었다.

"거의 맞아요. 하나만 빼고. 아론 카터 좋아한 적은 없어요. 그래서 최근에 걔가 성인 배우로 전향했다는 뉴스 보고 생각했죠. 내가 관상 하나는 잘 본다고."

"…그래요. 뭐 제가 남자로 변한 세상에서 그 자그마한 사실 하나 정도는 충분히 달라지고도 남겠죠!"

"그런데 주영 님, 제가 이런 얼토당토않은 말을 쉽게 믿으리라고 기대하시는 건 아니죠."

"당연히 아니죠. 저 같았으면 벌써 정신병자 취급하고 쫓아냈어요. 은빈 님 인내심이랑 이해력이 진짜 쩌시는 거예요. 역시 한국 경찰의 미래는 밝다! 저는 그렇게 생각해요. 감동입니다. 근데 다만요."

다만.

"제가 다른 세계에서 떨어진 여자 엄주영이란 걸 믿지 않으셔도 좋아요. 다만 배중숙 씨가요. 그러니까 우리 엄마가, 이 세계에서조차 집안 남자들한테 겁나 시달리고 있는 게 빤히 보여요. 심지어 제가 살던 세계에선 아들이 없이 외동딸만 있어서 그나마 다행이었는데 이 세계에선 아들만 있고, 그 아들 개쓰레기라면서요, 은빈 님이 그러셨잖아요.

그래서 미칠 것 같아요. 배중숙 씨를, 그러니까 우리 엄마를, 조금이라도 더 나은 삶 살게 도와주지 않고는 맘 편히 여길 떠날 수가 없을 것 같아요. 플러스, 남자 엄주영 혼쭐 내주기. 어디서 감히 내 이름을 달고 망나니짓을 저질러요?"

"이해가 잘 안 돼요…."

"그러니까, 정리하자면. 저를 헛소리하는 미친년으로 보셔도 상관이 없다, 그러나 어쨌든 저의 세계에서 저는 엄용민 배중숙의 딸이었고 최은빈의 절친이었다. 그리고 이 세계에서의 남자 엄주영을 어떻게든 사람새끼로 만들어놓고 싶다. 아마 은빈 님도 저와 더불어 민중의 지팡이로서, 가녀린 저에게 도움을 주실 수 있을 거다, 뭐 그런 거죠. 더 나은 지역사회를! 살기 좋은 청주시를! 위해."

누구 하나 잠을 깨고 귀를 열까 두려워 우리는 포차를 나와 고요한 길가에 서있었다.

"저도 그 새끼 잡아 처넣고 싶어요. 걔들한테 시달리는 바람에 경찰 된 건데. 말 다 했죠. 그런데, 정말로 잡아 처넣는 걸 원하세요? 아들이 감방 들어가면 주영 님 어머니… 어머니 맞나… 하여간 그 아주머니는요, 불행하시겠죠. 매일 눈물 찍어가며, 귀여웠던 아기 시절 추억하다가, 면회할 때면 바리바리 사식 싸들고 가서 먹이겠죠. 세상에 대한 원망만 깊어지고. 제가 이 일 하면서 얻은 결론이 뭔 줄 아세요? 무슨 일이 일어나든 결국 세상에서 제일 불행해지는 건요, 늙은 여자예요."

그리고 우리도 늙은 여자가 되어가고 있는 중이고요. 말을 마친 최은빈이 건물 벽에 등을 기댔다.

"…뭐라도 해봐야죠."

"네?"

"이 꼴을 봤는데 어떻게 아무것도 안 하고 참아요, 제가. 게다가 전 어차피 이 세상 사람도 아니라서. 남의 세상 일이니까, 더 쉽게 간섭할래요. 그리고요, 저 보기보다 힘세요. 저 유도 오래 했거든요. 제 전완근 만져보실래요?"

*

은빈이 꺼내온 이불에서는 다우니 냄새가 강하게 났다. 낮은 책꽂이에는 책이 가득 꽂혀있는데 죄다 외국 작가가 쓴 범죄소설이었다. 벽에 걸린 월스크롤 포스터는 누군지 모를 요즘 아이돌의 것이었다. 여전히 아이돌 좋아하는구나. 샤워를 마친 후라 자꾸 머리에서 물이 뚝뚝 떨어졌다. 집을 다 둘러본 것은 아니었지만, 이 방을 제외하고는 모든 공간이 삭막했다. 취향이랄 것 없이 텅 비어있었다. 마치 세입자가 나간 후의 공실처럼, 일부러 그 누가 들여다봐도 무관하도록 만들어놓은 것만 같았다.

"어머니가 많이 취하셨던데, 기억 못 하시는 거 아닐까요. 내일 보시고 놀라시면 어쩌지."

"당연히 놀라겠죠. 그런데 탁구장에서도 보셨겠지만 우리 엄마는 원래 말 없어요. 불편한 기색 전혀 안 할 거고, 실제로 불편하지도 않을 거예요. 어쩌면 나중엔, 집에 술친구 생겼다고 좋아할지도. 이거 입으세요."

"아버지는…."

"아빠는 안방에서 나올 일 없으니까, 아마 주영 씨가 우리 집 떠날 때까지 얼굴 한 번 못 볼 수도 있어요. 걱정 안 하셔도 돼요. 식사도 안방에서 하시고, 화장실도 안방에 하나 더 있거든요, 거기서 해결하시니까."

왜요, 라고 묻기엔 아직 어색한 사이겠지. 입을 딱 다물고는 이불에 벌러덩 누워 버렸다.

"그럼 잠은 어디서 자요?"

담배를 피운 후 이제 슬슬 어른들을 깨우러 가자고 하던 은빈이 문득 생각났다는 듯 물었을 때, 나는 솔직히 대답했다. 어제는 농협 사거리 찜질방에서 잤는데 계속 그럴 수 있을지는 모르겠어요. 무엇보다, 갈아입을 옷도 없고요. 기막히다는 표정으로, 그런 처지이면서 무슨, 누구를 벌주겠다고… 라고 혀를 끌끌 차던 은빈은 결국 나를 제집으로 끌어들였다. 보니까 체구도 대충 비슷한데 내 옷 입어요, 라고 옷도 던져줬다.

맞아. 원래 다 퍼주는 애였지. 나는 내내 주워 먹기만 하고.

"일단 자고 내일 이야기해요. 저 내일 쉬니까."

"네. 진짜 고마워요."

"백 번째예요. 지겨워 죽겠어. 한 번만 더 얘기하면 쫓아낼 거예요. 잠 좀 잡시다."

"네. 맞다, 근데 저 코 골아요."

"저는 코 골고 이 갈아요. 됐죠? 그니까 제발 잡시다."

은빈이 깨워서 일어났을 땐 이미 해가 중천이었다. 쓰레기 새끼 사람 만들겠단 분이 이렇게 게을러서 어떡해요. 복수도 부지런해야 할 수 있는 건데. 잔소리를 들으며 이불을 갰다.

"해장 안 해도 되죠? 아점으로 만두 찌려고 하는데."

"너무 좋죠."

만두 열 개씩이 각자에게 돌아갔는데, 그 열 개의 종류가 다 달랐다. 고기만두도 다 같은 고기만두가 아니거든요. 똑같은 거 열 개 먹으면 얼마나 물려요. 요건 깻잎 향이 많이 나고요, 이건 은근 매콤하고. 아, 여기 이 큰 김치만두는 저희 외할머니가 만든 건데 신김치 맛이 많이 나요. 저랑 엄마는 좋아하는데 아빠는 절대 안 드시더라고요. 그렇게 고기만두 네 개와 김치만두 세 개, 새우만두 두 개 그리고 갈비만두 하나를 먹었다.

"뭐가 제일 맛있어요?"

"외할머님 만두요."

"예의 안 차려도 되는데."

"정말요. 저 신김치, 묵은지 이런 거 겁나 좋아하거든요. 겉절이는 칼국수 먹을 때 빼고는 쳐다도 안 봐요. 우리가 중학교 때 어떻게 친해졌는지 알아요? 은빈 님이 집에서 김치를 싸가지고 와서요. 급식 김치는 안 익어서 맛없다고. 제가 그거 진짜, 너무 먹고 싶어서 먼저 다가갔잖아요. 배추김치일 땐 참았어. 그런데 그 통에서 갓김치가 나오는 순간엔 정말… 어쩔 수가 없었다고요."

"중학생인데 김치를 그렇게 좋아하셨어요? 애들은 원래 안 먹지 않나."

은빈은 킬킬 웃으며 물을 마셨다. 그러고는, 이 닦고 와서 본격적으로 얘기하죠, 라고 말했다. 우리는 화장실에 나란히 서서 함께 이를 닦았다. 이 집의 치약 역시 내가 가장 좋아하는 스타일이었다. 잇몸이 아플 정도로 화한 느낌이 강한 맛. 나는 거품을 뱉으면서, 절교 이후 십여 년간 한 번도 은빈이 어떻게 사는지 궁금해하지 않았다는 것을 후회했다. 이렇게 좋을 건데. 이토록 재미있을 거였는데.

　물이 묻을까 봐 은빈이 빌려준 잠옷의 소매를 걷었다. 소매가 벙벙해서 어깨까지 쉽게 올라갔다. 거울에 비친 내 팔을 보고 은빈이 감탄했다. 오오, 대박. 근육 봐. 나는 우쭐댔다. 어제 만져봤으면서 뭘 새삼스레 또 감탄하고 그래요.

　자유자재로 원래 세계에 돌아갈 수 있다면 참 좋을 텐데, 그쵸. 식탁 맞은편에 앉아 머리를 싸매고 있는 은빈에게 말했다. 그럼 그냥 확 뒤통수 갈겨 버리고 내 세계로 꺼지면 되는데. 잘못된 행동을 할 때마다 그런 일이 반복된다면, 좀 교정이 되지 않을까요? 아 내가 천벌을 받는구나, 하고 말이에요.

　"그러게. 아니, 그럼 거꾸로 생각해보죠. 여긴 어떻게 온 거예요?"

　"그, 상당산성에 있는 막걸리 집에서 엄마랑 막걸리 먹다가 화장실엘 갔거든요. 그런데 다시 자리로 돌아오니까 남자 엄주영이 엄마 앞에 앉아있었어요. 그러고는 계속 여기예요."

　"헐, 음. 그럼 거길 다시 가볼까요?"

　"네?"

　"실험의 기본이잖아요. 똑같은 제한 조건 아래에서 같은 일이 벌어지는지 재차 확인하기. 저랑 같이 가서, 막걸리 마시고 화장실 다녀와봐요."

나는 입을 헤 벌렸다. 그렇게 쉬운 생각을 왜 나는 하지 못했지?

"만약 성공하면요? 그러니까, 제 세계로 돌아가면요? 그런데 제가, 다시 돌아오지 않으면요…? 그냥 다 잊어야지, 골치 아프게 뭘 또 엮여, 하고요."

"그렇게 약하고 책임감 없는 분이었다면 애당초 내 존재도 모르는 엄마를 위해 엄주영을 처단하겠다, 뭐 그런 생각은 하지도 못해요." 맞아. 은빈은 칭찬을 입에 달고 사는 아이였지. "게다가, 제 절친이었다면서요. 저 나름 눈 높아요. 관상 잘 본다고는 저번에 얘기했죠? 함부로 말 섞지도 않아요. 그러니까, 저는 주영 씨 절대적으로 믿어요."

혼자 앉아서 나물 반찬을 리필해 먹는 엄마의 모습을 확인하고도 바로 뒷걸음질 쳐 다시 화장실로 달려간 것은 그, 절대적으로 믿는다, 는 옛 친구의 말 때문이었을 것이다.

"됐어요. 다녀왔어요. 저 화장실이에요. 막걸리 먹고 여자 화장실 세 번째 칸에 들어가면 돼. 그럼 옮겨가요. 시점은 제가 떠나온 그 과거, 딱 거기예요. 그 세계는 아직 1분도 안 움직인 것 같아요."

숨이 찼다.

"저, 엄마한테 말 한마디 안 걸고 다시 여기로 달려왔어요, 은빈 님. 그냥, 어… 알아달라고요. 내가 진짜 진지하다, 라는 마음. 알아달라고 말하는 거예요."

"의심한 적 없어요. 생각보다도 훨씬 빨리 왔는데요."

은빈이 환하게 웃었다. 엄마에게도 말하지 못하는 내 모든 사실을 유일하게 알고 있었던 친구의 웃음. 십여 년만에 보는 은빈의 표정이었다.

"저 잘했죠?"

"네."

"그럼 우리 말 놓아요."

그런데 대체 어떻게 해야 남자 엄주영을 손볼 수 있단 말인가. 뾰족한 수가 나오지 않았다. 탁구장 사람들이랑 친해진 후 이 막걸리 집에서 정기모임을 가져야 하나. 그리고 동시에, 어떻게든 구실을 만들어서, 남자 엄주영도 그 자리에 참여하도록 유도해야 하나.

"은빈아, 아까 말한 것처럼 진짜로 뒤통수 겁나 때린 다음 화장실로 도망갈까?"

"한 백 번은 반복해야 할 텐데. 체력이 되겠어?"

"아니."

"응, 그래."

우리 둘의 머리로 내릴 수 있는 수는 겨우 그 정도였다.
한참을 바닥만 보았다. 머리를 너무 많이 써서 배만 고팠
다. 그때 은빈이 나를 불렀다.

"주영아."

"응?"

"동창들 사이에서 엄주영 재혼한단 얘기가 돌던데 진짜일
까?"

은빈의 물음이 잊고 있던 기억에 대롱대롱 매달려있던 스
위치를 올려 주었다. 반짝. 머릿속에 불이 들어왔다.

"어어. 그러고 보니 그 비슷한 얘길 들었어. 처음 여기 떨
어졌을 때, 그 막걸리 집에서."

"진짜 막아야 되는데. 세상에 불행한 여자 하나 더 생기
는 것밖엔 안 되는데……."

누군가 축 늘어져있던 풍선에 숨을 불어넣은 듯, 별안간
커다란 목표가 부풀어 올랐다.

"그럼 일단, 구체적인 목표는 이렇게 잡으면 어떨까. 결
혼 파투내기. 이건 진짜로 누군가의 인생에 큰 도움이 되는
일이니까, 너도 껄끄럽지 않을 거고. 불행해질 여자를 하나
구한다고 생각하자, 우리."

05

    엄주영은 낮엔 집에 틀어박혀 잠을 자다가, 엄용민 씨가 퇴근할 때쯤 되면 그를 피해 슬렁슬렁 기어나간다고 했다. 주로 서식하는 곳은 당구장과 피씨방, 승정고등학교 교문에서 나와 코너만 돌면 바로 보이는 커다란 부속고기집, 그리고 농협 사거리의 단란주점이었다. 은빈과 나는 부속고기집에서 모둠 한 판을 구워 먹으며 엄주영 패거리를 힐끔힐끔 관찰했다. 내 세계에서 보았던 얼굴도 있었고 - 무리의 우두머리였던, 이름이 이창민이었던 날라리는 여기서도 이목구비 하나 변함없이 그대로였다 - , 이름은 익숙하지만 얼굴은 낯선 남자도 있었다. 그놈의 우정. 머리에 피도 안 말랐을 때부터 돈 뺏고 남 괴롭히고 담배 뻑뻑 나눠 피우며 쌓아올린 우정이 서른셋이나 된 지금까지도 견고하단 게,

오히려 불공평하게 느껴졌다. 나는, 아무도 안 괴롭히고 고요히 학교와 집만 오가며 말 잘 들었던 나는, 고등학교 동창들이 어떻게 살고 있는지 소식조차 알지 못하는데.

그러나 은빈의 관찰력은 나보다 좀 더 뛰어났다. 저 집단의 애들이 과연 저 안에서 다 행복할까? 서로를 좋아할까? 절대, 네버. 은빈은 돼지 꼬리를 질겅질겅 씹으며 속삭였다. 네가 15년 넘게 서열 밑바닥에 들러붙어서 사또 옆의 이방처럼 비위나 맞춰주고 있다고 생각해봐. 그런데 삶에서 내세울 거라곤 그 관계밖에 없어서 버리지도 못하는 거지. 엄주영이 딱 그래. 열일곱 살 때부터 지금까지 내내, 똘마니 중의 똘마니야. 중간이라도 된 적이 없어.

"어어, 저기."

여자 하나가 가게 안으로 들어섰다. 휘어이, 히고 패거리들이 일제히 일어나 환호성을 지르고 발을 굴렀다. 딱 두 명, 엄주영과 이창민만 자리에 그대로 앉아있었다. 엄주영의 옆에 앉아있던 남자가 서둘러 다른 테이블에서 의자를 하나 빼 와서는 엄주영의 옆에 놓아주었다. 여자가 거기 앉았다. 엄주영이 슬그머니 오른팔을 그 여자의 의자에 걸치자 다시 한번 함성이 터졌다. 다른 손님들은 죄다 이 패거리가 익숙한 모양인지 눈치 한 번을 주지 않았다. 그래, 그렇겠지. 동네 장사하는 곳인데.

"미쳤다."

나와 은빈이 동시에 입모양으로만 비명을 질렀다. 여자가 너무 귀여워서였다. 피부가 형광등 켜놓은 것 마냥 환했고 쌍꺼풀이 진 눈엔 살짝 꼬리를 뺀 아이라인을 그렸다. 코는 어쩜 저렇게 오밀조밀해? 얼굴은 어쩜 저렇게 좌우대칭이 완벽하지? 내가 정신없이 여자와 엄주영을 번갈아 훔쳐보는 동안, 은빈은 맞은편에서 두 손으로 이마를 싸매고는 중얼거리고 있었다. "아놔, 밸붕이야, 밸붕… 신이시여… ."

자기소개! 자기소개! 군대를 방불케 하는 외침에 여자가 빈 소주병에 숟가락을 꽂곤 자리에서 일어났다. 안녕하세요 주영 오빠 여친 심연재입니다(와아!)(몇 살이에요?). 아아, 스물 하나입니다. 오빠랑은 띠동갑이에요(미친 개쓰레기 새끼!)(죽여버려!). 다 아시겠지만, 빨리 결혼하고 싶어서, 지금은 열라 다이어트 중입니다(도망가요!)(술 많이 마시면 살 빠져!). 친구분들 말씀 많이 들었어요. 만나 뵙게 되어 너무 좋아요. 잘 부탁드립니다! 우리 주영 오빠도 잘 부탁드립니다!

"진상 규명!"

남자 하나가 목소리를 높였다.

"어디서 만나서 어떻게 띠동갑을 낚았는지 진상 규명이 필요하다!"

"맞아!"

"우리도 띠동갑! 엄주영, 당장 다리 놓아! 소개 갈기라고, 새끼야! 너만 빨아먹냐? 친구들은 생각도 안 하냐?"

그 와중엔 이런 인간도 있었다.

"저기, 연재 씨. 저 새끼들 아주 시끄럽고 무례하죠? 아휴, 다들 나이를 잘못 먹어서 그래요. 그래도 연재 씨가 너무 어리고 예뻐서 그런 거니까 이해해요. 아니 엄주영 이놈 자식이 진짜 대단한 놈이지 뭐야? 정말 연재 씨 평생 업고 다녀야겠네. 네, 연재 씨. 저는 저런 애들이랑은, 친구긴 한데요, 아, 저는 쟤들이랑은, 아주 조금 다른 사람이라고 해야 할까, 하하. 아, 연재 씨 뭐 더… 더 상큼한 거 먹고 싶지 않아요? 여기 옆에 슈퍼에서 과일 사다줄까? 아니면 아이스크림? 하겐다즈? 근데 있잖아요, 연재 씨 친구들도 다 연재 씨처럼 이렇게 예뻐요?"

이런, 씨발. 은빈의 입에서 저들의 것과 비슷한 어휘가 터져나왔다. 주영아 너 그거 알아? 저기서 세 명 빼고 다 유부남인 거? 저 새끼 유부남, 저 새끼도 유부남. 아, 쟤는 나한테 카톡으로 청첩장도 보냈었어. 개웃기지, 쟤가 내 교복 마이에 침 제일 많이 뱉었는데. 카톡에 이름도 잘못 썼더라. 박은빈이라고. 유부남들이 자기네 동네에서 빤히 저 지랄들이라니.

심연재는 어떤 사람일까. 나는 방긋방긋 웃는 그 어리고 팽팽한 얼굴을 보며 문득, 저 결혼을 방해하겠단 내 계획이 무효해질 수 있는 가능성에 대해 슬그머니 걱정이 들었다. 만약 저토록 순수한 얼굴을 가진 심연재가 일진이었다면, 돈 뺏고 사람 때리고 아무런 죄책감을 느끼지 못하는 아이였다면, 나는 지금까지의 계획을 접고, 심연재가 엄주영과 결혼하도록 놓아둘 수도 있을 터였다. 쓰레기는 쓰레기끼리 분리수거하자, 같은 느낌으로.

그러나 귀신같은 심연재는 내가 그런 생각을 하자마자, 빙긋 웃으며 자기도 모르게 카운터를 먹였다. 왜 엄주영이 좋냐, 라는 누군가의 물음에 대한 답이었다.

"제가 사실 학교 다닐 때 괴롭힘을 너무 많이 당해가지고요, 이상형이 든든한 남자거든요. 남한테 안 꿀리고 절 잘 챙겨주고 지켜주는 남자. 제가 맘스터치에서 알바할 때 오빠가 손님으로 왔는데, 사장이 저를 막 갈구니까 매장에서 사장을 엄청 혼내줬어요. 그때 제가 먼저 반했어요. 게다가, 연애하면서 진짜 엄청 살갑게 챙겨주고 그래서."

그리고.

"오빠처럼 다정한 사람이 어떻게 지금까지 결혼을 못 하고 살았을까요? 그게 너무 신기해요. 저한테는 복이죠 복!"

부속구이집의 화장실은 남녀공용이었다. 문을 열고 들어가면 바로 세면대와 남성용 소변기가 보이고, 그걸 지나쳐 칸 안에 들어가면 비로소 좌변기가 나오는. 내가 남녀공용 화장실엘 혼자 가지 못하게 된 지는 몇 년 되었다. 온갖 똥통을 구르며 더럽고 무서운 일들을 다 보아야 했던 게 나의 직업인데도 이상하게 그것만큼은 너무나 두려웠다. 내가 아무리 착하게 살았어도 누군가의 손에 무참히 죽을 수 있다는 뜻이었으니까. 인과관계 같은 게 전혀 없는 죽음. 지하철역 앞에 포스트잇을 붙이면서 나는 많이 무서웠고 그만큼 많이 울었다.

나는 오줌을 누며, 칸 밖에서 기다려주고 있는 은빈에게 그 사건에 대해 이야기했다. 지금의 세계에선 일어나지 않은 사건이었다. 그 일이 없는 세계가 존재한다는 것을 다행이라고 여기는 것이 가능하진 않았다. 그런 마음을 가지려면 그 죽음이, 나와는 무관한 남의 것이 되어야 했으나 나로서는 그렇게는 받아들일 수가 없으니까.

"나도 경찰이 되어야겠다고 다짐한 결정적인 이유가 있어. 고등학교 때였는데."

"응."

"학교 현장체험 끝나고는 버스 타고 돌아오는데 버스가 완전 만원이었거든. 진짜 숨을 쉴 수가 없을 정도로. 몸이 너무 짓눌려서 누가 어딜 만져도 몰랐어. 그래도 꾹 참았지. 아무리 오래 걸려도 20분이면 내리잖아. 애들이랑 버스 손잡이에 매달려서 낄낄 웃으면서 참았어. 그리고 용암동 와서 내렸는데 교복에 허연 액체가 잔뜩 묻어있는 거야. 그래서 내가 뭐라고 했냐면….."

그 일은 내 세계에서도 똑같이, 여전히 은빈에게 일어났었다. 내가 그 옆에 있었단 사실이 다를 뿐. 야 뭐야, 너 여기 뭐 이상한 거 묻었어! 같은 반이었던 여자애가 소리를 질렀고 정류장에서 우르르 내린 아이들의 시선이 모두 은빈의 교복 치마에게로 집중되었다.

네가 똑같은 치욕을 다른 세계에서도 겪었다는 말을 내가 들려줄 수 있을까? 나는 은빈이 뭐라고 했는지 이미 답을 알 수 있을 것 같았다.

"애들아 제발, 아무 데서도 말하지 말아줘, 라고 했어. 쪽팔리니까 말하지 말라고. 애들은 그러겠다고 했지만 그 자리만 해도 열 명이 넘었는데 어떻게 비밀이 지켜질 수 있었겠어. 주말 지나고 학교 가니까 벌써 싹 다 퍼졌더라고. 근데 이창민이 실실 쪼개면서 뭐라고 했는 줄 알아? 야 최은빈도 솔직히 못 느꼈겠냐? 엉덩이가 강철로 된 것도 아니고. 느꼈는데 존나 즐겼겠지. 그랬어."

"미친 개씨발새끼."

"난 내가 여경이 되어서 막 대단한 일을 해내고 싶은 건 아니었어. 그냥, 그런 일을 쪽팔린다고 아무 데서나 말하지 못할 세상은 안 되기를. 용기 냈더니 뭐 이런 작은 걸 가지고 유난이야, 그냥 네가 운이 좀 나빴네, 너무 예민하면 삶이 피곤해, 하는 말을 듣는 세상은 안 되기를 바라서. 사람들이 흘려 넘기는 것들이 자꾸 내 안엔 고여 있으니까."

화장실 문이 벌컥 열리는 소리가 났다. 어허이, 최은비인이네에. 끝을 느물대며 길게 늘이는 목소리. 엄주영이었다.

"안에 사람 있어. 좀 기다렸다 와."

"야, 나 지금 방광 터져. 아 여기서 싸면 되잖아. 너만 자리 비켜주면 되겠네, 왜 변기 앞을 막아서고 있냐? 좀 비키라고."

"야!"

바지 버클 푸는 소리에 이어 소변이 줄줄 떨어지는 소리가 들렸다. 은빈에게 미안해졌다. 나 때문에 못 볼 꼴을….

"우리 자리까지 다 들리던데. 결혼한다며?"

은빈이 갑자기 물었다.

"엉."

"하지 않았었어? 내가 잘못 알고 있나 싶어서."

"너 경찰 됐다고 막 나간다? 아무거나 함부로 물어보고."

"경찰 됐다고 그러는 게 아니고. 우리 엄마가 네 결혼식

갔던 기억이 나서."

"식 했지. 근데 요샌 다들 먼저 살아보고 신고 하잖냐. 너도 알아둬라, 신고는 함부로 하는 거 아니다. 세상에서 제일 무서워해야 되는 게 서류에 뭐 적히는 거다." 문을 여는 소리. "어머니 여전히 탁구 치시지?" 그렇게 묻고는 답도 듣지 않고 나갔는데 꼭, 허튼소리 했다간 탁구장을 뒤집어엎어 버릴 거다, 라는 엄포로 들렸다.

나는 물을 내리고 칸 밖으로 나갔다. 미안해, 나 때문에…라고 말하려 하는데 은빈이 이마를 짚었다. 하, 씨발.

"왜…?"

"저 새끼 손 안 씻었어."

*

그런데 있잖아, 배중숙 씨도 그 어린 여자애에게 거짓말을 하는 걸까. 내 아들은 결혼한 적이 없다고. 완전 총각이라고. 건실하게 네 앞날을 함께 손 붙잡고 헤쳐 나갈 수 있는 믿을 만한 청년이라고. 배중숙 씨는 그런 거짓말하는 사람 아닌데. 우리 엄마는, 조금 약하고 무력하며 눈치는 없었을지언정, 절대 다른 사람 인생 망칠 거짓을 말할 사람은 아닌데.

나는 그날 부속구이집에서도, 그리고 그 이후에도 몇 번이고 그런 생각을 은빈에게 털어놓고 싶었지만 입을 열 때마다 자꾸 불안해졌다. 명백한 회피였다. 입 밖으로 말을 꺼내는 순간 정말로 배중숙 씨가, 우리 엄마가, 그래도 내가 세상에서 가장 믿고 따르는, 나 같으면 진즉에 도망갔을―내가 이렇게 말할 때마다 엄마는 "네가 애를 안 낳아봐서 모르는 거야, 그 책임감이 얼마나 큰지."라고 대답하곤 했다―상황에서 매일을 눈물 바람으로 보내면서도 어떻게든 아득바득 딸을 키워냈던, 가끔은 너무 큰 소리로 말해서 창피하지만 대체로 내가 가장 존경하는 사람인 그 엄마가, 이 세계에선 자식의 앞날을 위해 다른 이에게 거짓을 말하곤 하는 사람인 게 확실해질까 봐. 그건 있을 수 없는 일이니까. 배중숙 씨는 내 시선에서 무조건 기업고 선한 피해자여야만 했다. 내 세계에서의 엄마처럼.

우리가 배를 통통 두드리며 후식 냉면을 하나씩 받았을 때쯤 저쪽 테이블에선 이미 2차 장소를 물색하는 중이었다. "지들끼리 있으면 단란주점 가거나 노래방 가서 도우미 부르거나 할 텐데, 여자가 하나 꼈으니 어디 갈지 자기들도 모르는 거지." 은빈이 냉면 국물을 들이켜며 중얼거렸다.

"'한잔'은 어떠냐? 엄주영이랑 거기 가면 사장님이 서비스

개쩔게 주는데."

2차 장소가 마치 국가의 미래라도 되는 양 갑론을박이 벌어지던 중에 이창민이 끼어들자 좌중이 조용해졌다. 좋아, 좋아! 약속한 듯 찬성 의견이 줄을 이었다. 십여 년이 지난 지금까지도 쟤 말 한마디에 모두들 쩔쩔매는구나, 라는 생각이 퍼뜩 들었다. 버려져 죽을 때까지도 빵야를 말하며 총 쏘는 시늉을 하면 드러눕는 개같이.

곧 패거리가 자리를 정리하고 일어나더니 껄렁껄렁 걸어 나가 단체로 담배를 피웠다. 계산은 엄주영이 했고, 심연재는 그 옆에 찰싹 붙어있었다.

나는 '한국최강 박대희탁구클럽♡'이라는 제목의 카카오톡 단체 채팅창을 확인했다.

"엄주영 부모님 두 분 다 탁구 치고 계시네. 너희 어머니도 계시는 것 같고."

"좋네. 끝나면 내려와서 뒤풀이 하시지 않을까? 그럼 쟤들이랑도 자연스럽게 섞이겠지. 가서 염탐하자."

"근데 한참 늦게 내려오실 텐데. 지금 아직 일곱 시밖에 안 됐는데. 어르신들 탁구, 열 시는 되어야…."

"네가 끝낼 수 있잖아?" 은빈이 동그란 눈으로 나를 바라보았다. 입가에는 냉면 양념장이 조금 묻어있었다.

"네가 게임 다 끝내버리고, 빨리 내려보낼 수 있잖아. 아니야? 우리 엄마한테 이미 얘기 들었는데. 탁구 천재가 나타났다고, 아무래도 선출 같다고."

06

배가 그토록 그득하게 찬 상태에서 온힘을 다해 탁구를 친 것은 처음이었다. 아마 중학교 3학년 때의 소년체전 이후로 그렇게 필사적이었던 때는 없었을 것이다. 한 시간 반이 지나도 명치가 계속 당겨 괴로웠다. 땀으로 흠뻑 젖은 티셔츠에서 냄새가 올라오는 것 같았지만 은빈의 옷이고 은빈이 시킨 일이니 자기가 알아서 잘 빨겠지 싶어 참았다. 덕분에 운동을 빨리 마무리시키고 '한잔'으로 내려올 수 있었으며, 마침 한창 2차가 진행 중이던 엄주영네 테이블에 난입하는 게 가능해졌다. 어른들은 왁자지껄 떠들며 테이블을 비집고 들어가 엉덩이를 붙이곤, 나와 은빈도 가까이에 앉혔다. 동네 토박이 어르신들은 아직도 이 테이블의 시커먼 남정네들을 철없는 열일곱 살짜리들로 인지하고 있는 듯했다. 두 배 가까이 나이를 먹었건만.

"정말? 주영이 엄마 아빠도 주영이 애인은 처음 본다고? 야 주영아, 너는 애인을 부모님한테도 소개 안 시키고 친구들한테 먼저 보이니? 부모님 속상하시겠다 애."

호들갑을 떠는 목소리에 이어 예의 그 '최수종 하희라' 운운하는 소개가 튀어나왔다. 심연재는 말도 안 되게 싱그러운 표정으로 미소를 지었다. 엄주영의 얼굴은 지지난 계절에 제사 지내려고 둥그렇게 윗부분의 껍질을 깎아놓고는 잊은 채 냉장고에 방치한 사과 같았다.

싫겠지. 쪽팔려 죽겠지. 겨우 똘마니 정도로 위치 부지하고 있는 이 모임에, 이토록 시끄럽고 오지랖 넓은 동네 어르신들이 대거 끼어들었으니… 심지어 자기 부모님까지.

"너희들 우정도 참 대단하다. 몇 녀째니, 벌써. 결혼들은 다 했니? 안 했으니까 우리 주영이가 자꾸 늬들이랑 놀러 밖으로만 싸돌아다니겠지, 뭐. 다들 결혼들 좀 해, 쫌!"

배중숙 씨의 말엔 누구도 대답하지 않았다. 웃는 것은 이창민뿐이었다. 이창민은 얼굴이 눈에 띄게 굳은 엄주영의 옆자리에서 킬킬대는 소리까지 냈다. 그러더니 소주병을 들어 엄용민 씨와 배중숙 씨에게 한 잔씩 따랐다. "어머님 아버님, 저희 주영이가 어리고 예쁜 애인을 데려와 가지고, 저희가 다 지금 배가 아파 죽을 것 같아요. 주영이 아주 갈

구고 난리도 아니었어요, 부러워 죽겠어서. 그러니 오늘은 주영이 술 많이 먹어도 이해 좀 해주세요, 네?"

배중숙 씨가 심연재를 앞에 두고 열심히 호구조사 하는 소리를 나는 하나하나 주워들으며 머리에 때려 넣었다. 그런데 그러느라, 주변에서 다른 사람들이 무슨 이야길 하는지 제대로 듣지 못했다. 열 받은 은빈이 파들파들 떠는 모습을 뒤늦게 발견하고 나서야, 무슨 일이 있었어? 하고 나지막이 귓속말을 할 수 있었을 뿐이었다.

그 자리가 파하고 집에 가서 은빈이 전해준 내용은 이랬다. 너 이 새끼 이번에 새로 낸 노래방에선 왜 도우미를 불러주지 않냐, 아 아저씨, 거기는 중고딩 장사 하는 데라 그래요, 야 이 사기꾼들아 그러면 입구에 도우미 없음이라고 크게 써 붙여놓기라도 해야 하는 거 아니냐 안 그럼 한 시간짜리 이용료 먹튀 아니냐, 아아 그래야겠다 아저씨 죄송해요, 그리고 맞다, 너 그 사업은 완전 손 턴 거냐, 네 아저씨 다른 사람한테 넘겼어요 저 좀 쉬고 싶어서요, 새끼 역시 똑똑하다니까, 한탕 딱 땡기고 문제 생기기 전에 빠졌다 이거지…?

"그런데 아저씨. 저기 경찰관님 계신데 이런 말씀하시면 어떡해요."

"아 누구? 은빈이? 괜찮아 은빈이가 얼마나 착한 앤데.

어른들한테 예의도 바르고. 제 엄마 끔찍이 챙기고. 은빈이처럼 인간적으로 믿을 만한 요즘 여자애가 또 어디 있어. 걱정마라 야, 은빈이가 사소한 일 트집 잡아서 제 엄마 친구들 인생 망칠 일 없어. 너희도 마찬가지고. 동창의 의리가 있지. 우리 은빈이는 말이지, 우리같이 힘없는 서민들, 민중들 편에 서서, 어? 아주 크고 중요한 사건들을 해결하면서, 사회정의 구현을 위해 한 몸을 불사를 애란 말이야. 얼마나 착한 앤데, 은빈이가!"

*

우리는 둘 다 멍한 상태로 해장용 아메리카노… 정확히 말하자면 아메리카노는 아니고, 카누 세 봉지씩을 쏟이 넣은 아이스커피를 빨고 있었다.

"그러니까 그 사람들 머리로는 그런 일들이 다 '나쁜' 일이 아니란 거지. '착한' 내가 건드릴 생각을 하지 못할 만큼 평범한 일들이란 거지." 이건 은빈의 혼잣말이고.

"그러니까 배중숙 씨는 자기 아들 일로는 그렇게 뻔뻔한 사람이란 말이지. 결혼 한 적 없는 척하는 아들 장단을 다 맞춰줄 만큼. 그렇게 양아치짓 하고 다니는 아들을 아무것도 모르는 어린 여자애랑 결혼시킬 만큼." 이건 내 혼잣말이었다.

모든 것이 예상보다 훨씬 지저분하고 또 교묘했다. 세상엔 명확한 선악의 구분이 존재할 거란 5세용 만화영화 같은 생각을 아직도 지닌 채 살아온 서른세 살의 우리 두 사람, 바보 멍청이. 저 작은 인간쓰레기 하나 벌하고 싶다는 의도로 어쩌다 시작한 일들이 이렇게 머리를 헤집어놓을 줄은 몰랐다. 우리가 바보였다. 우리가 바보였어.

"다 끝나면, 엄마한테 가서 꼭 물어볼 거야." 나는 몇 번을 다시 다짐했다. "내가 살아오면서 잘못한 게 있었냐고. 그런데 엄마가 묻어놓은 일들이, 딸이라는 이유 하나만으로 모른 척한 것들이 있었냐고."

"그래, 그리고 다시 잠깐 들러서 나한테도 이야기해줘."

"오케이."

어제 파악한 사실들을 정리해보았다. 엄주영 커플은 급하게 결혼을 하고 싶은 모양이었다. 올 봄이 가기 전에 끝내고 싶다나(집에 돌아가야 하는 나로서는 정말 다행일 뿐이었다). 혹시 너희 속도위반했냐? 누군가의 합리적인 의심에 심연재는 생긋 웃으며 소주 한 잔을 쭉 털어 마시는 것으로 답을 대신했다. 그러니까 최악의 상황이 아니긴 했는데(이 것도 정말 다행이었다. 임신을 했다면 저 둘을 헤어지게 만들겠다는 내 각오는 대판 꺾였을 것이었다), 왜 저렇게 급할까.

"숨기는 게 많으니까." 은빈이 거침없이 결론을 내렸다. "거짓말이 들통나기 전에 침 발라놓고 싶은 거지."

아, 더러워. 나는 컵을 입술에 대고 기울여 얼음을 아그 득아그득 씹었다. 이제 막 해가 떠오르고 있었고, 또다시 엄마를 챙기느라 두어 시간밖에 못 잔 은빈은 이 커피를 비 우는 대로 택시를 타고 주간 근무를 들어가야 하는 상황이 었다.

"어쨌든 엄마 일어나면 뭐 먹이지 말고 포카리스웨트 큰 거 한 통 다 마시게 해. 다른 거 먹으면 속 울렁거려서 고생 할 거야. 출근하실 때까지만 잘 챙겨줘. 고마워."

"그런데 나 정말 너희 집에 이렇게 계속 빌붙어 살아도 되 는 거야? 너야 괜찮다 치는데, 어머니는? 아버지는…? 안 불편하실까?"

"안 불편하다니까. 그럼 따로 갈 데 있어? 돈은 있고?"

할 말이 없었다.

"우리 엄마가 말이 좀 없긴 하지만…." 은빈은 컵을 싱크 대에 내려놓고 껌을 한 알 꺼내 씹으면서 가방을 챙겼다. "걱정하지 마. 우리 엄마, 내가 어렸을 때부터, 난생처음 보는 애들을 우리 집에 데리고 와서 잘만 재우던 사람이야. 눈 뜨면 침대 옆에서 모르는 애가 쿨쿨 자고 있는 게 너무 일상이라서 한 4학년쯤 되니까 놀랍지도 않더라고. 몇 번을 그 부모들한테 욕먹고 언젠간 뺨 맞기까지 했는데도 내내 그랬어. 그러니까 우리 엄마 눈엔 너도 그냥 길 잃은 강아지야. 진짜 걱정할 거 하나 없어. 그럼 나, 갔다 올게. 아오, 졸려 죽겠는데 내일은 심지어 야간 근무네. 젠장."

도어락이 잠기는 소리가 날 때까지 나는 멍하니 서서, 완전히 잊고 있었던 일 하나가 깊은 물을 가르고 수면 위로 올라오는 것을 느끼고 있을 수밖에 없었다.

왜 잊고 싶은 일들은 아주 깊이 아로새겨져 있고, 기억해야만 하는 일들은 쉽게 휘발되어 사라질까.

엄마의 반나절 가출을 두고 이기적으로 당장 돌아오라 외쳤던 그때의 나는, 의도적으로 내 가출을 망각하고 만 것일까? 엄마에겐 무조건 돌아와야 할 의무가 있으니까, 그러려면 엄마가, 어린 딸내미는 상상도 못할 잘못을 저지른 것이어야만 하니까?

그렇다. 나는 엄마보다 먼저 집을 나간 적이 있었다. 이제야 기억났다. 초등학교 4학년 때였고, 탁구장에 가기 싫다며 버팅기다가 엄용민 씨에게 뺨을 한 대 맞고 두 대 걸어차인 날이었다. 따갑게 부어오른 뺨에 눈물이 닿으니 살갗이 쓰라렸는데, 엄마는 그걸 닦아주며 말했다. 그러게 왜 아빠 속을 상하게 해. 왜 아빠 말을 안 들어, 아빠가 너 잘 되게 하려고 얼마나 힘들게 하루 열네 시간씩 일하시는데, 왜? 나는 가방을 챙겨 탁구장에 가서 레슨을 받고는 땀범벅이 된 그대로 이웃한 임대아파트 옥상에 올라갔다. 그땐 옥상 문을 철저히 잠그던 시절이 아니었다. 사람이 옥상에서 떨어져 죽는 일이 종종 있었지만, 망자는 너무나 심약해서 그만 비정상이 되어버린 불운하고 이상한 종자로 취급받는 게 전부였다. 서울이었으면 집값 내려갈까 걱정이라도 했겠지만 작은 지방 도시의 변두리 동네에는 몇 명이 죽는다고 떨어질 집값도, 딱히 없었고.

"너… 왜 여기 있니? 몇 살이니?"

그때 옥상에서 갖가지 모종을 심어놓은 화분에 물을 주다가 내게 말을 건 아줌마의 땋은 머리채가 제법 길었던 기억이 이제야 났다.

"우리 집에 가서… 씻고 밥 먹고 잘래? 내 딸도 너랑… 동갑인데."

그 아줌마의 집에는 매일 가요 프로를 녹화한 테이프를 돌려 보며 노래하고 춤추는 여자애가 있었고 말을 자꾸 흐리는 아줌마와 달리 수다를 아주 잘 떨었다. 우리 아빠는 일하느라 주말에만 집에 와. 최은빈이야 내 이름. 네 이름은 말 안 해도 돼. 너 근데 H.O.T.에서 누구 좋아해? 나는 장우혁 좋아하는데.

다음 날 아침 딸을 데리고 집을 나서며 아줌마는 말했다.

"집에 가고 싶으면… 말해, 근처까지 데려다줄게."

나는 집에 가고 싶지 않았지만 평생을 여기서 살 수 없단 걸 잘 알고 있었기에 오후에 일언반구 없이 메모만 남기고 그 집을 몰래 나와서는, 다시 우리 집으로 돌아가 매를 맞았다. 매를 맞을 때 내 주머니 안에는 그 여자애의 〈와와 109〉에서 몰래 찢어낸 H.O.T.의 사진이 각 맞춰 접힌 채 들어있었고, 머릿속에선 그 애의 목소리가 맴돌았다.

중학교 같은 반에서 재회했을 때 은빈은 나를 기억하지 못했다. 나는 은빈과 아무리 친해져도 닳은 머리의 그 아줌마를 다시 볼 수는 없다는 사실에 조금 배신감을 느끼기도 했다. 우리 엄마도 버티는데 왜 그 아줌마가 가정을 포기했대?

그러고는 그 모든 일을 바로 잊어버렸다. 내 이기적이고 악독한 그 마음까지도 까맣게. 바로 지금까지.

퀭해진 얼굴로 수줍게 웃으며 은빈의 엄마는 포카리스웨트를 페트병째 들고 마셨다. 앞니에 립스틱이 묻었다고 알려줬더니 역시나 수줍게 웃으며 거울을 보고 지워냈다. 아픈 길고양이를 구조하듯 거리에서 길 잃은 어린애들을 거두던 사람. 어쩌면 내 생에 내내 내 영혼이 가장 그리워했을 지도 모르는, 그러나 기억에선 깨끗하게 사라졌던, 그 사람 이었다.

"아휴 좀 살 것 같네, 고마워라…."

은빈의 엄마가 출근하고 난 후, 닫힌 안방 문을 골똘히 바라보았으나 굳이 그걸 열어볼 권한은 나에게 없었다. 내 세계에서 아내와 갈라서고 혼자 딸을 키워낸 은빈의 아버지 와 저 문 안쪽에서 숨 쉬는 히키코모리는 아마도 전혀 다른 인격체일 테니까, 나랑 남자새끼 엄주영처럼. 이 세계의 은 빈도 가족이란 함정에서 기인한 나름의 상처를 가지고 있을 테니까, 나와 절교한 은빈처럼. 나는 한 번 했던 실수를 다 시 하고 싶진 않았다. 그래서 다시 등을 돌려, 은빈의 방으 로 돌아가 문을 닫고 핸드폰을 쥐었다. 벌써부터 분주한 박 대희탁구클럽의 단체 채팅방에 들어갔다. 정말이지 이 노인 네들은 어쩜 이리 잠도 없이 부지런하고 공과 라켓에 미쳐 있는지 몰랐다.

*

언니가 그렇게 탁구를 잘 치신다면서요?

심연재가 애교를 부리며 들러붙을 줄은 상상도 못했는데, 순간 어떻게 반응해야 할지를 몰라 눈앞이 흐려졌다. 으아, 아. 뭐 그렇게 잘 치는 것도 아닌데 어르신들 과장이… 하하….

"저 레슨 좀 해주세요. 저도 시부모님들한테 예쁨 받고 싶단 말이에요, 탁구 잘 쳐서."

"저기 레슨은, 여기 코치님이 계시니까 그분께 레슨 신청을 하시면…."

아이, 진짜! 심연재가 버럭 소리를 지르더니 말을 이었다. 솔직히 말해요? 저는 언니에 대해서 알아내고 싶단 말이에요!

"왜… 왜?"

"오빠랑 이름이 똑같잖아요. 탁구도 잘 치고. 그러니까 자꾸 언니 얘기가 나온단 말이에요, 오빠네 부모님 입에서요! 누가 들으면 언니가 며느리인 줄 알겠어요, 진짜."

내 눈을 똘망똘망 보더니 또 소리쳤다.

"심지어 짝꺼풀도 닮았잖아!"

심연재의 사정을 파악해내는 것이 우리의 목표를 향해 넘어야 할 관문이었기에, 어쩔 수 없이 오케이를 외쳤다. 그리고, 심연재의 체력과 운동신경이 바닥이고 성격만 급하다는 사실은 겨우 10분 만에 확실해졌다.

"연재 씨, 하루아침에 잘하게 되는 게 어디 있어요. 며칠 만에 잘 칠 거면 태릉 가야지. 다들 몇 년씩 해서 지금 저렇게 치는 거예요. 저도 그렇고. 그러니까 급하게 생각하지 말아요."

아, 마음이 답답하단 말이에요. 땀과 아저씨 냄새가 진동하는 탁구장을 잠시 나와 복도에 나란히 섰다. 물을 꿀떡꿀떡 마시고는 또 성질을 내려 하기에 잽싸게 말을 돌렸다.

"제 전완근 만져볼래요?"

연재는 금세 화를 잊고 연신 감탄하며 손을 움직여댔다. 손아귀 힘이 생각보다 셌다. 그러는 김에 나는 궁금했던 것들을 조금 더 묻기로 했다.

"연재 씨 결혼 빨리 하고 싶어 한다고 이 탁구장에 벌써 소문 다 났는데. 그것도 연재 씨 성격 급해서 애인한테 조른 거 아니에요? 빨리 하자고?"

"네? 뭐예요, 쪽팔리게. 아니에요! 오빠가 빨리 하자고 한 건데 진짜 웃긴다. 누가 그래요? 상범 아저씨가 그랬죠? 그날 술 먹을 때부터 계속 저한테 꼬치꼬치 뭘 캐물으려고 하더니…."

"상범 아저씨는 아니에요, 비밀이에요. 나도 고자질했다고 혼날라. 그런데 있잖아요…."

군이 엄주영과 만나는 심연재가 아니었더라도, 내가 전혀 모르는 스물한 살의 여자 '김 모 씨'였더라도, 묻고 싶은 것이 있었다.

"어떻게 이렇게 일찍 결혼할 생각을 했어요? 친구들도 다 한창 노느라 바쁜 나이일 텐데. 더 놀다가 결혼하고 싶지 않아요? 아님 애인이 너무 좋아서, 얼른 같이 살고 싶고 그래요?" 행여나 기분 나빠할까 봐서 손까지 휘저으며 덧붙였다. "아니 나는 그냥, 지금까지 결혼하겠다, 하는 생각을 못 해가지고 우리 엄마 아빠한테 엄청 잔소리 듣거든요. 그런데 연재 씨는 완전 반대니까 신기해서, 그래서 궁금했어요."

"아아, 그거요? 되게 간단한데. 오빠랑 저랑 집이 아주 똑같거든요. 목표도 똑같고."

심연재는 나더러 귀를 대라는 듯 손짓했다. 엉거주춤 몸을 그쪽으로 기울이자 귓가에 대고 속삭였다.

"저희 둘 다 집 나와서 살고 싶은데 방법이 결혼밖에 없거든요. 우리 시부모님 잉꼬부부인 척하는 거 다 연기래요, 아세요? 오빠가 자기 아빠한테 아주 치를 떨어요. 그런 인간 밑에서 자라지만 않았어도 자기 인생 완전 달라졌을 거라고. 그런데 저희 부모님도 그래요. 저는 호적에서 파이는 게 평생의 목표인데 그건 아무래도 힘들 것 같아서, 그래서 빨리 결혼하려고 하는 거예요. 집에서 도망가려고."

그러고는 입을 떼고 아무 일도 없었다는 듯 아주 말간 표정으로 웃으며 덧붙였다.

"오빠랑 결혼하면 바로 다른 지방 가서 집 얻어 살 거예요. 옛날 생각 하나도 안 나게."

연재 씨 당신 완전 속고 있어! 그 새끼 초혼도 아니고 돈도 없고 능력도 없고 친구들한테 빌붙어서 근근이 입에 풀칠만 하고 있다고. 그러다가 돈 떨어지면 아들밖에 모르는 엄마한테 손 벌리고, 주머니 두둑해지면 또 누런 금목걸이 하나 사서 모가지에 걸고는 당구장이나 피씨방, 룸살롱이나 드나들면서 말끝마다 씨발 씨발 거리며 재산 탕진할 그런 새끼라고. 자기가 그렇게 사는 이유를 오로지 가정사 때문으로 둘러대면서, 그 스트레스를 고스란히 떠넘길 상대를 찾아 돌아다니는 거라고. 연재 씨 당신은 트로피이자 미래의 샌드백일 뿐이라고. 제발 정신 차리라고!

…그렇게 말할 수 없는 이유는 단순했다. 심연재에게 절박한 것은 탈출이란 사실 때문이었다. 그 마음이 무엇인지를 내가 가장 잘 알았다.

"연재 씨. 이제 그만 들어가요. 탁구 배워야지. 이러다 쉬는 시간이 더 길겠어요."

내 말에 심연재는 아아, 벌써 삭신이 쑤셔, 하고 앓는 소리를 내며 터덜터덜 걸었다. 이따 오빠랑 요 옆에 롯데시네마 가기로 했는데, 저 영화 보다 쿨쿨 자는 거 아니에요?

"무슨 영화 보는데요?"

"그거 있잖아요. 김민희 나오는 거. 아가씨!"

아. 이 세계에서도 〈아가씨〉가 나왔구나. 반십년이나 늦었네. 좋은 영화 다시 보니 다행이라고 해야 하나, 아니면 영화에 집중하지 못하고 내내 저 커플을 감시하고 있을 테니 불행이라고 해야 하나. 나는 핸드폰으로 몰래 상영시간표를 확인했다. 가장 구석에 앉으면 들키진 않을 것 같았다.

07

"어땠어 오빠? 난 겁나 재밌었는데. 김민희도 김민희인데 그 김태리인가 걔 왜 이렇게 예뻐?"

"야 난 솔직히 좀."

"왜?"

"여자끼리 그러니까 이상하더라. 변태 같고. 약간 사기당한 기분인데."

"왜, 그럼 하정우랑 김민희랑 응응할 줄 알았어?"

"정상적인 영화였다면 그랬겠지. 에이씨, 하여간 평론가 평점 높은 영화 보면 죄다 정신병자 투성이라니까. 야, 그냥 잊어버리자. 저런 거 기억해봤자 기분만 더럽지. 옮는다 옮아."

허이고, 꼴에 호모포비아이기까지. 후드를 뒤집어쓰고

커플의 뒤를 쫓으면서 소리 나지 않게 혀를 찼다.

"오빠, 우리 저녁은 뭐 먹지?"

"모텔 가서 시켜 먹자."

"먹고 들어가면 안 돼? 나 이 근처에 되게 가고 싶은 가게 있었는데, 오빠. 아니 오빠, 비싼 데 아니고 양 적게 주는 데 아니야. 곱창집이야. 내가 인스타에서 봤는데, 반찬도 진짜 혜자고 곱도 막 엄청 들어차있고 소주도 삼천 원……."

"야."

"응?"

"비웨어. 무슨 곱창 같은 소릴 하고 있어. 너 결혼식 네 돈 가지고 할 거냐? 곱창집이 아무리 싸봤자 곱창집이지. 그렇게 네 돈 아니라고 멋대로 말해, 응?"

귀를 의심했다. '비웨어'를 저렇게 물려받아 써먹는다고?

"오빠 근데 나 사실 고백할 거 있어. 아 이상해, 원래 나 주기 한참 남았는데 왜… 오빠, 사실 나 오늘, 터졌는데 그래서 모텔 가도…."

"커션."

미친놈아! 스프린터처럼 튀어나가기 직전에 핸드폰 진동이 울렸다. 누구야, 이렇게 빡치는 순간에 맥을 딱 끊어놓는 게? 발신자를 보았다.

최은빈이었다.

*

"미안해. 엄마한테 연락할 수는 없어서······."

은빈은 응급실 침상에 누워서 실실 웃었다. 너는 지금 웃음이 나오니? 뭐라고 한마디 하려다 말았다. 이건 은빈의 잘못이 전혀 아니니까. 은빈은 자신이 해야 한다고 주입받은 일을 한 것뿐이니까. 민중의 지팡이, 민중의 샌드백, 민중의 과녁.

주취자의 칼부림에 은빈은 손을 다쳤다. 그들이 대낮부터 술을 얼마나 마셨는지는 몰라도, 적어도, 한 달 전 이웃의 신고를 받고 들이닥쳐 자기 집 거실을 '난장판'으로 만들어놓은 경찰 무리 중 최은빈이라는 이름의 여경 하나가 있었다는 사실만은 명확히 기억했다. 아이고 죄송합니다, 제가 말입니다요, 술을 너어무 마않이 마셔서요, 하는 변명이 통할 거라는 것도 알았다. 이 동네에서 나고 자라 '동네 장사' 하는 경찰이 억울한 마음에 '작은 난동' 좀 부린 시민을 공무집행 방해로 고소하는 일 따위는 잘 일어나지 않을 거란 사실도. 나는 붕대를 칭칭 동여맨 은빈의 손을 바라보았다. 너는 어떻게 칼을 손으로 잡을 생각을 했냐, 겁도 없이.

응? 왜. 내 한탄에 은빈은 피식거렸다. 그럼 어떡해, 그 칼이 내 정수리로 떨어지고 있었는데.

"방검장갑 같은 건 없어?"

"그거 수량 부족해. 그래서 후배 줬었지."

"미친. 매일같이 목숨 내놓고 일하라 그거야?"

"너무 호들갑 떨지 마. 지구대에서 칼부림은 일상이니까. 특히 야간 할 땐 더. 주간에 이런 적이 별로 없어서 좀 놀라운 거지. 그나저나 그쪽 커플은 어떻게 됐어? 좀 캔 게 있어?"

너무 당연한데도 너무나 놀라운 거 하나밖엔. 엄주영이, 엄용민 씨가 쓰던 어휘들을 고스란히 물려받아 쓰고 있더라, 유산처럼. 비웨어, 커션, 워닝. 너는, 이제, 죽는다, 뭐 이런 뜻이야. 부끄럽고 슬퍼서 모기만한 목소리를 주워섬길 수밖에 없었다. 우리 아빠 엄용민 씨가, 그리고 그를 누구보다 증오하면서 그의 모습을 고스란히 복사해내는 내 쌍둥이가 부끄러워서.

"확실해졌어. 절대 좋은 애인이 아니라는 거. 나 솔직히 걱정했거든. 남들한테 핵폐기물 같아도 어린 애인한테만큼은 다정하고 그러면 어떡하나, 하고. 근데 아니야. 그래서, 내가 걜 미워할 수 있어서, 그래서 다행이라고 생각했어. 한참을 그렇게 생각했는데 갑자기 너무……."

침상에 누워있는 꼴을 보니까 화딱지가 나서 그랬을까.

갑자기 뜨거운 덩어리가 울컥 목구멍을 딛고 나와서는 입천장까지 팔딱팔딱 뛰어올랐다. 양쪽 눈알이 터질 것 같았다.

"너무 웃기고 어이없고 내가 증오스러운 거야. 사실 심연재가 행복하려면 엄주영이 좋은 사람이어야 하는 게 맞잖아. 그런데 나 혼자 정의로운 사람처럼 보이자고, 내 허영심 채워 넣자고 그 어린 여자애가 불행의 한가운데로 떨어지길 바라는 것 같은 거야. 내 미움을 정당화하기 위해서. 거 봐, 엄주영이 진짜 나쁜 사람이었어! 하고 신나선 개처럼 혀 내밀고 헥헥거리며 손가락질하는 게 과연 옳은 일일까?"

거기까지 말했는데 익숙한 얼굴이 쓱 응급실로 들어왔다. 지난번에 지구대에서 봤던 중년의 남자 경찰관이었다. 은빈아, 괜찮냐. 그가 물었다.

"경사님 왜 오셨어요. 오늘 휴일인데 쉬시지."

"참 속도 좋다. 내가 그럼 이 얘길 듣고도 소파에 누워서 TV나 보고 있을까."

"죄송해요, 제가 만용을 부려가지고…."

"이창민네 형이랑 그 마누라라며. 진짜냐."

"예…. 둘이서 듀엣으로 칼춤 추는데 참 예술도 그런 예술이. 어휴, 정말 타도로 전출 신청이라도 해야 할까 봐요. 이 좁은 동네에서 제가 누군지를 다 아니까… 저 때문에 경찰이 싸잡아 만만하게 보이는 것 같아요. 아무도 모르는 곳으로 가서 겁나 쎈캐 이미지로 처음부터 시작해야 할지. 헤헤."

경사는 두 손바닥으로 얼굴을 쓸더니 아예 눈을 질끈 감아버렸다.

"죄송해요. 경사님이 제일 걱정하실 거 잘 알면서도 다쳐서."

"아냐. 이만한 게 어디냐." 경사는 일어나더니 날 쓱 보고는 물었다. "그때 그 지갑 들고 온 아가씨네요."

"아? 아, 네!"

역시 베테랑이라 그런가, 눈썰미며 기억력이 은빈과는 달랐다. 며칠이 지났는데 바로 알아보다니.

어쩌다 보니까 친해졌어요. 은빈이 옆에서 소개를 했다. 경사는 별다른 대꾸 없이 그저 잘 부탁한다고 목례를 꾸벅하더니, 털레털레 응급실을 나섰다.

"되게 죄송하다, 진짜."

"응?"

"경사님. 동료 순직 트라우마 있으신 걸, 내가 그걸 빤히 알면서도 괜히 가볍게……."

박병옥 경사는 주변 동료의 순직을 숱하게 경험해야 했다. 어느 동료는 주취자에게 맞아 뇌출혈로 숨졌고, 어떤

동료는 건물에서 투신하는 시민을 온몸으로 받아낸 후 순직
했으며, 어느 동료는 독극물을 흡입한 자살 기도자에게 인
공호흡을 시도하다가 자신도 중독되어 세상을 떠났다. 과
로로 숨진 동료도 있었다. 그리고 13년 전의 어느 날, 함
께 음주단속을 하다가 갑자기 도주한 차량에 치어 몹시 아
끼던 동료가 목숨을 잃은 날부터 박 경사는 승진을 향한
모든 의욕을 잃었다. 자신은 계속해서 지구대에 남아, 가
장 밑바닥에서 가장 어린 후배들을 보살펴야만 했다. 소리
없이 차곡차곡 쌓아만 놓던 땔감에 누군가 휘발유를 뿌리
고 불을 붙인 것처럼, 심신이 활활 타 버렸다. 이게 개죽음
이 아니라면 무엇이 개죽음이란 말인가. 도저히 견딜 수 없
는 상황이었고 오래 가슴앓이를 해야 했다. 그게 쉰 살 넘
은 박병옥 씨가, 은빈이 절대적으로 신뢰하는 선배이자 아
주 유능한 경찰로 인정받는 박병옥 씨가 아직도 경사 자리
에 머물러 있는 이유라고 했다.

"그렇게 좋은 분이라면, 우리도 엄주영 혼내줄 때 박 경
사님 도움을 받으면 안 돼?"

"안 돼. 한 가지 일에 대해 오만가지 생각을 하면서 괴로
워하시는 분이란 말이야. 더 짐을 지워드릴 수는 없어. 그
리고…." 은빈이 한숨을 쉬었다. "이제 옛날 일 좀 잊으시

고 승진 준비하라고 모두가 애걸복걸하는데도 혼자서 아직도 자책하며 구덩이 파고 계신다고. 이미 힘든 분을 애먼 일에 괜히 연루시키고 싶지 않아."

"알겠어, 그건 그렇다 치고⋯. 이창민네 얘기가 나오는 건 무슨 소리야."

"말 그대로야. 칼부림한 주취자가 이창민 형이랑 형수였다고. 이 동네에선 아무도 못 건드려, 그 사람들, 되게 오래전부터 그랬어⋯. 엄마한텐 진짜 다 비밀이야. 알겠지, 응? 나 그냥 커터칼로 뭐 좀 자르다가 바보같이 혼자 베인 거야. 그렇게 좀 너도 말해줘라."

어디서부터 잘못된 거고 어디까지 손을 대야 하는 거야. 내가 혼잣말로 중얼거리며 은빈의 손을 칭칭 감아 글러브처럼 두툼하게 만들어놓은 붕대를 쓰다듬자 은빈은 이렇게 말했다.

"나는 가끔 지금 내 상황이 테트리스 같다는 생각을 해. 아주 많이 잘못 쌓인 블록들이 있을 때 긴 블록 하나가 내려오면 갑자기 앞날이 뻥 뚫리잖아. 주영아, 너무 답답해하지 마. 내가 할 말은 아니지만⋯ 네가 나한테는 긴 블록 같은 존재야. 그러니까 우리, 몇 줄이라도 더 터뜨리게, 그래서 숨 고르고 공간 확보하고 다시 최고 점수를 내다볼 수 있게, 그렇게 좀 힘을 내자. 손 좀 베면 어떠냐. 지금은 팡

팡 터뜨리려고 쌓아놓는 타이밍인 거야."

웃음이 터졌다. 나는 게임을 진짜 못했다. 피씨방 가서 포트리스 하면 내가 내 머리 위로 대포를 쏴서 자폭했고, 크레이지 아케이드 하면 나 스스로를 물방울에 가둬 죽이는 바람에 애들이 답답하다며 미쳐 날뛰었다. 결국 피씨방에 갈 때마다 나는 눈치를 슬금슬금 보며 빠졌는데 그때 같이 빠져준 게 은빈이었다. 은빈은 이렇게 말했다. 나는 너무 게임을 잘해서 쟤들이랑 하면 재미가 없걸랑! 절반은 진실이고 절반은 "나 때문에 너 괜히 애들이랑 안 놀고…"라며 쭈그러진 나를 위한 배려였다. 대신 우린 오락실 노래방에 들어가서 동전을 넣고 목이 터져라 소리를 지르곤 했었다. 은빈은 이 세상에서 남자 아이돌의 랩을 가장 잘하는 애였다.

"그래. 내가 못해도 한 세 줄 정도는 터뜨리고 가줘야지."

그렇게 말하고는, 속으로만 생각했다. 그중 한 줄은 어떻게든 이창민과 연결될 수 있게 노력을 할게. 이건 내가 나의 세계에서 너에게 저질렀던 잘못을 갚으려 노력하는 행위이기도 할 거야. 나 혼자 맘 편하자고 억지 논리를 펼치는 거라고 말해도 좋아.

그러기 위해선 내가 어느 구석으로 쏙 들어가야 할지 잘 알려줄 만한 가이드가 필요했다.

박병옥 경사. 잠이 든 은빈 옆에서 몰래 핸드폰 잠금을 해제하고는―은빈은 무한대 모양의 잠금해제 패턴을 썼다. 뭐야, 멋지네. 내 말엔 갑자기 말을 더듬었다. 이, 이십 대 초반에 인피니트 좋아했었는데 그때 그 버릇이 남아가지고⋯.―그의 번호를 내 핸드폰에도 저장해두었다.

박병옥의 카카오톡 프로필 사진은 아이의 그림일기였다. 우리 아빠는 멋있는 경찰입니다. 아빠 사랑해요. 나는 그걸 보며 또 비뚤어진 생각을 했다. 아이가, 누군가 불러준 대로 받아 적진 않았기를. 저 문장들이 생존의 수단이진 않았기를 바랐다.

*

"아가씨 내가 90년대 판타지 소설계를 먹여 살린 거 알아요? 모르긴 몰라도 그때 그 작가님들 집 사실 때 내가 마루 한 뼘 정도씩은 깔았을 거야. 확실해요."

지구대 야간 근무 시간이 끝날 즈음, 잠든 은빈에게 메시지 하나만 남긴 채 택시를 타고 용암지구대까지 왔다. 박병옥과 의논하기 위해서였다.

나는 박병옥에게 아무것도 숨길 생각이 없었다. 영악하다고 손가락질 받아도 할 말은 없긴 하지만, 저쪽 세계에서

33년을 살면서 확실히 알게 된 사실 하나를 써먹을 참이었다. 나이든 남자들은 어딘가 신비롭고 별난 구석이 있는 연하의 여자에게 유달리 친절하단 사실. 일하면서도 많이 써먹은 스킬이긴 했다. 그렇게 몇 년을 일하다 보니 일본 독립영화나 하루키 소설에 나오는 긴 머리의 왕눈이 소녀인 듯 구는, 능청스러운 연기력까지 생겨났다. 왕눈이는 아니고 짝눈이긴 했지만….

박병옥은 나를 신기하게 쳐다보고 있었다. 내가 꿈을 꾸는 건가? 중얼거리기도 했다.

"역시. 경사님이라면 믿을 수 있을 거라고 생각했어요. 처음부터 느꼈어요, 지갑 가지고 왔을 때부터."

"내가 뭐부터 해주면 돼요?"

"이창민네 패거리가 어떤 나쁜 짓들을 저지르고 있는지, 확실한 증거가 없어도 심증이 있으실 거잖아요." 기왕 세계를 거슬러 넘어온 여자가 되었으면 썩은 무라도 잘라야 했다. "은빈이는 그런 얘길 속 시원하게 안 해줘요. 저를 걱정해서인지, 뭔지. 하지만요, 박 경사님. 경사님도 알아야 할 사실이 있어요." 물론 이 가설은 거짓일 가능성이 컸지만, 트라우마에 시달리는 이 아저씨를 안심시켜야 할 필요는 있었다. "혹시나, 정말 호오옥시나 이 세계에서 제가 다쳐도요, 제 세계에서는 온전히 잘 살고 있을 거예요. 평행 세계니까요. 경사님도 그런 소설 많이 읽으셔서 아시잖아요. 그니까 저는 그냥, 허깨비 같은, 뭐 그런 존재란 말이에요. 다쳐도 아무 상관없어요. 아셨죠? 그러니 제발 걱정하지 마시고 다 이야기해 주세요, 경사님."

장화신은 고양이의 표정을 하곤 눈을 크게 깜박거렸다.

"도와주세요."

물론 그 패거리의 만행들을 모조리 다 듣고 나서는 신비로운 왕눈이 소녀 역할을 더는 할 수 없게 되었다. 그러기엔 너무 화딱지가 났다. 특히 열 몇 살짜리 어린애들을 세뇌하고 가르쳐 옆구리에 끼고서 벌이는 범죄의 제작 현장은 인근 공장의 반도체 제작 공정보다 정교했다. 별다른 처벌을 받지 않을 방패를 내세운 후 뒤로 빠지기. 행여 발각되는 일이 생긴다면 무조건 너의 잘못이라며 가스라이팅을 일삼기. 그리고 무엇보다, 너는 이 형들 없이는 밥벌이가 불가능할 만큼의 비루한 버러지다, 라는 자괴감을 지속적으로 심어주기. 폭력의 유전은 비단 가정에서만 이루어지는 것이 아니었다.

"더 무서운 건 뭔지 알아요? 시간이 지날수록 점점 우리가 가지고 있는 선입견과는 맞지 않은 일들이 비일비재하게 벌어진단 말이죠. 예전엔 집안 환경 안 좋은 애들이 탈선한다, 뭐 그렇게 생각하는 경향이 많았잖아요. 그런데 지금의 이창민도 그렇고, 걔들이 뽑아서 유독 예뻐하는 어린애들도 그렇고, 진짜 대가리들은 젖과 꿀이 흐르는 집에서 자라난 애들이에요. 똘마니들이 다 돈 없고 맞고 자란 애들이지. 한 번 쓰고 버려도 자기한테 아무 해 끼치지 못할 애들 말이에요. 그 새끼들, 똘마니들의 자괴감을 슬슬 건드려 상처 입히는 짓들을 어찌나 잘하는지. 그리고 그 똘마니들은 밖에서 쌓인 걸 가정에서 푸는 거죠."

너무 호기롭게 덤빈 것이 아닐까. 갑자기 와락 겁이 났다. 사람들에게 겁이 난 게 아니라, 나의 비루함과 나약함을 순간적으로 뼈저리게 인지했기 때문이었다. 이곳에서야말로 나는 아무것도 없는 사람인데. 집도, 돈도, 의지할 누군가도.

솔직하게 털어놓았더니 박병옥 경사는 입을 비쭉거리며 대답했다. 아가씨. 세계를 한 번 건너온 분이라 그런지 욕심이 많으신 것 같은데, 내 나이가 쉰이 넘도록 못 이룬 사회정의를 단번에 이루겠다고 꿈꾸는 거, 나한텐 상처인 거 알죠?

아, 그렇구나. 번개를 맞은 기분이었다. 민망해진 내가 할 수 있는 말은 그저….

"경사님 제 전완근 한 번 눌러보실래요?"

08

뭐야, 실내에서 웬 선글라스? 다들 허벅지를 치고 소리를 높여 놀려댔는데 청력이 감퇴하기 시작한 중장년층의 커다란 웃음소리가 퍽 과장되게 느껴졌다. 젊은이들 패션이야? 우리가 나이 들어서 모르는 건가? 주영아, 저게 요새 젊은 애들 유행이니? 누군가 내게 묻길래 나는 일부러 볼이 부은 표정으로 대답했다. "저도 이해 안 되긴 하는데요, 아이, 어떻게 스물하나랑 서른셋을 비교하세요! 쟤들이 보기엔 저도 완전 노인네라고요." 그러자 다시금 터지는 요란한 웃음. 나는 심연재에게 라켓을 쥐어주며 선글라스의 안쪽을 슬쩍 들여다보았다. 눈두덩이가 온통 퉁퉁하게 잔뜩 부어있었다.

"몸 안 좋으면 쉬어도 돼요."

"아니에요, 할 거예요. 주말에 아버님 어머님이랑 랠리 하기로 했단 말이에요."

너도 참 대단하다, 라고 생각하며 공을 튕겨 넘겨주었다. 홈런. 다시 서브를 넣었다. 또 홈런. 마음이 딴 곳에 가 있는 게 분명했다. 정말 천천히 쉽게 넣어줘야지, 하고 보냈다. 딱콩! 역대급 홈런이었다. 공이 천장을 맞고 뚝 떨어져 탁구장 저 끝 구석까지 또르르 굴러갔다.

"연재 씨. 나 똥개훈련 시키려고 일부러 못 치는 척하죠, 응? 왜 오늘 갑자기 야구를 해요?"

에구구, 신음 소리를 내며 허리를 굽혀 공을 주워 와서 타박을 했다. 그러고는 서브를 넣었는데, 상대는 손 한 번 뻗지 않고 목석처럼 그대로 서 있었다. 그러더니 공을 줍지도 않고 별안간 등을 돌려 카운터 근처에 걸려 있는 두루마리 휴지 쪽으로 돌진했다.

"언니 미안해요. 나 화장실 좀 다녀올게요!"

도르르 소리를 내며 휴지를 길게 뜯은 심연재가 외마디를 남기고 사라졌다. 아니, 잠깐. 그래도 자기가 놓친 공은 줍고 가야 매너지 이게… 공은 사물함 위에 앉아서 노가리를 까는 어른들의 발밑에까지 굴러가 있었다. 공을 주우러 총총 걸었다.

"…저렇게 티를 내는 것도 다 어려서 그런 거지, 우리 같은 사람들이야 울어서 눈 부으면 눈 부은 대로 그냥 다니는데 젊은 아가씨라 확실히 그런 게 부끄러운 거야…."

"아니 그래서. 본 사람들이 얼마나 되는데?"

"몰라, 확실히는. 그래도 우리 애 친구의 친구의 친구가 똑똑히 봤다잖아. 김 코치 사촌의 당숙의 고모도."

"주영이 걔는 저번 결혼도 망쳤으면서. 어린 여자애를 데려왔으면 이뻐서 물고 빨 것이지 왜 그렇게 남들 다 보는 데서 못살게 굴었대, 부모 창피하게?"

"젊은 애들 사랑싸움이야 불이지 불. 에휴, 주영이 저번 결혼은 난 벌써 다 잊었네. 신고도 안했다는데. 축의금 나간 가계부로나 남았지 뭐."

"그 예식장, 밥도 참 더럽게 맛없었는데……."

나는 공과 라켓을 가지런히 사물함 위에 올려놓고는 밖으로 나갔다. 복도를 걸어 여자화장실 앞에서 3초 정도 주춤대다 들어갔다. 코를 팽 푸는 소리가 마지막 칸에서 요란하게 울리는 중이었다. 똑똑, 하고 문을 두드렸다.

"연재 씨."

패애애애앵.

"연재 씨, 나 주영 언니예요. 괜찮아요?"

*

내가 은빈의 전화를 받고 급하게 롯데시네마를 떠난 직후, 엄주영과 심연재는 손을 붙잡고 상영관 바깥으로 나와 영화 리플렛을 챙기다가 방금 극장으로 들어선 이창민과 딱 마주쳤다고 했다. 어어이, 제수씨! 이창민이 반갑게 외치길래 연재는 헤헤 웃으며 인사를 받았다. 물론 잠시 의아해하긴 했다고 말했다. 왜 제수씨지? 저 오빠는 우리 오빠랑 동창이라고 했는데? 킥킥대며 엄주영을 돌아보았는데 삐질삐질 흘리는 그 웃음이 마치 여름에 흘리는 고약하고 끈끈한 땀처럼, 썩 쾌적해보이지 않았단다. 어쩔 수 없이 자동적으로, 본능에 따라 배출되는 배설물처럼.

"영화 보고 나왔어요? 뭐 봤어?"

"〈아가씨〉요."

"어어이, 뭐야. 어린 애인 데리고 야한 영화 보니까 좋냐, 주영아?"

"오빠!" 심연재는 괜히 이창민의 팔뚝을 약하게 통통 두들겼을지도 모른다. "저도 성인이거든요? 그리고 그 영화, 좋은 영화예요. 야한 거에만 초점을 맞추지 말고요, 좀!"

알겠다, 알겠다고. 이창민은 킬킬 웃더니 엄주영 쪽으로는 눈길도 안 주고 연재에게 말했다고 했다.

"제수씨, 제수씨도 오빠 친구들 다 만났으니까 반대로 우리도 제수씨 친구들 다 만나게 기회 좀 줘. 원래 그 결혼식

날에도, 신랑 친구들이랑 신부 친구들이랑 술 한잔하면서 놀아야 되는데 그날 당장 처음 본 사이면 무슨 재미야. 예쁜 친구 많잖아? 원래 끼리끼리 논다고, 연재 보면 딱 친구분들도 얼마나 아름다우실지 견적이 나온다고. 우리, 자리 좀 만들어 줘라. 오빠들이 진짜 맛있는 술에 좋은 안주, 딱 쏠 테니까."

이런 씨발. 나는 번진 아이라인을 휴지로 닦아내는 심연재 옆에 서서 나도 모르게 화장실 벽에 이마를 콩콩 찧었다. 너무 뻔한 개저씨들 레퍼토리잖아 저거!

그때 연재가 손을 들더니, 내 이마와 벽 사이에 갖다 대었다. 언니 왜 갑자기 자학을 해요.

"언니, 제가 어리지만 바보는 아니에요. 적어도 우리 오빠가 이창민 오빠 앞에 있으면 왠지 깨갱댄다는 사실 정도는 알고 있어요. 딱 봐도 서로 맘 편하고 평등한 친구 사이는 아니에요. 저도 그 정도 눈치는 있어요. 어른들은 다들 저를 멍청한 여섯 살짜리 애기 대하듯 하지만요."

머리가 띵했다. 나도 모르게 고개를 휙 돌려 심연재의 가지런한 이목구비를 멍하니 쳐다보게 되었다. 누군가 망치로 뒤통수를 때린다면 이런 느낌일까. 나도 모르게 속마음이 입 밖으로 나왔다. "그런데 왜…."

"그런데도 그 이창민 오빠한테 상냥하게 굴었어요. 억지로라도 방긋방긋 웃으면서요. 왜냐면 저는 우리 오빠를 진짜로 사랑하니까요. 그래서 오빠가 절절매는 친구들에게 밉보이고 싶지 않으니까요. 제가 오빠의 힘이 되고 싶었으니까요. 그래서 걱정 말라고, 제가 조만간 자리 마련할 테니까 기대하시라고 대답했어요. 그런데…."

다시 한번, 패애애애앵.

"그런데 그거 가지고 오빠가 진짜 빡돈 거예요. 왜 그렇게 화가 났는지 모르겠어요, 언니. 전 진짜 오빠를 위해서 그런 건데… 제가 그러면 오빠가 그 무리 사이에서 좀 어깨 펼 수 있을까 하고요… 그런데 이창민 오빠가 자리 뜨자마자 오빠는 소리 지르고 욕하고… 매점 앞에서 그러더니 주차장에서도 또 그러고, 모텔에 주차하더니 그 앞에서도… 거기 먹자골목이라 동네 사람들 엄청 지나다니는데… 그래서 그때부턴 저도 눈물이 막 났어요. 억울해서요."

"아니, 대체 뭐라고 욕을 했는데."

"모르겠어요, 아직도 잘 이해가 안 돼요. 너도 똑같은 년이라고 욕하고, 나를 이용해 먹었다고 소리 지르고. 가장 많이 외치던 말은 이거였어요. 내가 우습냐는 말. 우습지? 뒤에 가서는 다 비웃잖아? 그런 말이요. 전 너무 억울해요. 오빠에 대해선 한 번도 그런 생각을 해본 적이 없는데… 왜 내 맘을 열심히 표현해도 오빠는 자꾸 의심만 할까요?"

"그래서, 사랑한대?"

"존나 사랑한대."

"이런 개 존나 씨발. 대체 왜 사랑하는데?"

은빈은 퇴원 후 욕이 더 늘었다. 자기 말로는, 욕을 해야 손의 간지러움이 조금 덜해진다나.

"이 기회를 놓치고 나면 자기가 다시는 평생 남자를 못 만나고 사랑 못 받고 혼자 늙을까 봐 겁이 난대."

"씨발 혼자 늙는 게 뭐가 어때서!"

"나도 그렇게 생각한다만, 어쨌든 그렇대. 개도… 개도 들어보니 우여곡절이 많은 애인 듯하다."

10대 시절의 심연재는 집에 들어가지 않기 위해서 계속 피씨방을 돌았단다. 정신없이 게임을 하다 보면 허기가 져서 음식을 시켰다. 지옥에 떨어진 아귀처럼 라면과 떡볶이와 닭강정과 온갖 튀김과 과자를 해치웠다. 열아홉이 되던 날 90킬로를 찍었다. 세 자리가 아님에 감사했다. 시큰거리는 무릎을 그러안고 싶었지만 몸이 너무 커서 단단히 자신을 안을 수가 없었다.

"그리고 스무 살 됐을 때 대학 붙은 거지. 사실 가고 싶은 대학은 멀리 따로 있었는데, 여자애 혼자 무슨 먼 데를 보내냐고 청주 안에 있는 대학 가라 해서, 진짜 가기 싫은 과를 억지로 들어갔대. 아무랑도 못 친해지고 오티날 조롱만 당했대. 혼자 다니면서 살만 겁나 뺐대. 1학년 2학기 땐 살 빼려고 아예 휴학했대. 알바로 돈 모아서 지방흡입도 하고 피티도 받고 삼시세끼 풀 먹고. 야, 맘스터치 알바 하면서 삼시세끼 풀만 먹는 게 가능하냐? 진짜 독한 애야. 어쨌든 그렇게 살 쪽 빼고 나서 처음 관심 가져준 이성이 엄주영인 거."

"나 울어도 되니."

"어. 난 이미 청주 적셨어. 무심천 냇물 절반이 내 눈물이야."

잠시 조용해졌다. 부엌에서 은빈의 엄마가 콧노래를 흥얼거리며 민기를 써는 소리만 탁탁탁, 하고 울릴 뿐이었다.

"뭐, 지금 어쭙잖게 사랑한다 말해도 상관없어." 내가 먼저 나섰다. "사랑이 별거냐? 너도 잘 알 거 아냐. 어렸을 때 연애하면 얘랑 진짜 결혼할 거라고 착각하는 거. 내 사랑은 하얗고 깨끗한 새 수건 같은 결말일 거라고 생각하는 거. 근데 아니잖아. 다들 어차피 얼룩덜룩하고 낡아지고 해지고. 그럴 거면 뭣 하러 벌써부터 낡은 사랑을 만나냐. 세상에 훨씬 좋은 남자 많고 심연재는 충분히 그 기회들을 누릴 수 있어. 나는 그렇게 생각해."

"그러니까 네 말은."

"우리가 도와주고 있단 건 변하지 않는다는 거야. 더 좋은 사람을 만나거나, 안 만나더라도, 만날 때보다 덜 불행한 삶을 살 수 있게 해주는 거. 그러니까 우린 죄책감 가질 필요가 없다, 이 말씀임. 땅땅."

똑똑, 하고 문을 두드리는 소리가 나더니 은빈의 엄마가 고개를 살짝 들이밀었다. 밥 먹어, 애들아.

은빈의 집에 오래 머물기로 작정한 이상 돈 한 푼 안 내고 눌러앉아 있기에는 내 양심이 허락하지 않았다. 내가 그 어렸을 때의 가출 소녀도 아니고. 그래서, 내 세계에 혼자서 한 번 더 다녀왔다. 여전히 나물 반찬을 깨작거리고 있을 엄마의 모습을 확인도 하지 않고, 화장실을 나오자마자 정신없이 ATM 기계를 찾았다. 기계 앞에서 핸드폰 은행 어플을 켠 후 피눈물을 흘리며 적금 하나를 해약했다. 그러고는 그 돈을 다 빼 들고 은빈의 옆으로 돌아왔다. 은빈도 은빈의 엄마도 안 받겠다며 펄펄 뛰길래 대신 내 돈으로 자주 장을 봐 왔다. 현금영수증 하세요? 캐셔의 물음에는 은빈의 번호를 대주었다.

"요새 계란이 금값이던데 주영이 너는 무슨 계란을 30구나 사왔니…."

"그냥 제가 먹고 싶어서 사온 거예요."

"엄마, 요새 계란이 비싸?"

"우리 은빈이는 생전 장을 본 적이 있어야 뭐가 비싼지 알지…."

"에이 어머니. 나라 지키느라 바빠 죽겠는데 장 보고 물가 체크할 새가 어디 있어요. 은빈이한테 바라는 게 너무 많으시다."

"무거웠을 텐데…."

"제 전완근 만져보셨잖아요."

"근데 최은빈 너 그 붕대는 언제 푸니…?"

"아? 아. 몰라 좀 더 있어야 할 것 같다는데."

"커터칼로 대체 뭘 했길래 그렇게…."

"빈성하고 있으니끼 진소리는 그만해주오."

그러고는 잠시 침묵이 흘렀다. 케첩을 척척하게 뿌린 계란말이를 하나씩 집어서 씹는 소리만 오물오물. 배중숙 씨는 계란말이에 채소를 진짜 너무 많이 넣어서 이게 계란말인지 채소부침인지 가늠이 안 될 정도였는데. 내 취향은 이 집 계란말이였다.

"주말에 날도 좋은데 엄만 탁구장 아줌마들이랑 어디 나들이 안 가?"

"오늘 엄마 집에서… 대청소 할 거야."

"아 진짜?"

"응. 그니까 주영이랑 같이 좀 나가있어…. 너희 있으면 방해만 된다."

아아 왜요! 제가 도울게요! 저 걸레질 짱 잘하는데! 내가 소리쳤지만 은빈의 엄마는 단호했다. 땋은 머리카락이 이리저리 흔들릴 정도로 세게 도리질을 했다. 영화라도 보든지 아님 둘이서 운동이라도 하든지. 치덕치덕 말줄임표 투성이였던 평소의 말투가 단호한 온점으로 바뀌었다. 이 정도라면, 은빈의 엄마 기준으로는, 썩 꺼지라는 엄포와 동급이었다.

그래서 우리는 일단 명랑핫도그를 하나씩 해치운 후 카페에 가다가, 아 맞다 나 티켓팅 해야 하는데! 라는 은빈의 비명에 급히 목적지를 변경해 피씨방에 들어와 앉아있는 중이었다. 경찰이 이런 데 와도 되냐? 내 말에 은빈은 어이없다는 듯 경찰이 스님이냐? 라고 되물었다. 맞는 말이라 뭐라 반박할 수가 없었다.

"아 씨발 떨려."

"욕 좀 그만 쓰시죠, 경찰관님."

"이 단어 아니고서는 내 긴장감을 다 표현할 수 없단 말이야."

"너 다친 데가 왼손이어서 진짜 다행이긴 하다."

나는 은빈이 알려준 세컨드 아이디로 티켓팅 사이트에 접속했다. 나 이런 거 한 번도 안 해봤는데. 그니까 기대하지마. 내 말에 은빈은 응, 그래도 혹시 모르니까, 하고 대답했다. 두근두근. 시계가 움직이는 중이었다.

"지금이야!"

은빈이 외쳤다.

우스운 일이었다. 초심자의 행운이란 게 있는 걸까, 아니면 내가 이 세계의 사람이 아니라서 이 세계엔 존재하지 않는 운을 어딘가에서 쑥 받아올 수 있던 걸까. 내 모니터에는 빼곡하게 사각형들이 펼쳐졌고, 음, 왜 앞자리가 이렇게 비었지, 라고 생각하며 클릭했더니 정말 아무렇지도 않다는 듯 다음 페이지로 이동했다. 다음, 다음. 뭐라 적혀있는 정보들을 보는 둥 마는 둥 하며 클릭했더니 금세 예매가 완료되었습니다, 라는 페이지가 떴다.

"야 뭐야. 겁나 쉬운데?"

은빈이 고개를 길게 빼서 내 모니터를 바라보았다. 그제야 은빈의 화면을 슬쩍 볼 수 있었는데, 인터넷 속도에 미친 대한민국에 살면서 그토록 장승처럼 움직일 생각 없는 로딩 화면은… 아마 모뎀 시절 이후론 처음 보는 것이었을 테다.

"미친!"

은빈이 소리를 질렀다. 5번이라고? 너 지금 A구역 5번을 뽑은 거야? 씨발 개쩔어 미친. 진짜 사랑해. 사랑한다고! 으아아악! 나 처음이야 티켓팅 성공한 거! 근데 5번이라고?

"아, 존나게 시끄럽네."

반대쪽에서 날아온 남자의 퉁명스러운 목소리에 은빈은 죄송합니답! 이라고 대답한 후 두 손으로 입을 막고는 끅끅댔다. 그렇게 좋아? 내가 물었더니 덥석 목을 안고는 귀에 속삭였다. 어 진짜 사랑해 너는 우주 최고의 친구야 평생 함께해 내가 밥도 주고 술도 주고 사랑도 줄게 아파트도 사줄까?

뭐래. 나는 웃다가, 방금 전의 남자 목소리가 익숙하단 사실을 퍼뜩 깨달았다. 누구지. 화장실에 잠시 다녀오겠다고 속삭이고는 자리에서 일어나 그쪽으로 걸었다. 주영아, 화장실 그쪽 아닌데. 뒤에서 은빈의 목소리가 들렸지만 모른 척했다.

열심히 키보드를 난타하고 마우스를 집어던질 듯 딸깍거리며 게임을 하고 있는 이창민과 엄주영. 각각의 옆에는 처음 보는 여자 둘이 있었는데 자기 모니터엔 관심도 주지 않고 그 둘 옆에 착 붙어서는 감탄사를 연발하는 중이었다. 그리고 조금씩 텀이 생길 때마다 이창민의 손은 제 옆에 앉은 여자애들의 허벅지 쪽으로 내려가곤 했다. 엄주영 저 새끼도 저럴까 싶어 눈에 쌍심지를 켜고 쳐다보는데, 별안간 이창민이 엄주영의 옆에 앉은 여자애의 이름을 불렀다. 그 여자애는 자리에서 일어나 엄주영과 이창민 사이에 자리를 잡고 섰다. 이창민이 왼손으로 그 애의 엉덩이를 두드렸다. 오른손으론 여전히 다른 애의 허벅지를 주무르는 중이었다.

나는 핸드폰을 들었다. 찰칵, 하는 소리는 다른 사람들이 게임을 하며 내는 욕설과 키보드 소리에 파묻혔다. 나쁜 새끼. 이렇게 많은 사람들이 시끄럽게 구는데 우리가 여자라는 이유로 지랄한 거야? 화가 나자 조금 대담해져서, 연사도 찍었다. 찰칵, 찰카찰카.

09

아무도 없는 집에 들어섰다. 현관의 센서등이 작동하지 않은 지 한참이었다. 전구를 갈아야 하는데 은빈 모녀는 너무 바빴고, 나는 자꾸만 전구를 사온다는 걸 잊고 장을 봤다. 얹혀사는 주제에 전구 교체 하나도 제대로 해주지를 못하네. 온몸이 물먹은 솜처럼 축축 처졌지만, 생각난 김에 해치워야지, 하는 생각으로 식탁 의자를 들어다 현관에 가져다놓았다. 그 위를 밟고 올라서서 전구를 꺼내 모델명을 확인했다.

안방에서 무언가 부서지는 소리와 함께 끙끙대는 신음이 들려온 것은 그때였다. 도저히 사람의 것이라고는 믿을 수 없을 정도로 기괴한 목소리였다. 일흔 살 먹은 노인의 몸에 생후 7개월의 아이가 들어가 늙은 성대를 사용해 힘껏 울어

젖힌다면 저런 소리가 날까? 몸이 뻣뻣하게 굳었다. 식탁 의자를 딛고 선 다리가 부들부들 떨렸다. 금방이라도 의자에서 떨어질 것 같아서, 허리를 굽혀 등받이를 잡았다. 그러고는 엉금엉금 기다시피 내려왔다. 그동안 울음 섞인 신음 소리는 산발적으로 계속되는 중이었다.

그 소리에는 사람을 미치게 하는 뭔가가 있었다. 그 소리를 만드는 주체에 대한 우려보다 혐오와 공포가 더 먼저 생겨났다. 무슨 일이 생긴 건지 알고 싶지 않다는, 아무것도 하려 들고 싶지 않다는 강한 욕구를 불러일으키는 목소리. 귀를 막고 뛰쳐나간 후 서너 시간쯤 밖을 돌다 들어오면 잦아들어 있지 않을까? 나는 한 발자국도 움직이지 못한 채 여전히 식탁 의자에 기댄 채였다. 그냥 지금 당장 나갈까? 나중에 뭔가 벌어진 일을 수습하는 은빈 모녀 앞에서, 집에 들어오지 않았던 척하며 도울 수 있지 않을까?

그러나 저 방에는 은빈의 아버지가 있었다. 같은 식탁에 앉아보기는커녕 얼굴 한 번 보지도, 이야기 한 번 나누지도 못했던 이 가족의 구성원이 저 안에서 울부짖고 있는 중이었다. 지금껏 내가 알면서도 애써 생각하지 않으려 했던 사실… 절대 밖으로 한 발짝도 나오지 않으며 저 문 뒤에서 숨만 쉰 채 삶을 부지하고 있는 누군가가 존재한다는 사실을 이제는 직면해야 될 때가 된 것이다.

저렇게 신음 소리를 내고 있는데. 혹시 다쳤으면 어떡해.

은빈의 아버지인데. 아줌마의 남편인데.

내가 얼마나 큰 신세를 지고 있는데, 그를 모르는 체할 순 없었다.

안방 문 앞에 서서 노크를 두 번 했다. 그렇게 이성적인 방법이 먹힐 리는 없다고 생각했지만, 어쨌든 저 안에 있는 누군가도 모르는 사람이 자기 공간을 침범할 경우를 대비한 마음의 준비를 할 권리가 있으니까.

신음이 갑자기 잦아들었다.

파도가 친 직후의 바닷가처럼 사위가 고요해졌다.

이게 무슨 일일까.

나는 다시 문을 두 번 두드리곤 입을 열었다. "계세요?" 목소리가 쩍쩍 갈라지길래 헛기침을 두어 번 하고 목을 가다듬었다. "아버님, 계세요? 괜찮으세요? 무슨 일 있으세요? 제가 들어가서 봐드릴까요?"

신음은 낮은 곳에서 무언가 끓어오르는 듯한 소리로 바뀌어 다시 들려왔다.

"아버님, 괜찮으시면 제가 문 열게요. 저 모르는 사람 아니고요, 은빈이 친구예요. 그니까 당황하시지 말고요. 아버님, 제가 문 열게요. 싫으시면 바로 지금 소리 한 번만 질러 주세요."

침묵. 다섯까지 센 후 나는 문고리를 잡았다.

"그럼 열게요 아버님. 미리 죄송해요, 진짜. 제가 나중에 은빈이한테 설명을 다…."

그때 현관 도어락의 비밀번호를 누르는 소리가 들렸다. 비밀번호는 겨우 네 자리 숫자밖에 되지 않았고 이미 몸이 굳은 나는 안방 문 앞에서 한 발자국도 제대로 떨어지지 못했다. 현관문이 열리고, 양손에 비닐봉지를 네 개나 든 은빈의 엄마가 어깨를 이용해 조금 열린 문틈을 비집고 들어왔다.

"…."

눈이 마주쳤다. 아, 짐이 많으시네. 들어드려야 하는데… 하고 움직이려다 깨달았다. 내가 아직 안방 문고리를 잡고 있다는 사실을.

분명 방금 전까지 치명상을 입은 짐승처럼 낮게 울부짖는 소리가 끝없이 울리던 안방은 무슨 일이 있었냐는 듯 조용했다. 아무런 소리도 들리지 않았다. 차라리 은빈의 엄마가 비닐봉지 네 개를 패대기치고 달려올 만큼 큰 소리로 저 안의 누군가가 난동을 부렸다면 좋을 텐데. 그렇다면 내가 어정쩡한 자세로 이 문고리를 잡고 있는 것이 충분히 설명될 텐데.

환청이었나, 싶을 정도로 아무것도 들려오지 않았다.

"아… 안방에서 시끄러운 소리가 들렸어요." 상대가 묻지 않았는데 일단 변명부터 주워섬겼다. "뭔가 막 부서지는 소리가 나고… 아파하시는 것 같은 소리가 나고… 그래서 걱정이 되어서… 한 번도 뵌 적은 없지만 은빈이가 안방에 아버지가 계시다고… 그런 말을 해서…." 말은 점점 주절주절 길어졌다. "그래서 너무… 걱정이 되어서, 안에 계신 분한테 허락을 받고 문을 열어서 확인해보려고…."

가만히 신발을 벗는 움직임에, 변명이 뚝 멈추었다. 비닐봉지가 벌어지면서 신문지에 싼 부엌칼이 눈에 들어왔다. 그리고 보니 오늘 아파트 단지에 장터가 서는 날이었다. 칼 가는 아저씨도 왔겠지. 날카롭게 벼려졌을 칼날을 상상했다. 손이 부들부들 떨리기 시작했다. 나는 생각했다. 어쩌면 집도 절도 돈도 없는 나를 이렇게 조건 없이 상냥히 먹여 살려준 거, 다 계획이 있어서가 아닐까? 이 세계에서도 인신매매 같은 거 충분히 있을 거고. 사이코패스임을 숨기고 다니는 경찰관도 있을 수 있겠지. 그리고 보니 온갖 영화에선 사실, 소심하고 순진하며 말 없는 척하던 사람들이 범인 아니던가? 요샌 열 살짜리 애들도 하지 않는 방식으로 소녀처럼 머리를 땋고 수줍은 미소를 짓는 상냥한 동네 아줌마, 바로 저 아줌마가 가장 무서운 사람일 가능성은 충분히 있지 않나? 저 안에 있는 사람이 첫 번째 희생양일 거야, 그리고 내가 바로 두 번째….

"우리 은빈이가, 아직 아빠 얘길 안 했구나… 친구가 묻질 않길래 이미 알고 있는 줄 알았는데…." 은빈의 엄마가 문고리에 얹힌 내 손 위에 자신의 손을 올렸다.

"한번 직접 봐… 친구가 오해하고 무서워하는 걸, 은빈이도 바라지는 않을 거니까… 보고 나와서 나랑 차 한잔 마시자, 맘이 놀랐을 테니까…."

안방의 문이 천천히 열렸다.

*

우리 임마, 그러니까 저쪽 세계의 배중숙 씨는 다른 집의 치부를 내게 이야기하길 좋아했다. 소재는 나의 친가, 그러니까 엄마의 시댁 쪽 친척들이기도 했고, 같이 근무하는 동갑내기 아줌마이기도 했고, 두 층 위에 사는 싸가지 밥 말아먹은 신혼부부이기도 했다. 내가 그 어디에도 이야길 흘릴 사람이 아닌 걸 알기에 – 사실 그렇다기보단, 엄마와 나 각각의 인간관계에 교집합이 전혀 없기 때문에 말이 새어나갈 위험성이 없었을 것이다. 나는 고향의 어느 누구와도 교류하지 않았고, 친척들과도 데면데면했으니까 – 맘 편하게 뒷담화를 하고 난 배중숙 씨의 결론은 언제나 이랬다. "그러니까, 비밀이 없는 집은 없어. 아아아아무리 행복해 보이는 집이라도 있지, 어느 한구석은 시커멓게 썩어있다고. 그러니까 우리 주영이도 이제 그만 엄마 아빠를 좀 다 용서해주고, 셋이서 행복한 가정이 되었으면 좋겠다, 이 말이야. 우리 딸이 다른 친구들보다 쬐끔 더 예민해서 아직도 못 잊어. 사실 모든 집들이, 다 똑같은데."

그런 말을 들으면 나는 미친 사람처럼 엄마에게 화를 냈는데, 그래도 몇 달만 지나면 엄마는 다 까먹은 듯 똑같은 논리를 늘어놓곤 했었다.

은빈의 엄마가 털어놓는 사연을 들으며 나는 어쩔 수 없이 엄마의 그 말들을 떠올렸다. 비밀이 없는 집은 없어. 어느 한구석은 다들 시커멓게 썩어있다고.

소녀처럼 길게 땋은, 탁구장 구석에 자리 잡은 사람들에게서 가끔 나잇값도 못하고 저게 무슨 헤어스타일이냐며 숨죽인 비웃음을 사는 저 머리 모양은, 그저 미용실에 걸음할 돈도 시간도 마음의 여유도 부족했기 때문일 것이다.

소녀처럼 수줍어 보였던 그 미소와 말투도 사실은, 자신의 존재감이 드러날수록 남편이 저지른 잘못과 손가락질받을 치부가 도드라질 거란 공포심에서 나온 방어 전략일 것이다.

그리고, 당당히 경찰이 된 은빈이 이토록 무력감에 휩싸일 수밖에 없었던 이유도 결국엔, 사실은….

"우리 딸한텐 절대 비밀이야, 내가 이야기한 거…."

그 자신이 더 분노하고 절망했을 아줌마가 딸의 기분을 먼저 걱정하는 것 역시 너무나 사람들이 요구하는 '엄마'의 고정된 모습 같아서, 나는 어깨 위로 축 늘어진 땋은 머리만 쳐다보았다. 은빈의 엄마는 눈물도 흘리지 않았다. 눈물을 흘린 것은 나였다.

"가끔은, 저 인간 그냥 그때 죽지… 그런 생각을 하다가도, 그래도 애 아빠니까, 밉든 싫든 안고 가야 한다고…… 은빈이는 요양원에 넣으라는데, 내가 그 맘을 알면서도 불같이 혼냈어… 어떻게 넌 딸이 되어서 그런 말을 할 수가 있냐고… 스물 몇 살 먹은 애 종아리를 회초리로 때리면서."

그 일이 있고서 1년간 모녀는 같은 집에 살면서도 대화를 전혀 나누지 않았다고 했다. 결국 은빈이 경찰공무원 시험에 합격한 날 비로소 다시 쭈뼛대며 말을 섞었는데, 자신이 꽃다발과 소고기를 사들고 퇴근해 먼저 말을 걸지 않았으면 아직까지도 은빈은 침묵시위 중이었을지도 모른다고 은빈의 엄마는 말했다.

"이 집에 친구를 데려온 것도 그 이후로는 정말 처음이야. 그 전까진 집에 친구 데려오는 게 일상이었던 애가…
그래서 사실은 너무 놀랐고, 또 주영이한테도 너무 고마
워… 우리 은빈이가 주영이를 진짜 많이 믿고 좋아하는 거
야. 이러다보면 언젠간 제 아빠 용서하는 날도 오지 않을
까… 용서는 아니어도, 적어도, 좀 덜 미워하는 날은 오지
않을까. 그런 희망이 생겼어….”

아니에요. 사실 은빈이 나를 제 방에서 재울 수 있는 것
은 제가 이 세계에 소속된 사람이 아니기 때문이에요. 은빈
의 비밀을 어디 이야기하려 해도 할 만한 곳이 없는 외톨이
기 때문이에요. 그 사실이 은빈을 안심시켰던 거예요. 그렇
게 친구들 데려오는 걸 좋아했다는 그 애를.

지금 우리가 벌이려는 일이 은빈에게 어떤 의미를 가지는
지 나는 이제야 조금 알 것 같았다. 또한, 이 일은 철저하
게, 나 혼자 벌인 사고로 사람들에게 인식되어야 할 것도
같았다. 은빈을 끌어들인다면 묻어두었던 치부가 드러나게
될 테니까.

*

주말은 잘 보냈어요? 내 인사에 연재는 입을 비쭉거리더
니 내 귀에 입을 갖다 대었다. “결국엔 했어요, 모임. 제 친

구들이랑. 이창빈 오빠네랑." 그러더니 한숨을 푸욱 쉬었다. 덕분에 귀가 몹시 간지러웠다. "진짜 완전 아재들이야! 너무 싫었어요. 자기들 한 잔 마실 때 여자애들만 두 잔씩 먹이고. 저 친구들한테 밥 사기로 했어요. 너무 미안해서. 근데 어떡해요. 우리 오빠 기 살려주려면."

"…고생했네요. 토요일에 마신 거예요?"

끄덕끄덕.

"그래도 오빠가 저는 술 많이 마시지 말라고 흑기사 엄청 해줬어요!"

그냥, 자기 소유라 굳게 인식하고 있는 여자 친구가 다른 남자들 앞에서 술에 취해 헤롱 대는 꼴을 볼 수가 없는 거겠죠, 라는 말은 목구멍으로 삼켰다.

"얼른 결혼해서 다른 지역으로 이사 가고 싶어요. 오빠 친구들이랑도 좀 떨어지게… 딱 보니까 유부남들도 있던데 왜 제 친구들한테 자꾸 이상한 얘기하고… 진짜 싫었어요! 오빠는 왜 그런 사람들이랑 놀까요? 그래도 친구들한테 물은 많이 안 들어서 다행이긴 한데."

나는 핸드폰을 주섬주섬 주머니에서 꺼내다가 슬그머니 다시 집어넣었다. 원래는 오늘 당장 피시방 사진을 연재에게 보여줄 생각이었다. 충격요법이라도 줘야 저 어린애가 정신을 차리겠구나, 싶어서. 그러나 연재는 내 예상보다도 훨씬 두꺼운 콩깍지를 두 눈알에 장착하고 있는 것 같았다. 뭐? 친구에게 물이 안 들어서 다행이야? 어휴. 고개를 절레절레 저으며, 라켓 챙겨요, 라는 말이나 했다. 저런 콩깍지라면 분명 그 피시방 사진을 봐도, 우리 오빠 손은 여자 몸에 안 가 있잖아요, 라고 대답할 터였다.

은빈의 엄마가 했던 말이 귀를 맴돌았다. 사실 탁구장 사람들한테도 애 아빠가 왜 그렇게 되었는지 솔직하게 이야기 안 했어요. 거짓말을 했어… 쓰러졌는데 이유를 모르겠다고, 과로가 아닐까 한다고… 그런데 그렇게 말하니까… 자꾸 나 자신도 그렇게 믿게 되고… 그러면 마음이 조금은 편해져서….

딱, 콩, 딱, 콩. 그래도 연재의 랠리는 많이 좋아졌다. 폼은 여전히 엉거주춤했지만, 처음처럼 두 다리 딱 고정시킨 채 팔로만 치려 들지는 않았다. 지난번에는 드디어 시부모님이랑도 한 판씩 쳐 봤다나. "시아버지가 아직 커트도 못 넘기냐고 뭐라고 했어요. 그러니까 오늘은 커트 가르쳐 주세요." 공을 주우러 갔다 돌아온 연재의 말에 또 머리뚜껑이 열렸다. 부여잡으려 했지만 뚜껑은 이미 저 멀리 날아간 후였다.

"아니 그럼 지가 가르치면 되지 왜 죄도 없는 연재 씨한테 뭐라고 해요?"

아. 지가, 라는 단어를 뱉고 나서야 그 엄용민 씨가 내 아버지가 아니지, 라는 사실을 뒤늦게 인지했다. 연재가 놀라서 눈을 동그랗게 떴다.

"아니에요! 가르쳐 주시려고 했는데 제가 그날 하루 종일 제대로 넘기질 못 했어요… 언니도 제가 운동신경 안 좋은 거 알잖아요. 그래서 혼났어요."

"혼도 냈어요?"

"네. 답답하시니까? 헤헤. 그래도 끝나고 오빠도 와서, 부속구이 사주셨어요. 그 집 옛날도시락이 진짜 별미던데요? 불판 위에 올려가지고 싹싹 비벼 먹으니까…. 그래도 탁구 칠 땐 혼났지만 부속구이 먹을 땐 점수 좀 땄죠."

"아니, 고기 먹는데 뭘 점수 딸 게 있어요?"

"저 그런 거 잘 해요. 시아버님 시어머님 쌈 싸드리고. 아 하세요 아아아… 하면서 애교 부리고 그런 거. 옛날도시락도 제가 싹 비벼서 아예 떠먹여 드렸다니까요? 되게 웃기죠. 있잖아요, 우리 시아버님 귀가 아주 새빨개졌어요. 너무 웃기죠. 헤헤."

너희 엄마는 여자다운 맛이 없어. 애교도 없고 사근사근하지도 못해. 푼수처럼 말이나 많지, 근데 정작 그 말들이 다 목석처럼 뻣뻣해. 저래서 어떻게 남자에게 사랑을 받나. 나니까 같이 살아주는 거지. 엄주영 너는 절대로 네 엄마

닮으면 안 된다. 남자란 여자 하기 따라 천차만별로 달라지는 법이야, 알아? 엄용민 씨는 내가 초등학교에 다닐 때부터 계속 그런 말들을 했었다. 그러나 나는 엄마보다도 더 뻣뻣한 딸로 커버렸고, 왜 하필 네 엄마를 닮는 거냐고 싫은 소리도 많이 들었다. 엄용민 씨, 여기에서나마 소원 성취 하시네요. 나는 속으로 코웃음을 쳤다. 그런데 어떡하죠. 내가 다 파투낼 작정인데.

"예식장은 알아보고 있어요?"

"아, 곧 알아보러 다닐 거예요! 청첩장 나오면 바로 언니도 줄게요."

"결혼 준비할 때 궁금한 거 있으면 물어봐요, 연재 씨는 이 동네 사람 아니라 잘 모르잖아요. 요새는 결혼식 밥 맛없으면 욕먹는 거 알죠. 내가 싹 알아봐줄게요, 딱 내 나이대가 결혼적령기라 아는 것들이 많아요. 어르신들이나 남자들은 그런 걸 잘 몰라. 연재 씨 친구들도 아직 어려서 잘 모를 거고."

언니 진짜 예전부터 느꼈지만 너무 착해요 너무 최고. 연재가 품으로 파고들었다. 주머니에 들어있는 핸드폰이 연재의 기세에 눌려 내 갈비뼈를 꾹 압박하는 게 느껴졌다.

10

박병옥 경사와 전집에서 마주 앉았다. 일단 메뉴는 육전, 거기에 초봄으로 들어서면서 메뉴판에 추가된 두릅튀김 한 접시를 추가했다. 여기 조선팔도 막걸리가 다 있는데, 뭘 시키고 싶어요? 뭐, 달달하게 알밤 막걸리나 바나나 막걸리 같은 거? 박병옥 경사의 물음에 나는 픽 웃었다. 알밤? 바나나? 이거 시험이지?

"송명섭으로 드라이하게 한 병씩 마시고 그다음에 금정산성으로 가도 되죠?"

명색이 베테랑 경찰인데, 저렇게 눈빛을 숨기지 못해서야. 박 경사의 표정은 마치 〈쇼미더머니〉 예선에서 합격 목걸이를 주려고 안달이 난 선배 래퍼 같았다. 감탄, 웃음, 과장되게 이마를 짚으며 좋아하는 동작.

"뭐 알게 된 건 있어요? 은빈이는 별말 안 하던데."

"은빈이한테 다 알려주진 않으려고요. 어쨌거나 국가의 녹을 먹는 사람이고, 게다가 이 지역 토박이인데. 제 욕심에 잘못 얽혔다가 큰일 나면 어떡해요. 저는 이것만 해결하고 바로 튈 거라 상관없지만."

일단은 엄주영 여친이랑 제가 좀 친해졌어요. 그리고 우연찮게 피시방에서 다른 여자 끼고 게임하는 엄주영 사진도 얻었고요, 여기 보시면…. 아, 얘는 이창민이에요. 누군지 아시죠? 나쁜 짓하고 있는 게 이창민 손뿐이라서 좀 아쉽긴 한데, 제가 여친이었으면 이거 보고도 그냥 빡돌아요. 어쨌든 그렇고요, 요기 이창민 패거리가 운영하고 있는 단란주점이랑 마사지 업소, 그리고 걔들이 고용한 노래방 도우미 연결하는 노래방 리스트 쫙 정리해놓은 건 은빈이가 도와줘서 만들었어요. 아마 경사님도 당연히 아시는 정보일 거 같고…. 근데 이렇게 리스트만 있어서는 어르신들이 안 믿고 또 웃으면서 넘길 것 같아서, 여기 드나드는 모습을 찍어놓거나, 뭐 하여간 결정적인 증거를 들이밀어야 할 것 같아요. 아, 그리고 이거… 이건….

"첫 번째 결혼식 하객 사진이네."

"네. 부인할 수 없죠, 이런 사진이 있으면. 이걸 다 합성이라고 박박 우길 수도 없을 테고. 동네 사람들 몇 명이나

이 안에 들어가 있는데요."

"이건 어디서 구했대요, 이 동네에 아는 사람도 없는 아가씨가. 이것도 은빈이가 구해줬어요?"

"비밀이에요. 절 믿고 넘겨준 정보원을 함부로 발설하는 건 중범죄죠."

"정보원, 은빈이 맞네."

하객 한 명 한 명의 얼굴을 확인한 박 경사는 헛웃음을 지으며 고개를 설레설레 저었다. 정말로 여기 다 모여있네, 그 패거리들. 미안합니다 주영 씨. 이렇게 일망타진의 기회가 있었는데도 아무것도 못한 무능한 경찰이라서요.

"아까도 말씀드렸지만 전 지금 심연재, 그러니까 엄주영이랑 결혼할 예비 신부랑 최선을 다해 친해지는 중이에요. 그러다가 결혼이 딱 목전에 왔을 즈음에, 증거들을, 아마 그때는 지금보다 더 풍성해졌겠죠. 어쨌든 그 증거들을 한꺼번에 들이밀 거예요. 언니가 우연찮게 이런 사실들을 알게 되었는데 도저히 모르는 척하고 우리 연재를 결혼시킬 수 없더라, 하고요. 지금이라도 이 결혼을 무르자, 세상에 좋은 남자는 많다, 금목걸이 걸고 다니는 배불뚝이 건달한테 인생 저당 잡히지 말고 연재한테 딱 맞는 뽀송뽀송하고 착한 남친 사귀어서 행복해지자, 하고 설득할 거예요."

"좋아, 근데 그 설득이 성공한다 치자고요. 식도 아직 안

올리고 준비만 하던 결혼 파투나는 게 엄주영이나 그 패거리에게 딱히 불이익이나 대형 사고일까? 그냥 하나의 해프닝 아닐까요?"

"그래서! 경사님이 꼭 도움을 주셔야 하는 거라고요!" 송명섭이 바닥을 보여서, 금정산성을 추가로 주문했다. "일망타진의 기회! 제가 최대한 만들어드릴 거예요. 저, 그 결혼식 꼭 열리게 만들 거고요, 중간에 모든 게 빵 터지게 할 거예요. 진짜 그 결혼식을 초대형 사건으로 만들어 드릴게요. 제가 경사님한테 원하는 건 하나예요. 그 빵, 터질 때까지…" 목구멍이 갑자기 조여들었다. "그때까지만, 저랑 은빈이랑 은빈이네 가족, 지켜주세요. 그리고…" 이런 말은 하고 싶지 않았는데. 꼭 막무가내로 촌지를 쑤셔넣는 학부모 같잖아. "그리고 배중숙 씨, 그러니까 우리 엄마… 아니 엄주영의 엄마도요, 너무 심한 상처는 안 받았으면 좋겠어요, 그 말인즉슨… 엄주영은 별 잘못을 안 했기에 그냥 훈방 받고 풀려날, 뭐 그런 따까리로 다뤄주셨으면 좋겠단 소리예요… 겁만 주고 끝나게." 고개가 저절로 수그러들었다. "그게 제가 부탁드릴 전부예요."

"엄주영이란 네 자아를 사랑하는 거예요, 아니면 배중숙이라는 이름을 가졌지만 자신에게 딸이 있단 건 죽어도 모르는 이 세계의 엄마를 사랑하는 거예요?"

"엄마요."

박병옥이 나를 빤히 바라보았다. 나는 아무 말도 얻지 않았다. 금정산성 막걸리는 몹시 시었기 때문에, 얼굴을 찌푸리고 입을 다물 핑계를 대기에 아주 좋은 술이었다. 막걸리가 연거푸 입으로 들어갔다.

"믿을게요, 일망타진의 기회. 그렇게만 된다면 얼마나 좋을까." 박병옥은 나를 데려다 주겠다며 군이 용암1지구로 돌아가는 버스에 함께 탔다. 군이? 술 좋아한다더니, 나와는 달리 막걸리만 마셔도 취하는 아저씨였다. "진짜요, 저는 정말로⋯." 이젠 숫제 울어버리려 했다. "정말로 이 동네를 청정구역으로 만들고 싶거든요. 진짜 다른 동네 몰라, 필요 없어. 적어도, 이 동네만이라도. 이 작은 구석탱이 촌동네라도. 좀 말끔해졌으면 좋겠어요. 그래서 아무도 죽지 않았으면⋯." 그때 버스는 한국병원 앞을 지나고 있었다. 순직했다는 동료들은 아마 한국병원 응급실에서 생을 마감했을 것이다. 아니면 효성병원이든가. "그랬으면 좋겠어요. 그 마음밖엔 없어요."

*

이창민이 자꾸 그날 만났던 친구 중 하나에게 만나자며 끈질기게 연락을 한다는 이야길 듣고, 연재에게서 이창민과 연재 친구의 번호를 모두 받아냈다. 혹시 모르잖아요, 무슨 일이 생길지. 저 아는 아저씨가 경찰이신데 살짝 말씀드려 놓을게요. 무슨 일이 당연히 안 일어나야 하겠지만, 일어난 다 해도 그 아저씨가 딱 예의주시하고 있을 테니까.

"고마워요 언니. 저 진짜 친구한테 너무 난감하고 미안했 는데⋯. 친구가 혼자 자취하거든요. 근데 무서워서 집 밖엘 못 나가겠대요."

"집이 어딘지도 알려줬어요?"

"아뇨, 그건 아닌데 그날 이야기하다가 대학 이름이랑 그 근처에서 자취한다, 그 얘기 정도는 나왔죠. 게다가 딱 봐 도 창민 오빠, 완전 발 넓은 건달상이잖아요. 뒷조사가 세 상에서 제일 쉬운⋯. 그 얘기 듣고 다른 애들도 다 겁먹어 서, 아 진짜, 제가 미안하고 민망해 죽겠어요⋯! 근데 우리 오빠한텐 말도 못 하겠고⋯."

내친 김에 그 자리에서 연재의 친구에게 전화를 걸었다. 노이로제에 걸릴 것 같아요. 슈퍼에라도 다녀오면 방 안의 물건 위치가 하나라도 바뀌었을까 걱정돼서 30분을 확인해 요. 인스타는 비공개로 전환해놨는데 그날 저녁에 바로 카 톡 왔어요. 인스타 왜 비공했냐고. 그러더니 팔로우 신청할 테니까 받으라는 거예요. 전 인스타 아이디 알려준 적도 없는데…. 싫다고 하면 해코지할까 봐 무서워서 받았어요. 제가 무슨 사진 올릴 때마다 다 좋아요 눌러요. 그리고 카톡 답장 안 하면 물어봐요. 너 인스타는 초록불이면서 카톡은 안 보니? 이렇게요. 미치겠어요 진짜…. 저 곧 개강하는데 학교는 어떻게 가요? 학교까지 찾아오면 어떻게 하죠?

"경찰에는 신고해봤어요?"

"인터넷으로 찾아봤는데 스토킹은 처벌이 너무 약해서 신고해봤자 보복만 당한대요. 그리고 제가 싫다고 말도 못 하는 상황이잖아요, 연재 결혼 앞두고 어떻게 그래요. 거부 의사 보인 적도 없으니까 제가 질 게 뻔해요."

연재는 스피커폰으로 듣고 있다가 울상을 지으며 고개를 푹 숙였다.

"연재 결혼식 할 때까지만 버티려고 했는데 그 이후에도 계속 이러면 저 어떡하죠? 학교도 다니고 알바도 해야 하는데…."

수화기 너머로 들리는 목소리에 점점 물기가 차올랐다. 가뜩이나 땅굴을 파고 들어갈 기세였던 연재의 어깨가 더 처졌다. 다정아, 미안해. 내가 진짜 너무 미안해. 그러자 다정은 울면서도 대답했다. 아냐 네가 뭔 잘못이 있다고. 그런데 너는 그 사람을 평생 봐야 하잖아, 그게 나는 더 걱정이야.

"아냐 다정아, 우리 오빠는 결혼하면 청주 뜨고 그 오빠들이랑 손절하기로 나랑 약속했어." 심연재가 자신 있게 말했다. "우리 오빠도 그 친구들이 자기랑 안 맞아서 힘들어해. 우리 오빠는 그 오빠들이랑은 다른 거, 너도 봐서 알잖아."

잠깐의 침묵이 흐른 후 "…집은 봐봤어?"라고 되묻는 다정의 목소리가 들렸을 때 나는 직감했다. 아, 다정도 엄주영을 믿지 않는구나. 다정은 못 말리는 사랑에 빠져 아무것도 보지 못하는 친구에게 차마, 자신마저 감각할 수 있는 명백한 진실을 말하지 못 하는구나.

"아니, 식 올리고 일단은 시부모님이랑 같이 살다가 연말에 준비하기로 했어. 오빠가 올해 연말까지는 청주에서 마칠 일이 있다고 해서."

"너희 오빠가 무슨 일 하신다고 했지?"

"자영업!"

다정 씨, 제가 다시 연락드릴게요. 내가 끼어들어 전화를 끊었다. 박병옥의 허락을 받아 그의 연락처를 다정에게 넘겼다. 혹시라도 무슨 일 있으면 박 경사님한테 연락하세요, 알았죠?

저랑 경사님이 연재 씨 결혼을 최대한 막을 거예요. 내 말에 다정은 무너지듯 테이블에 얼굴을 묻었다가, 다시 벌떡 일어났다. 미친, 대박. 너무 감사해요. 저 진짜 연재 생각만 하면 밤에 잠이 안 왔단 말이에요. 저만 그런 거 아니고 제 친구들도 다 똑같아요!

"솔직히 있잖아요, 연재랑 절교하는 상상을 매일 했어요. 그러면 저 사람들이랑 안 엮이고 살 수 있을 텐데. 평생 걱정하지 않아도 될 텐데. 그런데 우정이란 걸 어떻게 한순간에 그렇게 찢어버려요. 그러면 내가 나쁜 년인 거잖아요. 그래서 이도 저도 못하고 있었죠. 제발 우리 좀 그쪽이랑 연 끊게 도와주세요. 우리 연재까지 포함해서요."

그날 커피는 다정이 샀다. 아니 스물한 살이 무슨 돈이 있다고 이걸 사요, 라고 몇 번을 막아도 막무가내였다. 나는 어쩔 수 없이 받아먹으며, 보답으로 물었다.

"제 전완근 만져볼래요?"

11

"요새 뭐 하느라 이렇게 바빠?"

*

그날은 내가, 야간 근무였던 은빈보다도 더 늦게 집에 들어갔다. 휴일인 박병옥과 함께 이창민과 엄주영의 뒤를 쫓은 날이었다. 둘은 아직 해가 떨어지기 전부터 새로 개업한 듯한 마사지 업소에 들러 몇 시간을 써버렸다. 안에서 무슨 일이 일어났는지는 정확히 몰라도, 후줄근한 사복을 입은 박병옥 경사가 그 안에 들어갔다가 곧 나오더니 고개를 절레절레 흔들었다. "정상적인 업소가 아닌 게 분명해요. 어깨가 결려서 스포츠 마사지 받고 싶다고 했더니 자기들끼리 킬킬 웃더라고요. 그래도 손님은 끌어야겠는지 어떻게든 붙잡아 꾀려고 하는 걸 뿌리치고 나왔어." 사위가 어두워진 후엔 거길 나와서, 친구 몇을 더 끼워 먹자골목의 한 포차에서 술을 진탕 마셨고, 인근에 있는 토킹바로 2차를 갔다가, 거기서 나온 여자들과 함께 지하 1층에 위치한 노래주점에 갔다. 짧은 치마를 입고 높은 하이힐을 신은 여자 두 명이 노래주점 앞에 선 택시에서 내려 종종걸음으로 그 안에 들어갈 때 나는 일행인 척 따라 내려가려 했지만 카운터에 선 언니에게 곧바로 붙들렸다. "여기, 노래방 아니에요? 아아이, 나 혼자 노래 딱 한 시간만 부르고 갈게요." 술 취한 척하는 발연기를 일삼는 내게 그 언니는 딱 잘라 말했다. "아가씨. 여긴 아가씨가 올 노래방 아니야. 그러니까 빨리 나가요."

그러나 우리가 정말로 들킬 뻔한 것은 그 이후의 일이었다. 새벽 거리는 점점 인적이 드물어지는 중이었다. 노래방에서 나와 헝클어진 옷매무새를 가다듬은 여자들이 먼저 퇴장한 후, 엄주영 패거리는 어슬렁대는 팔자걸음으로 올라오더니 1층에 위치한 편의점에서 산 담배를 함께 뻑뻑 피며 주변을 두리번거렸다.

"야, 저기 골뱅이다."

이창민의 말에 모두의 고개가 휙 돌아갔다. 편의점 앞의

간이 테이블에 앉아 컵라면과 삼각김밥을 먹는 척하고 있던 나와 박병옥 경사의 고개도 함께 움직였다 ─ 혹시 모를 경우를 대비해 오늘의 호칭은 '삼촌'과 '조카'로 정해두고 있었다 ─ .

골목 안쪽에서 젊은 여자 둘이 거의 누운 자세나 마찬가지로 벽에 기대어있었다. 술을 얼마나 마셨는지는 몰라도, 하나는 꾸벅꾸벅 졸고 있었고 한 명은 그를 부축하며 계속 주절거렸다. 언니 일어나, 언니 일어나. 나 진짜 언니 버리고 집에 갈 거다? 언니 여기서 자면 안 돼, 일어나. 그러더니 말했다. 씨발, 오줌 마려…. 그러면서 주변을 두리번거리더니, 벨트의 버클 쪽으로 손을 올려 풀기 시작하는 것이었다.

패거리들이 걸음을 옮겼다.

"쟤네 위험하다."

박병옥이 나지막이 속삭이더니 젓가락을 놓고는 일어났다.

그런데 왜 내가 그에게 대고 그런 말을 했을까. 직업병이라 변명하고 싶으며, 동시에 그런 변명을 하는 내 목을 마구 조르고 싶다. 그날부터 자기 전마다 계속 그 말을 하던 내가 생각났다.

"쉿. 잠시만요. 삼촌 잠시만."

내 속삭임에 박병옥이 돌아봤을 때 나는 주머니에서 주섬 주섬 핸드폰을 꺼내고 있었다.

"아직 시간 있어요. 그러니까 진짜 증거 딱 다섯 장만 찍고 움직여요. 그래도 안 늦어요. 이거, 딱 각이다. 대박."

"뭐?"

"삼촌, 진짜 딱 20초만. 그러면 기막힌 사진 나온다고요. 이건 하늘이 내려주신 장면이라고요."

아, 삼촌! 내 말을 들은 체도 안 하고 박병옥은 밑창이 다 닳은 운동화를 빠르게 움직여 편의점을 나가더니 여자들 쪽으로 향했다. 여자들은 이미 엄주영 패거리에게 둘러싸여 있었다. 아까 벨트를 풀던 여자는, 뒤에서 누가 오는지도 모른 채 벽을 바라보고 오줌을 누고 있는 중이었다.

나는 의자를 박차고 일어나 남자들의 눈에 보이지 않을 사각지대 쪽으로 몸을 옮겼다. 핸드폰을 들고 스피커를 엄지손가락으로 틀어막은 채 사진을 찍었다. 찰칵, 찰칵. 핸드폰이 여자의 엉덩이 쪽을 향해 자동적으로 초점을 맞추었다. 기계 따위가 멋대로 자꾸만 남자들의 얼굴을 흐릿하게 만들었다. 저게 중요한 건데.

"야 이 년들아! 왜 남의 가게 담벼락에 오줌을 싸고 지랄이야!"

한없이 조용하고 나긋하기만 하던 박병옥에게서 저런 목

소리가 나올 줄이야. 남자들이 모두 움찔대더니 주춤대며 뒤로 몇 걸음 물러났다. 여자들은 아직도 정신을 못 차린 채였다.

"이 년들이 술을 처마셨으면 곱게 집에 갈 것이지 왜 내 땅에다가 노상방뇨를 하고 지랄이냐고!" 그러더니 박병옥은 남자들을 휘이 둘러보며 서슬 퍼렇게 외쳤다. "늬들도 일행이냐? 오케이, 좋아. 누가 맨날 여기 오줌을 싸나 했는데 너네들이냐? 이 여자애들도 너네 깔이지? 야 딱 기다려. 경찰 부를 테니까. 너넨 다 죽었어 인마."

이창민의 눈빛을 확인한 엄주영이 나섰다. "사장님 죄송해요. 이 여자들, 저희는 모르는 애들입니다."

"뻥 치지 마 인마! 지금 경찰 부른다!"

"진짭니다. 신고하셔도 되는데… 저희는 전혀 모르는, 분들이라서요, 예. 하하. 가보겠습니다. 사장님, 수고하세요."

패거리는 내 쪽으로는 얼굴도 돌리지 않고 서둘러 길을 건넜다. 나는 그들을 물끄러미 바라보았다. 그때 그들의 기름진 얼굴에 채 꺼지지 않은 네온사인이 반사되어 번들거리던 그 빛을, 나는 아마 영원히 잊지 못할 것이다. 빛, 이라고 하면 보통은 언제나 밝고 희망차고 선량한 그 무언가를 연상하지 않나. 그러나 나는 그 빛을 본 이상 더는 그 단어를 그런 식으로 아무것도 모르는 사람처럼 받아들여 소비할 수는 없을 것만 같다고, 그때 생각했다. 그리고 깨달았다.

내가 그 몇 장의 사진에 눈이 멀어 평생을 뉘우칠 죄를 저지를 뻔했구나, 라는 사실을.

박병옥은 여자들을 어르고 달래 일으켜 세우는 중이었다. 아무리 남자라도 만취한 성인 여자 둘을 감당하기엔 벅찬 듯 싶었다. 일어나요 아가씨 다리에 힘주고. 어이쿠 잘한다! 어이쿠! 토하고 싶으면 참지 말고 얘기해요 응? 처음 보는 사람들을 그토록 다정하게 인내하며 대하는 사람에게 나는 무슨 억지를 부렸던 걸까.

"삼촌, 아니… 경사님."

"집에 가요."

"경사님, 제가 잘못 생각…."

"알겠으니까 방해하지 말고 집에 가라고."

"도와드릴게요…."

"꺼지라고!"

이미 아침 일곱 시가 넘은 시각이었다. 미화원들이 움직이고 고등학생들이 비척비척 걷더니, 곧 출근 복장을 갖춘 사람들이 하나둘씩 거리에 나오기 시작했다. 은빈의 집까지 꽤 거리가 되었음에도 나는 택시나 버스를 타지 않고 내내 걸었다. 왜 그때 여자들을 구하러 뛰쳐나가지 않고 핸드폰을 들어야 했을까를 떠올리면서, 내내. 내게 언제나 친절하던 박병옥의 마지막 외마디를 복기하면서, 내내. 그러다 보니, 은빈이 야간 근무를 마칠 아홉 시를 훌쩍 지나 집에 들어가게 되었을 뿐이었다.

*

"왜 그렇게 물어봐? 나는 바쁘면 안 돼?"

예상치 못한 답변에 당황한 은빈이 두 눈을 껌벅거렸다. 나는 왠지 화딱지가 났다. 아마 몇 시간 전 혼자서 당한 수모―아무도 내게 수모를 당하도록 해를 가하지 않았지만, 그저 내가 나 자신이 창피스러웠기 때문에―를 갚고 싶어 안달이 난 못된 마음이 크게 작용했을 것이다. 정말이지 못되어 처먹은 마음. 은빈의 화를 돋워 나쁜 말을 뱉도록 유도해서 나 자신의 죄책감과 자괴감을 씻으려는 짓이었다.

"아니, 그냥 늦게 들어오고 그러니까 걱정돼서 그랬지. 오늘은 외박까지 한 거잖아."

"너희 엄마한테 말씀드렸어. 게다가 내가 애도 아니고 하나하나 시시콜콜 너한테 일정 보고해야 돼?"

"누구 집에서 잤어?"

"너 나 감시하니?"

"아니, 걱정되어서 그런다니까. 너 여기서 아는 사람도 별로 없는데 그렇게 돌아다니다가 무슨 일이라도 생기면 어떡해. 어쨌든 네가 온 데로 다시 돌아가야 하는데 못 돌아가게 되면 어떡하냐고."

"세상이 그렇게 무서워서 너는 어떻게 출근하고 다니냐? 내가 너보다 능력이 딸려? 웃긴다 너."

"왜 그렇게 꼬이게 받아들여. 그래 그럼, 그거 말고 다른 얘기 하자. 너, 나한테 엄주영 혼내주자며. 그런데 왜 무슨 일을 어떻게 할지는 생각도 안 하고, 그냥 헬렐레 하면서 여기저기 탱자탱자 놀러 다니기만 해? 말로만 뱉으면 그게 다 이루어지는 세계니? 아니면 내가 다 생각해서 떠먹여줘야 돼? 나한테 다 맡긴 거야? 나 혼자 해야 했던 일인 거야?"

그 말을 듣고는 속된 말로, 눈깔이 휙 돌았다. 내가 자기를 끼우지 않고 박병옥과 다니던 이유가 무엇 때문인데. 사람 하나 없는 셈 치고 혼자서 2인분의 역할을 하는 이유가 무엇 때문인데. 그냥 모르는 척하고 내 세계로 토껴버릴까, 싶은 후회를 몇 번이고 참으면서 남아 내 돈과 시간 써가며 몇 주를 버티고 있던 이유가 무엇 때문인데!

"야, 너 말 잘했다. 탱자탱자? 그래 내가 얼마나 탱자탱자 놀러 다녔는지 네가 좋아하는 그 박병옥 아저씨한테 물어보면 아저씨가 잘 대답해줄 거야. 오늘도 그 아저씨랑 밤새도록 이창민네 감시했는데, 뭐? 탱자탱자? 요 근래 일주일은 너보다 내가 박병옥 아저씨랑 더 오래 얼굴 보고 일했을 걸?"

"나한텐 말도 안 하고 왜. 맨날 자료나 찾아오라고 시키고 그런 일에 대해선 왜 일언반구도 없어? 나 못 믿니? 내가 어린 여자라서 능력 없어 보여? 그래서 경사님한테로 갔어? 야, 씨발, 나도, 어? 어엿한 경찰이야!"

"왜 욕하고 지랄이야. 누가 모르냐?" 은빈의 욕 한마디가 망나니처럼 칼춤을 추며 다가와 길게 늘어진 이성의 목을 뎅정 끊어버렸다.

"너네 아빠 때문에 너한테 피해 갈까 봐 생각해서 빼줬더니 왜 난리냐고!"

정적이 흘렀다. 아, 약속을 깼다. 딸에게 아빠 사정을 알고 있다는 이야긴 절대 하지 말라고 했던, 은빈 엄마와의 약속. 사람의 얼굴이 저토록 검게 변할 수 있을까, 싶을 정도로 은빈의 얼굴빛이 빠르게 썩어 들어갔다. 또다시 실수했구나, 나는 왜 오늘 실수만 하지? 그런 후회는 안타깝게도 아주 늦게야 비로소 들었고, 그때 그 얼굴빛을 보면서도 나는, 놀랍게도 그때는, 하나뿐인 친구와의 싸움에서 이겼다는, 내가 더 깊은 상처를 냈다는 환희에 절어있었다.

"그게 무슨 말이야."

"너희 아빠, 이창민네한테 맞아서 저렇게 된 거라며. 술 꼴아서 노래방 도우미 불러놓고는 못생겼다고 돈 안 주고 여자한테 행패 부리다가, 여자가 이창민네 불러서, 걔네 한테 머리 잘못 맞았다며. 그게 쪽팔리고, 게다가 너는 경찰 되어야 하는데 아버지가 그딴 짓을 저질렀다고 하면 불이익이 갈까 두려워서 그래서 신고도 못 하고, 그냥 사람이 과로에 시달려 쓰러지더니 반송장이 되었다고, 사람들한텐 그렇게 말하고 다닌다며. 덕분에 아빠는 제대로 된 치료도 받지 못하고 10년째 반송장 신세로 있지, 자기 때린 놈이 벌 한 번 받지 않고 떵떵거리며 돌아다니는 반면에. 너는 네 앞날이 가로막힐까 봐 두려워서 아버지를 숨기고. 그래서 내가 네 사정 봐주느라 이렇게 바쁜 거 아냐, 두 사람 역할 하느라. 네가 이창민네 패거리 조질 거라는 걸 이창민이 알게 돼봐. 가만히 있겠어? 너희 아빠 일을 끄집어내겠지. 아주 자랑스럽겠다, 어?"

말이란 건 절대 주워 담을 수 없다는 사실을 33년 동안 뼈에 사무치게 배우고 느꼈으면서도 또다시 잘못을 저지르고 말았다. 드라이아이스처럼 허연 연기를 내뿜던, 그래서 시야를 온통 가리던, 친구를 이겼다는 기쁨은 곧 온데간데없이 증발해버리고 말았다. 이제야 또렷해진 눈앞에 보이는 것은 지난 세계에 이어 다시금 내가 상처 입히고 만 친구의 얼굴, 그것뿐이었다.

은빈은 입술을 깨물었다. 소프트렌즈를 낀 채로 야간 근무를 했기에 눈이 시뻘겋게 충혈되어 있었는데, 곧 그 애의 눈알과 렌즈 사이에 물기가 가득 차더니 흘러내렸다. 뻑뻑한 눈알 때문에 내내 겉돌고 있었을 오른쪽 렌즈가, 눈물을 못 견디고 눈에서 떨어져 나와 광대 쪽에 들러붙었다. 저거 얼른 다시 집어넣든지 씻든지 해야 하는데, 안 그러면 버석하게 말라버려서 다시는 쓸 수 없게 되는데. 나는 너 렌즈 빠졌어, 라고 말하려고 했는데 은빈이 먼저 입을 열었다.

"누가 말했어."

"그게 중요해?"

"이제 다 떠들고 다니겠다, 그치?"

"미쳤어? 내가 왜. 나 그런 사람 아니야."

"네가 그런 사람은 아닌데 나한테만은 이딴 식으로 상처를 줘도 상관없다 이거지." 은빈이 손을 들어 오른쪽 뺨에 흐르는 눈물을 훔쳤다. 광대에 붙어있던 렌즈가 어디론가 사라졌다. 큰일이었다. 바닥에 떨어졌나? 아니면 손등으로 옮겨갔나?

"그래, 네 말대로 난 빌어먹을 후레자식이라서 내 앞날 때문에, 다른 사람들 시선이 두려워서 아빠 그렇게 만든 놈

신고도 못 했어. 나 생각해서 일 안 줬단 얘기 무슨 말인지 빤히 알겠고 그래서 더 열 받아, 씨발. 너는 절대 몰라, 그게 얼마나 엄마랑 내 목을 졸랐던 일인지."

은빈은 의자에 걸려있던 점퍼를 입고는 방문을 열었다.

"너는, 절대 모른다고. 그래, 박 경사님이랑 같이 일하든 말든 알아서 해. 나는 내가 알아서 할 테니까. 너 같은 애들한테 동정 받고 싶지도 않고, 편의 봐준답시고 엑스트라로 남고 싶지도 않아. 너, 그렇게 혼자 좋은 사람인 척, 정의로운 사람인 척 열심히 고귀하고 깨끗하게 살다가 적당히 네 세계로 꺼져. 어차피 여기 남아서 더러운 찌꺼기를 처리해야 하는 건 나일 테니까."

그러더니 그대로 집을 나가 버렸다. 렌즈를 한쪽만 낀 채로, 야간 근무를 마치고 단 한숨도 자지 않은 채로, 그리고 눈물이 줄줄 흘러 따가울 얼굴을 씻지도 않은 채로, 그렇게.

12

은빈의 엄마는 내게 한마디도 하지 않았다. 퇴근해서는 딱 2인분만큼의 밥을 차리고 나를 불렀다. 그 얼굴을 마주 볼 수가 없어 고개를 밥그릇에 처박은 채 꾸역꾸역 쌀밥을 퍼먹었다. 도저히 반찬 그릇에 젓가락을 들이밀 용기가 나지 않아서 밥 한 번, 국 한 번, 또 밥 한 번, 국 한 번, 이렇게 숟가락만 놀리며 식사를 했다. 국이 몹시 짜서 다행이었다. 다른 반찬 생각이 나지 않아서.

"왜 울어…?"

국이 짠 게 아니었다.

"무슨 일이 있었나…. 아니아니, 말 안 해도 돼. 젊은 아가씨들은 밖에서 별의별 일이 다 있는 거지 뭐……."

"저, 은빈이는…."

"은빈이는 좀 쉬고 몸 추스르고 오겠다고… 주영이는 요새 사귄 친구라 잘 모르나, 걔가 막 답답하고 그럴 땐 혼자 어디 밖에서 며칠 외박하고 돌아오는 버릇이 있어… 처음엔 당연히 걱정했는데 나중에 보니까 비즈니스 호텔 같은 데서 혼자 잘 쉬고 오더라고… 그래서 이젠 허락해. 게다가 이 집구석에서 계속 버티고 있으면 그 애가 얼마나 힘들겠어. 가끔은 바깥공기도 쐬고 해야지…."

"이번엔 왜 나갔는지 얘기 못 들으셨어요?"

"주영이도 궁금한가 보구나. 글쎄, 얘기 안 하던데…. 나도 서른셋 먹은 애한테 꼬치꼬치 캐묻기도 뭐 해서 그냥 그래라, 했지."

나였다면 당장 나가라고 내 짐을 다 땅바닥에 내던졌을 텐데.

나였다면 왜 함부로 나의 비밀을 남에게 말했냐고 엄마에게 바락바락 소리를 질렀을 텐데.

나였다면 저 애가 나에게 잘못을 저질렀으니 당장 내쫓겠다고 동네가 떠나가도록, 모든 사람들이 다 들을 수 있도록 소리를 지르며 최대한 망신을 줬을 텐데.

"아줌마… 은빈이 렌즈 끼던데, 시력 많이 나빠요?"

"마이너스 몇이라더라…. 맨눈으로는 사람 얼굴도 못 알아봐. 그건 또 제 아빠를 똑 닮았지 뭐."

은빈은 안경도 안 들고 나갔는데. 두꺼운 뿔테 안경이 그
대로 책상 위에 있는데.

그러나 바보 같은 자존심 때문에 은빈에게 보내야 할 사
과의 메시지를 박병옥 경사에게 대신 보냈다. 동갑내기 앞
에서 잘못을 인정하는 것보단 한참 연장자 앞에서 납작 엎
드리는 게 훨씬 쉬우니까. 박병옥 역시 내 사과를 순순히
받아들이는 눈치였다. 되새겨 보니 꺼지라는 말을 했더라
고요, 미안해요, 라는 말까지 하면서. 그래서 박병옥과 함
께 다정을 다시 찾아갔다.

"언니, 무슨 일 있어요?"

모자를 푹 눌러쓰고 시끄러운 카페의 구석 자리에 앉은
다정은 그 자신도 피곤한 기색이 역력했음에도 불구하고,
다정했다. 그래서 박병옥 경사가 묻지 않은, 혹은 묻지 못
한 사실들을 나는 박 경사와 마주 보고 앉은 다정에게 대신
털어놓을 수 있었다. 제가 실은 친구 집에 얹혀사는데요,
그 친구랑 싸웠어요. 제가 말을 좀 심하게 잘못 했어요. 그
래서 그 친구가 집을 나갔답니다. 물론 친구의 아버지에 대
한 얘기들은 쏙 뺐다.

"그 친구분은 그러면 자기 집을 나간 거예요?"

"그러니까요. 미치겠어요. 어디서 잠을 자는지, 어쩐지

전혀 모르겠으니까."

"근데 언니 친구분은 진짜 언니를 좋아하나 보다."

"네?"

"그렇게 싸우면, 보통은 당연히 자기 집에서 나가라고 하겠죠. 그런데 언니를 내버려두고 자기가 나갔다면서요. 언니가 걱정되니까, 그래도 언니 편하라고 그러는 거 아니에요?"

박병옥이 옆에서 처음 들은 일이라는 듯 놀란 눈으로 나를 바라보는 게 느껴졌다. 그렇겠지, 잠은 밖에서 자지만, 출근은 제때제때 했겠지. 아무 일 없다는 듯이.

"내 일은 사적인 거니까 됐고, 공적인 일로 갑시다." 괜히 야무진 척하며 화제를 돌렸다. "개강해서 바쁘죠. 요새 이창민은 좀 괜찮아요? 아님 무슨 일 있었어요?"

"제가, 질렀어요." 다정의 말에 나와 박병옥의 상체가 일제히 45도 각도로 기울어졌다. "아 물론, 무서우니까 막 대놓고는 못 물어보고요… 이랬어요. 창민 오빠, 제가 오빠랑 요새 연락한다고 저희 남자 동기한테 얘기했는데요, 그 동기가 갑자기 오빠 유부남 아니냐고, 자기 사촌 형수의 친구라고… 막 그러는 거예요 오빠, 절대 아니죠? 무슨 오빠가 유부남이에요. 걔가 잘못 아는 거죠? 막 이렇게 떠봤어요."

"그랬더니?"

"온 카톡 그대로 읽어 드릴게요. 야 다정아. 우리 다정아. 오빠 메시지 보고 깜짝 놀랐어. 오빠가 무슨 유부남이니. 그 동기 누구야 이름 딱 대. 딱 봐도 다정이 좋아해서 좆같은 헛소리로 형을 모함하는 어린애네. 다정아, 그 새끼 진짜 통차다. 그 뒤에, 이상한, 하여간 뭐 어이없는 듯한 이모티콘 두 개요."

"유부남 새끼가 말이 많네. 어휴, 빡쳐."

"아니, 엄주영이 이창민한테 배워서 그렇게 유부남 아닌 척 행세를 잘하는 거 아니에요?"

그 말을 뱉자마자 덥석, 다정의 가는 손가락이 내 손목을 잡았다. 손목에 닿은 손바닥이 뜨끈했다. 아아, 젠장.

"그게 무슨 소리예요?"

또 실수했다. 나는 눈을 질끈 감았다.

"주영 오빠, 유부남이에요?"

"유부남은 아니고 그러니까……."

"그럼요?"

"결혼했었어요. 신고는 안 했으니까 서류는 죄다 깨끗할 거고."

"잠깐만요. 그런데 그러면 어른들이 다 거짓말하는 거예요? 연재, 탁구장 다니잖아요. 자기 시부모님한테 잘 보이고 싶다고, 가뜩이나 돈도 없는 애가 알바비 탈탈 털어서. 거기 동네 어른들 엄청 많고 다 친하다면서요. 그런데 아무도 연재한테 그런 말 안 해준 거잖아요. 다 사기꾼인 거예요?"

"사기꾼이라기보다는." 박병옥이 끼어들었다. "괜한 말 흘려서 남의 결혼 망치고 싶지 않은 거겠지. 만약 그런 일이 벌어져봐, 그 원망을 어떻게 들을 거예요. 작은 동네에서 평생을 보고 살 사람들인데."

"그래도 그게 사기죠!"

"좁은 지역에선 특히 이런 일이 더 빈번할 수밖에 없어요. 그렇게 원한 샀다가 나중에 자기 치부라도 들켜봐. 그거 무서워서라도 다 약속이라도 한 듯 입 딱 다물고 있는 거죠. 그 어른들이 보기엔 연재 씨가 외지인이잖아요. 청주 반대쪽 끝에서 온 사람이면 여기선 외지인이지. 그리고 외지인은 배려해줄 필요가 없지. 자기들 약점을 알지 못할 테니까."

그때 다정의 핸드폰이 카톡, 소리를 내며 울렸다. 어머죄송해요, 진동으로 바꾼 줄 알았는데. 다정이 서둘러 핸드폰을 들더니, 곧 눈을 찌푸렸다. 누군지 안 봐도 뻔했다.

"이창민이에요?"

"네. 대박, 아…."

다정이 자기 핸드폰을 돌려서 이창민에게 온 메시지를 보여주었다.

울 다정이 오늘 개파 간다고 했지? 어디서 해? ㅎㅎ 오빠가 데릴러 가려고~ 술 먹고 길에서 잠이라도 자면 어떡하나 싶어서ㅎㅎ

미친놈! 이거 분명 다정 씨 취했을 때 데려가서 어떻게든 하려고 개수작 부리는 거라고요 미친 새끼! 내가 외쳤고 박병옥은 미간을 찌푸린 채 골똘히 생각에 잠겼다. 그렇게 3분쯤 지났을까. 카톡이 하나 더 도착했고, 우리가 아직 그 채팅방을 나가지 않은 상태였기에 메시지 옆의 1은 바로 사라졌다.

다정아 근데 ㅎㅎ 요센 읽고 나서도 답장이 한참 뒤에나 오네~? 우리 다정이가 원래는 안 그랬는데 오빠 섭섭하게 ㅎㅎ 누구한테 미리 상담이라도 받고 답장하나~?

다정이 급하게 답신을 썼다.

아뇨 오빠 죄송해요 갑자기 누가 말을 걸어서요. 아뇨 오빠 저 개파 안 가요. 아 원래 가려고 했는데

거기까지 보내고는 눈을 들어 우리 둘을 빤히 바라보았다. 아프다고 할까요? 속삭이며 묻기에 고개를 저었다. 아니에요, 그럼 어떻게든 집을 알아내서 쳐들어올 인간일 듯.

아, 그래. 부모님! 부모님이 갑자기 오셨다고 해요.

부모님이 오셔서요 ㅜㅜ 일요일까지 주무시고 가시기로 했어요

다정은 거기까지 써서 전송하더니 별안간 울음을 터뜨리며 두 손에 얼굴을 묻었다. 언니, 저 진짜 어떡하냐고요. 이번 한 번이야 이렇게 넘겼지, 저 이제 개파도 못 가고 동기들이랑 술도 못 마시고… 사람들이랑 친해지지도 못하고 그렇게 외톨이 되면… 저 진짜 죽고 싶어요 언니… 이번 학기는 시작부터 완전히 꼬였어….

"이게 걔들 수법이야." 박병옥이 입을 열었다.

"네?"

"불량배들이 여자 취급하는 방법이라고요, 이게. 이런 식으로 숨통 조이게 행동하면서 사회와 연결된 선을 하나하나 끊는 거. 정신없이 휘둘리다 보면 결국 주위에 남아있는 사람 하나 없고, 도움을 요청할 곳도 없고. 세상에 연결고리라고는 자길 괴롭혔던 그 남자 하나만 남게 되는 거죠. 그 방법이 되게 폭력적일 때도 있고, 지금 김다정 씨한테 하는 것처럼 은근히 위협 주면서 질척대는 식일 때도 있고. 엄주영 씨는, 이창민이 떡하니 밖에서 이런 식으로 여자들한테 들이대고 주무르고 다니는데 왜 이창민 와이프는 아무것도 모를까, 하고 궁금했던 적이 없어요?"

"많았죠."

"집 밖에 나올 이유가 없는 인형으로 만들어서 그래요. 생활비 주면서 일은 절대 하지 말라고 하지, 그런데 집 밖으로 나와봤자 친구는 없고. 처음엔 돈 가지고 혼자서 카페나 쇼핑몰을 돌기도 했겠지만 자꾸 자기 또래 애들이 삼삼오오 돌아다니면서 젊음을 발산하는 걸 보고 자기 처지를 비관하게 되는 거야. 그러면 더 이상 나가고 싶지 않죠. 집에 계속 숨게 돼. 아이까지 생기면 정말 끝이고. 사회에서 그렇게 간단히 지워버리는 거예요. 그러니까 두려울 게 없지, 이창민 같은 새끼는. 밖에서 사방으로 껄떡대고 다녀도 안에선 아무 말 못 하니까."

사회에서 삭제된다고.

"주영 씨처럼 대학 나오고 자기 일 가진 사람은 그런 사람들의 사정을 잘 모를 거예요. 주변에 있는 여자 친구들도 다 공부를 하거나 본인 직업이 있거나 할 테니까. 그러니까 이런 일이 있으면 되묻는 거지. 왜 안 도망쳐? 왜 자신을 구할 생각을 못해? 그렇게 묻는 것 자체가 그런 여자들한텐 폭력이에요. 도망칠 데가 없거든, 그 여자들. 솔직히 말하자면 지방으로 내려올수록 학력이며 집안 형편 차이가 심하고, 그러면 더 여자들은 약해져요. 지금 다정 씨가 대학생이라고 이창민 이 새끼도 살살 나오는 거지, 안 그랬으면 이미 무슨 사달이 났어도 났어요. 말 나온 김에, 그래요. 엄주영 전 와이프가 이혼하면서 아무것도 못 챙기고 맨몸으로 나갔어요, 그러고 자기 고향에 돌아갔지. 여기서도 집에서 머물기만 했던 사람인데 자기 고향에서 무슨 일을 어떻게 얻을 수 있겠어요?"

거기까지 말을 나누다가, 아직도 다정이 울음을 그치지 못했음을 깨닫고는 서둘러 달래며 자리에서 일어섰다. 주변의 사람들이 슬슬 우리를 힐끔힐끔 바라보기 시작했기 때문이었다. 일단은 일어나서 자리를 옮깁시다. 다정 씨, 뭐 안 먹을래요? 박병옥의 말에 다정이 핸드폰을 가방 속으로 집어넣으며 밥 사주세요, 하고 말했다. 그러더니 덧붙였다. 오늘은 밥다 먹고 언니랑 경찰 아저씨랑 헤어질 때까지 핸드폰 안 보게해주세요, 볼 때마다 소름끼쳐 죽겠어요, 제발요.

박병옥은 고개를 끄덕였다.

우리 셋은 모두 핸드폰을 보지 않고 먹자골목에 접어들어 걸으며 무얼 먹을까 고민하다가, 이 근처에 푸짐한 해물찜 집이 있어요, 라는 박병옥의 제안에 콜을 외쳤다. 박병옥은 커다란 낙지를 집게로 집어 올려 가위로 자르고는 다정의 앞접시에 놓아 주었고, 우리는 밥까지 볶아먹고 헤어졌다. 그때까지 아무도 핸드폰을 보지 않았다. 만약 이창민의 연락에 그때그때 답을 하라고 우리가 다정에게 강요했다면 무엇이 달라졌을까?

*

　모두가 이마와 목덜미에 맺힌 땀을 훔치며 짐을 정리하고 있을 때 탁구장의 문이 열리더니 엄주영이 불쑥 안으로 들어왔다. 어머, 최수종 하희라 아들 왔네! 누군가 호들갑을 떨었다. 세상에, 주영이가 탁구장에 들어오는 걸 다 보네. 내일은 해가 서쪽에서 뜨려나봐.

　"연재 찾으러 왔는데요."

　"어? 이미 집에 간다고 나갔어, 한 30분 됐나?"

　엄주영의 얼굴이 삽시간에 일그러졌다. "저한텐 그런 말 없었는데."

　"뭐야뭐야, 혹시 싸웠어? 싸웠으면 주영아, 얼른 가서 무릎 꿇고 싹싹 빌어. 제가 다 잘못했습니다, 뭔지는 몰라도 하여간 잘못했습니다, 하고. 어린애 데려가 살려면 너 성질 많이 죽여야 한다, 알지?"

　엄주영은 손을 들어 머리를 헤집었다. 배중숙 씨가 애는, 무슨 그런 말을…이라고 작게 핀잔을 주며 호들갑을 떨던 아주머니의 등을 툭 쳤다. 그러더니 아들의 눈치를 살살 보았다. 그때 화장실에 갔던 엄용민 씨가 돌아오더니 제 아들의 뒤에 섰다.

"뭐야? 문은 왜 막고 있어?"

엄주영이 어깨를 움츠리며 옆으로 물러섰다. 배중숙 씨가 나서기도 전에 아주머니가 먼저 선수를 쳤다. 누가 최수종 아들 아니랄까봐. 애인 모시러 왔다는데?

"알겠어요. 그럼 수고하세요."

엄용민 씨가 오기 전까지만 해도 눈을 부라리며 우뚝 서있던 엄주영은 제 아버지가 오자마자 빠르게 인사를 하고는 그대로 복도를 걸어나갔다. 뭐야, 저 새끼. 왔으면 몇 마디 말이라도 하고 가야지 경우 없게 어른들한테 수고하세요가 무슨 말버릇이야? 엄용민 씨가 뒤늦게 소리를 쳤지만 발이 빠른 아들은 이미 복도 끝에서 몸을 꺾어 층계를 내려가고 있었다.

잡아야 했다. 나는 얇은 티셔츠에 반바지 차림으로 탁구장 문을 급하게 나섰다. 누군가에게 어딜 가겠단 말을 할 새도 없었다. 라켓이며 운동 가방은커녕 점퍼조차 챙기지 못했다. 조금 여유가 생기면, 은빈의 엄마에게 급한 일이 있어서 나왔다며 슬쩍 메시지를 남겨놓으면 될 터였다.

엄주영이 너무 빨라서, 따라잡기 위해 숨이 찰 때까지 헐레벌떡 뛰어야 했다.

"엄주영 씨!"

내 입에서 나오는 내 이름. 낯설었다. 엄주영은 이어폰을 끼고 있는지 대답이 없었다. 더 빠르게 뛰었다. 운동하느라 푹 젖은 겨드랑이에 닿는 3월 초의 밤공기가 몹시 찼다. 아무리 급해도 점퍼를 가지고 나왔어야 했다는 후회가 들었지만 이미 늦었다. 엄주영의 등을 쿡 찔렀다. 엄주영이 귀에서 이어폰을 빼더니 뒤를 돌았다.

"뭐예요?"

"연재, 무슨, 일 있는 거 같은데요? 혹시, 아세요?"

뛰느라 호흡이 거칠어져 말이 뚝뚝 끊겼다. 엄주영의 얼굴이 굳었다.

"저기요. 저 아세요? 누구신데 제 여친 일을 함부로 나한테 묻는데요?" 그러더니 덧붙였다. "아니 씨발, 내가 알면 지금 여기 있겠어요? 당신 누구야?"

그렇지. 알 턱이 없었다. 지구대에서도 마주쳤고, 같은 술자리에 동석한 적도 있고, 제 부모와 매일같이 탁구를 치며 심지어 이름까지도 똑같지만, 모르는 것이 당연했다. 자신이 만질 수 없는 여자는, 자기에게 돈을 벌어다주지 않는 여자는, 나이가 서른 넘은 여자는 엄주영의 시선으로는 그저 정물일 뿐일 테니까. 그렇지만 나도 이 새끼를 사람 새끼로는 보지 않으니, 동점이라고 칠까.

159

나와 스매시를 연습하던 연재가 걸려온 전화를 받으러 나간 게 두 시간 전이었다. 돌아와서는 집중을 못 하고 연신 핸드폰을 들여다보기 시작했다. 예비 시부모에게 부리던 애교의 텐션도 현저히 떨어졌다. 그러더니 결국, 급한 일이 생겼다는 핑계로 허겁지겁 탁구장을 빠져나갔다.

　"급한 일? 집에 무슨 일이라도 있어요?"

　내가 지나가는 듯 가벼이 물었더니 연재는 잠시 머뭇대다가, 집안일은 아니에요, 친구 문제예요, 하고 대답하고는 그대로 등을 돌렸다. 혹시 다정 씨 일? 내 물음을 듣지 못했는지 연재는 빠르게 탁구장을 걸어 나갔다. 그리고 나는 멍청하게도, 연재의 일거수일투족을 다 꿰고 있어야만 할 엄주영이 30분 후 탁구장에 들어와 엉뚱하게 연재를 찾은 후에야 무언가 일이 이상하게 돌아가고 있다는 사실을 깨닫기 시작한 것이었다.

　심연재를 어떻게든 24시간 옭아매려 하는 엄주영이 모르는 일이 무엇일까. 애인에게 힘들었던 가족사도 모두 털어놓는 게 가능했던 연재가 결코 말할 수 없는 일.

　혹시 그 친구 문제가, 연재의 친구와 엄주영의 친구가 서로 얽혀있는 문제는 아닐까. '오빠'한테 이 얘길 하면 '오빠'가 싫어할까 봐서, 왜 자기 친구를 나쁘게 생각하느냐고 언짢아할까 봐서 '오빠'에게 차마 말하지 못했던 '오빠 친구'의 만행 같은 문제는 아닐까. 거기까지가 내 추리였다. 그리고 나는 이제, 좀 더 과감히 돌진해야 할 필요가 있었다. 점차 차오르는 불안감을 애써 모르는 척하며 살다가는, 내가 너무 오래 이 세계에 머무를 것만 같았다.

"제가 누구신지 잘 모르겠지만 연재랑 친한 탁구장 언니예요, 탁구 가르쳐 주는. 저랑 주영 씨랑 이름 똑같아서 연재가 되게 신기해했는데, 혹시 연재가 말 안 하던가요?"

그딴 걸 내가 어떻게 기억해요. 툴툴대는 답변이 돌아왔다.

"뭐, 아무래도 좋아요. 30분 전쯤에 연재, 여기서 급하게 나갔어요. 제가 물어봤는데 그냥 친구 문제라고 하더라고요."

"근데 그딴 일 가지고 왜 내 전화를 안 받냐고. 겨우 친구 문제 가지고. 애가 덜 됐어. 결혼을 코앞에 두고도 정신을 못 차려."

점차 짧아지는 말에 짜증이 났다. 그럼 나도 반말 깐다, 새끼야.

"그 친구 문제를 왜 애인한테 말하지도 못하는지, 너는 짐작도 안 되나 보지?"

기가 막힌다는 듯 상대의 입이 벌어졌다. 가뜩이나 큰 얼굴이 더 울퉁불퉁해 보였다. 쌍꺼풀이 없는 오른쪽 눈이 더욱 가늘어졌다. 무언가 거센소리가 나오기 전에 얼른 내가 핸드폰을 꺼냈다.

"내가 연재한테 전화 걸 거야. 받는지 안 받는지 잘 봐. 그리고 나 팰 생각하지 마. 다 찍어놓을 거니까."

그러고는 연재에게 전화를 걸어 스피커폰으로 모드를 바꾸었다. 제발 받아라, 받아라. 신호음이 여섯 번 울리는 동안 내내 기도했다.

그리고 신호음이 끊겼다.

"주영 언니?"

13

우리와 해물찜을 먹고 집에 무사히 들어갔던 다정이 두 시간도 채 되지 않아 사라졌다. 연재는 그 얘기를 듣고 탁구장을 뛰쳐나갔다. 탁구장엔 보는 눈이 많아서 내게 이야기할 수가 없었다. 누가 한 짓인지 알 것만 같아 차마 애인의 전화를 받을 수도 없었다. 받으면 울 것 같았고, 애인에게 창민이 다정을 스토킹한단 사실을 털어놓을 것만 같았고, 그래도 애인이 아무것도 못할 것 같았고, 그래서 애인에게 실망할 것 같았고, 결국엔 결혼해서 다른 지역에 둥지를 튼 후 행복한 신혼부부로서의 새 삶을 시작하고 싶다는 간절한 소망이 물거품으로 돌아갈 것 같아서, 그래서 끈질기게 울리는 핸드폰을 울며 모른 척했다. 스물한 살짜리에겐 너무나 거대한 벽이 자신을 눌러죽일 듯 다가오고 있어서, 그래서 등을 돌린 채 계속 끝나지 않을 달음박질을 치며 자신의 촉이 틀렸기를, 다정이 기적처럼 무슨 일 있었냐는 듯 돌아오기를 바랐다.

첫날에는 그랬다.

다정의 행방을 알 수 없게 된 지 벌써 이틀째였다. 타지의 본가에서 가출이나 실종 신고가 들어오지 않았음을 박병옥이 확인했지만, 그게 더 불안했다. 직계가족을 제외한 그 누구에게도 연락을 하지 못하도록 만드는 사람에게 몸이 붙들려 있는 건 아닐까. 경찰과 법을, 그 허점을 잘 아는 사람에게.

박병옥은 알고 보니 그간 생각보다 훨씬 빈번히 다정과 연락을 주고받고 있었다. 아침, 점심, 저녁, 밤. 정작 박병옥을 끌어들인 당사자인 나는 짐을 떠맡기듯 넘기고 게을러 자빠져 있었는데 박병옥은 세심하게, 지속적으로. 그래서 다정이 두 시간 넘게 답장을 하지 않을 때 무언가 사달이 났구나, 라고 생각하며 다정이 알려준 친구들의 번호로 비상연락을 돌린 것이었다. 근무지를 이탈할 수가 없었으니까.

그러나 그 노력이 무색해졌다.

"정말 이창민 어딨는지 모른다고요!"

"야 이 새끼야, 너희, 친구라며. 친구인데 그런 것도 못 물어봐? 너 뭐 하고 사냐, 왜 연락이 없냐, 야 같이 피씨방 가서 게임 한 판 때리자, 이런 얘기도 못 해?"

나와 다정에게 내내 존대하던 박병옥은 엄주영을 앞에 두고는 내내 호통을 치며 반말을 했다. 편의점에서 사이다와 과자, 담배, 맥주나 콘돔 따위를 사가는 사람들이 고성이 오가는 야외 테이블을 흘깃거리며 지나쳤다.

"아저씨가 뭘 알아요." 엄주영의 목에 핏대가 선명히 불거졌다. "아저씨처럼 친구라는 말이 다 친구를 뜻하는 줄 아는 사람들이, 대가리에 아름답게 태극기랑 무궁화 꽃밭만 가득 찬 사람들이 뭘 아냐고요. 씨발 그래요, 난 어렸을 때부터 조온나 찌질해서 친구한테 빌붙어 살아왔기 때문에 이창민 같은 친구는 친구가 아니고 왕이에요 왕. 씨발 왕께서 어디서 뭘 하고 계시는지 나 같은 따까리가 어떻게 아냐고요. 씨발 이번엔 진짜 잘 살아보려 했는데 씨발 내 인생 진짜 좆같아……."

머리를 쥐어뜯는 엄주영을 나는 한심하게 바라보았다. 네가 초중고, 그리고 그 이후의 시절들을 통틀어 망쳤을 남의 인생이 몇 개인데 너는 아직도 너 자신이 제일 불쌍하구나. 이를 어쩌면 좋지.

"적어도 생활 반경 정도는 알 거 아냐." 내가 알던 박병옥이 맞을까, 싶을 정도로 냉혹한 목소리가 흘러나왔다. "다 붙어. 협조해. 결혼해서 멀쩡히 살고 싶으면. 너, 만약 김다정 씨한테 무슨 일이라도 생겨봐. 네 인생이 그대로 흘러갈 것 같아? 내가 이창민을 가만둘 것 같아? 지옥까지 쫓아간다고, 내가. 이창민을 조진다고 하자. 너는 무사할 것 같아?"

엄주영이 입 밖으로 내뱉은 장소들 - 문 닫은 교회, 운동동에 위치한 대형 창고, 1년 365일 공사 중이었던 천변의 어느 빈 전원형 단독주택 따위 - 을 적으며 박병옥은 고개를 설레설레 저었다.

"새끼들, 진짜 악질적이구만. 아무도 없을 곳들만 골라서."

엄주영에게선 대답이 없었다. 굽은 등은 엄용민 씨와 비슷하게 작았다. 측은한 마음은 추호도 들지 않았다. 다만 가슴이 그와 비슷한 크기로 조여올 뿐이었다. 다정은 어디 있을까. 몸은 괜찮을까. 짓눌리다 못해 뻥 터져버리는 풍선처럼 속이 아팠다.

"거기 숨어서 뭐 해요. 날도 추운데."

박병옥이 고개를 돌리더니 소리를 높여 외쳤다. 익숙한 실루엣이 저녁 어스름에 숨어서는 계속해서 우리를 흘끗거리는 중이었다. 저 애를 어쩌면 좋아. 내가 한 번 더 부드러운 목소리로 부르자 주춤주춤 연재가 걸어나왔다. 나는 그때 문득 생각했다. 연재가 숨어있던 저 담벼락, 그때 그 취한 여자들이 쪼그려 앉아있던 곳이었는데. 사람들은 으레 무슨 일이 생기면 꼭 그런 식으로 이야기하지. 그러니까 조심 좀 하지, 요즘 같이 험한 세상에… 자기 몸 간수는 자기가 해야지… 그렇게 늦게까지 술을 처먹고 다니니까… 그러나 다정이 잘못한 것이 과연 무어란 말인가. 그렇게 말하는 사람들은 다정에 대해선 또 어떻게 이러쿵저러쿵 입방아를 찧어댈까.

"다 끝났어요…?"

"아직 멀었어요 심연재 씨. 제발 집에 가요." 박병옥이 투덜대자 연재가 고개를 저었다. 다 끝나면 오빠랑 같이 갈게요. 그 말에 박병옥이 이마를 짚었다.

"우리, 이제 방금 나온 장소들 다 돌아다니면서 다정 씨 있는지 확인해봐야 돼요. 심연재 씨가 같이 있어봤자 좋을 게 없어요. 애인 어디 구치소에 안 넣고 잘 반납할 테니까, 집에 가서 밥 좀 먹고 눈 좀 붙여요."

연재는 입술을 꽉 물고는 엄주영을 바라보았다. 나 봐, 오빠. 나 봐. 하지만 엄주영은 낮게 뭐라 욕설 같은 걸 중얼거리면서 연재의 시선을 피했다. 숫제 등을 돌린 자세로 몸을 틀어서는, 편의점 테이블 위만 뚫어져라 바라보고 있었다.

"이 일 끝나면, 다정이 찾으면, 그 친구들이랑 절교한다고 약속해."

엄주영은 털끝 하나 움직이지 않았다.

"이젠 정말 확실해졌잖아. 이창민 그 오빠는 오빠 삶엔 관심도 없다는 거. 이 일 때문에 우리가 결혼을 못 하게 될 수도 있다는 거, 그런 건 신경도 안 쓰고 자기 하고 싶은 대로만 하잖아. 오빠 나는 매순간 이렇게 가슴을 졸이면서 살 순 없어. 우리 결혼해서 집도 사고 애기도 낳고 해야 하는데 주변에 그런 인간이 있으면, 오빠…."

"아직 아무것도 모르는데 왜 의심부터 해."

나는 순간 내가 잘못 들었다고 생각했다. 그러나 박병옥의 표정을 보아하니 나와 같은 말을 들은 게 확실했다.

"다 의심일 뿐이잖아. 증거가 없는데 왜 벌써 내 친구를 범죄자 취급하냐고, 기분 나쁘게. 너까지 그러면 내가 뭐가 되냐? 어? 왜 다 나한테 지랄이야, 나는 잘못한 것도 없는데!"

그만하고, 얼른 이동하지. 박병옥이 벌떡 일어서서는 엄주영의 티셔츠 목덜미 부분을 잡아 올렸다. 굵은 금목걸이에도 손이 같이 걸렸는지 목이 졸린 엄주영이 켁켁 소리를 내며 일어났다. 심연재 씨는 들어가 있어요. 박병옥이 연재를 다시 타이르더니 조금 망설이다 덧붙였다. 오해하지 말아요. 걸리적거려서가 아니라 걱정되니까 그래요. 혹시나 심연재 씨도 해를 입을까 봐. 그게 마음이든 몸이든.

엄주영은 조수석에, 나는 뒷좌석에 각각 올라탔다. 운전은 박병옥이 했다. 박병옥이 클래식FM을 틀어놓았는데 자꾸만 성악가의 목소리가 비명처럼 들렸다. 엄주영은 말문이 막힌 듯 멍하니 앉아있었다. 나는 두 손을 맞잡아 무릎 위에 올리곤 숨을 죽였다.

내내 조용하던 핸드폰에—너무 시끄러운 탁구장 단톡방은 진즉에 알림 해제를 해두었으니까—갑자기 카카오톡 메시지가 도착했다는 알림이 뜬 것은, 첫 컨테이너에 도착하기 10분쯤 전이었다. 누구지, 연락 올 데가 딱히 없는데. 화면을 켰다. 두 사람으로부터 거의 동시에 메시지가 와있었다.

첫 번째는, 심연재의 메시지였다. 언니 정말 미안해요 막상 당사자는 저인데 아무 관계도 없는 언니가 고생하는 것 같아서… 언닌 진짜 천사예요? 이렇게 막 사람들 도와주고 진짜… 미안해요 언니. 그걸 보곤 웃었다. 얘한테 내가 진짜 당사자라는 걸 털어놓을 수 있을까, 언젠가는? 그러나 그다음으로 이어지는 메시지를 보고는 다시금 이마를 짚었다. 오빠 언제쯤 풀어주실 수 있으세요? 사실 이틀 뒤에 저희 드레스 피팅 가야 돼서……

뭐야, 벌써요? 예식장은요? 잡은 거예요? 답장하자마자 바로 1이 사라졌다. 네, 그건 지난주에 잡았어요. 언니한테 물어보려고 했는데 오빠가 그냥 처음 간 예식장으로 바로 해버렸어요. 저희 웨딩 촬영도 날짜 잡혔는데. 그러더니 우는 이모티콘을 보냈다. 진짜 어떻게 해야 할지 막막해 죽겠어요… 언니, 제가 많은 걸 바란 것도 아닌데 왜 결혼 하나가 이렇게 힘들죠? 나는 그 메시지를 보고 뭐라 대답을 해야 할지 몰라서 그냥, 뭔가 일 생기면 연락 줄게요, 쉬어요, 라고만 대답했다.

그리고 두 번째 메시지는, 보낸 사람의 이름을 보고는 읽을 엄두가 나지 않았다. 자꾸 괜히 다른 어플에나 들어갔다 나갔다 하면서, 빨간 동그라미 안에 적힌 '3'이라는 숫자를 지우지 못했다. 무슨 말을 하고 싶어 하는지 내용이라도 미리보기로 볼 수 있으면 좋으련만, 마지막 메시지가 '사진을 보냈습니다.'라고만 뜨는 탓에 용건을 짐작조차 할 수 없었다. 이걸 읽을까 말까. 계속 고민하던 찰나 차의 속도가 점차 줄어들더니 멈췄다. 도착했어. 박병옥이 말하며 안전벨트를 풀었다.

그런데 우리, 맨몸으로 아무것도 없이 들어가도 괜찮은

거예요? 나처럼 그 자신도 단출한 사복 차림인 박병옥에게 묻고 싶었다. 무섭지 않다고 말하면 거짓이었으니까. 어린 시절 몇 년을 보아 왔던 동네의 동갑내기 불량배지만, 어쨌거나 나를 완력으로 누를 수도 있는, 그리고 사소한 폭력에 대해선 죄의식이 전혀 없는 사람, 그 이창민과 맞닥뜨리러 가는데 이래도 되는 걸까. 그러나 그걸 묻기엔 조수석에 앉은 엄주영을 보기가 창피했다. 저 새끼 앞에서 약한 모습을 보이는 게 진짜로 지는 것만 같았다. 마음을 다잡아야지. 내가 벌을 주겠다고 호기롭게 이 세계에 눌러앉았는데, 벌써 겁을 먹어서야 쓰나.

"작가님, 핸드폰 녹음은 준비되셨어요? 영상은 제가 찍을 거긴 한데, 혹시 모르니까."

네? 뜬금없이 뿔테안경을 쓰며 묻는 박병옥의 말에 나와 엄주영이 동시에 화들짝 놀라며 그 얼굴을 빤히 바라보았다.

"아니, 작가님. 왜 정신 줄을 놓으셨지. 다시 말씀드려요? 우리, 취재하러 온 거잖아요, 외국인 노동자의 열악한 처우와 불법적인 고용 현장에 대해서요. 작가님 이거 가지고 방송대본 쓰셔야 한다면서요. 현직 경찰이 사복 입고 휴일 반납하면서까지 협조를 해드리고 있는데, 작가님께서 정신 놓으시면 안 됩니다, 예?" 그러더니 작은 목소리로 덧붙였다. "그리고 그러다가, 어디 갇힌 누군가도 발견하고, 그러면 작가님한테도 특종이잖아요, 네."

"그 뿔테안경…."

"잘 어울려요? 작년에 대학 캠퍼스에서 여자 몰카 찍던 새끼한테 뺏은 건데."

녹음 켜셨어요? 그럼 얼른 내리죠. 오함마로 뒤통수를 얻어맞은 듯 멍청하게 눈만 껌벅이는 나와 엄주영의 표정을 못 본 척하며 박 경사가 먼저 앞문을 열고 차 밖으로 몸을 빼냈다. 엄주영이 그다음, 그리고 내가 마지막이었다. 마지막으로 내리면서도, 누군가 내 머릿속에서 신나게 풍물놀이를 하고 상모를 돌리는 것처럼 시끄럽고 어지러웠다.

뭐지?

박병옥이 어떻게 아는 거지?

내가 저쪽 세계에서 케이블TV 프로그램 〈그때 그 사건〉의 방송작가로 일하고 있다는 사실을.

어떻게 이런 일이 일어날 수 있지?

*

〈그때 그 사건〉은 연예계의 갖가지 특종을 단독으로 물고는 최대한 선정적으로 보도해 인기를 끌었던 스포츠 일간지 기자가, 거액의 비용을 받고 케이블 방송국 PD로 스카우트된 뒤 기획한 프로그램이었다. '이 보 전진을 위한 일보 후퇴라는 말이 있다. 지금까지의 나는 나라는 존재 자체에 힘을 실어주기 위해 사람들이 쉽게 관심을 주는 연예계의 가십거리를 좇았다. 그러나 이제, 진짜 소원을 이룰 때가 온 거지(웃음). 세상의 모든 불합리를 파헤치고, 숨은 범죄자를 쫓고, 정의 사회 청정 사회, 누구나 안전하게 행복한 가정에서 평화롭게 살 사회를 만들어내고 싶다는 내 꿈. 너무 비현실적인가? 누군가는 그래봤자 황색언론 출신이라고 폄하할지도 모른다. 그러라지. 나는 내 목표의 달성에만 관심이 있다. 하하.' 어느 여성지와의 인터뷰에 실린 그의 말은, 작가들의 단톡방에서 툭하면 캡처본으로 소환되는 '짤방'이기도 했다. 하여간 이빨은 존나게 잘 털어요. 누군가 말하면 모두 한숨 쉬는 이모티콘으로 대화창을 도배하는 식이었다.

〈그때 그 사건〉은 작가들을 착취하는 방식으로 돌아가는 프로그램이었다. PD는 실시간으로 작가에게 당장 뛰어가야 할 곳을 메시지로 보냈고, 메시지를 받은 후엔 30분도 지체해선 안 되었다. 녹음도 촬영도, 다 작가들이 했다. 하늘 같으신 PD님은 작가들에게, 생생한 글은 무조건 경험에서 나온다, 그러므로 우리 프로에선 무조건 작가들이 뛰어야 한다, 라고 말했다. 뭐, 경험에서 글이 나온단 건 당연한 이야기였으나, 월 150만원을 받으면서 미행하고 잠입하고 급습하고 협박당하고 쳐맞아야 한다면 이야기가 좀 달랐다. 초창기에는 취재 대상으로부터 상해를 입은 작가들이 PD와 방송사에게 어려움을 호소했으나 그때마다 그들의 입장은 분명했다.

글 쓴단 사람이, 사회문제를 고발하고 세상을 바로잡고 싶단 사람이 그렇게 나약하고 이기적이어서야 되겠어? 싫으면 그만두든가. 근데 말이지, 그런 정신머리를 가지고 어떻게 글로 성공할 수 있겠어? 내가 보기엔, 영 힘들 것 같은데. 너 그거 아니? 사실 네 글, 좀 별로야. 잘 쓰는 거 같지 않아. 내 짬으로 보기엔 그래. 그런 사람은 어떻게 살아남아야 하는지 알아? 응, 뛰어야지. 남들이 머릿속으로 해내는 걸 못 하면, 몸이 작동을 해야지, 응.

그리하여, 최저시급도 못 받는 작가들의 육탄공세에 힘입어, 〈그때 그 사건〉은 사람들이 꽤 많이 보는, 매번 화젯거리로 입에 오르는, 광고가 많이 붙는, 그리고 연예계의 가십을 다루는 기사들보다도 더 자극적이며 가해자도 피해자도 보호하지 않는 무자비한 프로그램으로 거듭났다. 피해자들의 원성을 스태프들이 전할 때마다 PD는 대답했다. 그거 알아? 피해자가 모호하면 사람들이 사건에 관심을 안 가져요. 가상의 이야기 같거든. 피해자를 선명하게 상상할 수 있어야 사람들이 좋아한다고. 너희는 정말, 하나만 알고 둘은 모른다, 응?

*

나는 허둥지둥 핸드폰의 녹음 기능을 눌렀다. 박병옥은 엄주영의 팔을 붙든 채 성큼성큼 걸어 이미 창고 앞까지 가 있었다. 달음질쳐 그 옆까지 따라붙었는데, 팔을 붙든 손에 핏줄이 단단히 서있었다. 이 정도면 욕을 뱉으며 아프다고 야단일 법한데 엄주영은 아무 말도 하지 않았다. 아, 녹음. 그러니까, 쟤도 바보는 아니었다. 자기 목소리가 최대한 안 들어가게끔 하고 싶겠지. 목소리가 들어간다면 대번에 덜미를 잡힐 증거를 남기는 것일 테니까. 자신에게 죄를 묻는 것이 우리든, 아니면 이창민이든 간에.

"열어."

창고에는 자물쇠가 채워져있었다. 박병옥의 말에 엄주영이 주춤대더니, 오른쪽으로 열 걸음쯤 걸었다. 개집 하나가 버려져있었다. 그 안에 팔을 넣어 휘저은 엄주영이 곧 열쇠 하나를 손에 쥐고 다시 걸어왔다.

"…정말, 억장이 무너지는구나."

그토록 허술하게 이곳이 관리되었단 사실에, 그럼에도 숨 겨져있었단 사실에, 그리고 문이 열리는 순간 동그란 형상을 하고 빤히 우리 셋을 쳐다보는 눈의 개수가 엄청나게 많단 사실에, 박병옥이 허탈한 듯 내뱉었다.

스물은 더 되어 보였다. 아주 얇은 매트리스 하나씩만 깔고 그 위에 눕거나 앉은 외국인 여자들의 수가.

"창고가 몇 군데 더 있다고 했지?"

"……세 개요. 남자 숙소 하나, 여자 숙소 둘."

"그게 다야? 창고 말고 다른 데에도 숨겨둔 거 아냐?"

"…없다고 했잖아요."

"내가 그걸 믿어야 되냐?"

"일단 지금은 없어요. 원랜 비닐하우스도 있었는데, 요새 비닐하우스 단속 갑자기 많아져서 다 창고로 옮긴 거예요. 원랜 이 크기에 열 명씩 묵었어요. 나름 쾌적하게."

"쾌적이라니, 개소리하네. 다른 창고도 다 이런 구조야? 딸린 방 하나 없이 저기 천으로 가린 요강 두 개 놓고 끝?"

"예, 뭐… 네. 사실 쟤들은 그냥 공장이랑 밭에서 일하는 애들이라 페이가 싸서 잘 해주면 수지가 안 맞고…. 아니, 근데 진짜 저만 나쁜 건 아니라니까요, 이 근처 동네 사람들도 애들이 다 여기서 이렇게 사는 거 알아요, 알면서도 쓴다고요…."

그 순간 박병옥이 손을 들어 엄주영의 머리를 후려쳤다. 그러고도 분이 안 풀리는지 나를 불렀다. 작가님, 이 새끼 한 대만 때려요. 때리고 싶지 않습니까?

그래서 나도 머리를 한 대 세게 갈겼다.

"오케이. 여긴 됐고. 여기서 제일 가까운 곳 위치 불어."

나오면서 자물쇠를 다시 채우려던 엄주영의 정강이를 박병옥이 세게 걷어찼다.

강물교회라는 이름의 낡은 간판이 붙은 교회는 텅 비어있었다. 돈을 갚지 못한 사람을 가둬놓는 용도로 쓰이는 곳이었다. 문을 걸어 잠그고 찬송가를 틀어놓으면 비명소리가 묻힌다고 했다. 교회 마당엔 아이 둘이서 저들끼리 흙을 파며 놀고 있었다. 좀 더 어린아이는 아직 걸음마를 못 걸었는데, 머리가 너무 커서인지 자꾸만 이리 부딪혔다 저리 부딪혔다를 반복했다. 교회가 빈 것을 확인하고 나가면서도 연신 뒤를 돌아봤다. 저 아이들은 왜 저기서 놀까. 집에는 언제 들어갈까.

엄주영이 불은 주소에 따르면, 우리가 가지 않은 창고나 빈집들도 다 지척에 있었다. 우리 동네에서 것대산을 따라 차로 딱 10분만 빠져나가면 볼 수 있는, 논밭이 즐비한 시골 동네. 가끔 주말에 반주를 잔뜩 마셔 취한 엄용민 씨가 운전대를 잡고는 드라이브를 하자며 나와 엄마까지 억지로 데리고 나갔던 그 동네. 엄용민 씨는 그때마다 창을 열고 숨을 깊게 들이쉬었다 내뱉으면서, 역시 어린 시절 살던 동네의 공기가 좋다고, 아파트촌이 되어버린 시내는 더 이상 고향의 느낌이 아니라고 한탄했다. 그러다가 감정이 격해지면 갑자기 어느 밭두렁을 가리키며 소리를 질러댔다. 자신의 아버지가, 그러니까 내가 태어나기 전 이미 세상을 떠난 나의 할아버지가 어린 자신을 저런 밭두렁에서 얼마나 개 패듯 팼는지에 대해서. 역시 세상을 떠난 자신의 어머니가, 나의 할머니가 얼마나 무력하게 자신을 단 한 번도 보호해주지 못했는지에 대해서. 계속 외쳤다. 그 상처에도 불구하고 자신이 좋은 남편이, 좋은 아버지가 되기 위해 얼마나 죽을힘을 다해 노력했는지에 대해서도. 그러면서 감정에 못 이겨 핸들을 이리 꺾었다 저리 꺾었다를 반복했다. 그 좁은 시골길에서. 나는 13살 때까지는 아빠 그만하라고, 내가 잘못했다고 말하며 엉엉 울었다. 그러면 엄용민 씨는 내게 무얼 잘못했느냐고 물었고, 나는 별 시답잖은 것을, 그러니까 어제 아빠가 퇴근하셨을 때 인사를 하러 늦게 나왔다거나 밥을 먹을 때 반찬이 더 많았으면 좋겠다고 생각했다거나, 그런 것들을 이야기했다. 그러나 중학생이 되면서부터는 울지 않고 입을 꾹 다물었다. 엄마가 나 대신 빌며 잘못을 이야기했지만 엄용민 씨는 멈추지 않았다. 나는 이러다 어느 집 논밭에 처박히기라도 한다면, 그래서 누가 다치거나 혹은 쪽이라도 팔린다면 차라리 낫겠다는 심정으로 견뎠다. 그러나 엄용민 씨는 사실 차를 어딘가에 꼬라박을 담력도 없는 사람이었다. 우리는 그렇게 만신창이가 된 채 취한 자의 차에 실려 집까지 돌아오곤 했었다.

박병옥이 속도를 줄였다. 짓다만 듯한 전원주택의 마당엔 10대 중후반쯤 되어 보이는 여자애들이 나와있었다. 담배꽁초가 수없이 떨어진 흙마당에 선을 그려놓고 땅따먹기를 하는 중이었다. 헐렁한 트레이닝복을 입은 여자애 하나가 엉거주춤 앉아서는 등 뒤로 돌을 던졌다. 돌이 떨어지자 여자애들이 일제히 외쳤다. "순산하셨네!" 그러더니 저들끼리 깔깔대며 서로의 등을 치고 웃었다. 차가 마당 앞까지 들어오는데도, 여자애들은 본체만체 제 할 일만 하는 중이었다.

"저는 안 나가요."

뭐? 박병옥이 되묻자 엄주영이 다시 말했다.

"저, 안 나간다고요. 걱정 마세요. 아무 짓도 안 하고 착하게 앉아있을 거니까. 못 믿겠으면 수갑이라도 채우시든가."

"내가 지금 수갑이 어디 있겠냐."

"쟤들, 모르는 어른들이 와도 안 막아요. 그러려니 해요. 하도 드나드는 어른들이 많으니까."

"왜 드나드는 어른들이 많아?"

"다녀와 보시면 알 거예요."

여자애들은 우리가 나가도 아무 반응이 없었다. 투명인간처럼 그 옆을 지나쳐 현관에서 신을 벗었다. 남자애들과 여자애들이 섞여 누워있었고 담배 냄새로 공기가 매캐했다. 사방에서 핸드폰 게임을 하는 소리가 요란하게 튀어 올랐다. 바닥에 나뒹구는 생수병을 내가 밟아 빠직, 하는 소리가 났지만 묻혔다. 그리고 모든 방을 다 돌며 다정이 없는 걸 확인할 때까지, 아무도 일어나지 않았다. 누가 왔다 갔는지도 모를 것 같았다.

다시 앞마당으로 나갔을 때 여자애 하나가 갑자기 박병옥에게 물었다.

"아저씨 누구 찾으러 왔어요? 아저씨 지예 아빠예요?"

박병옥이 뭐라 대답하기도 전에 이번엔 다른 애가 말했다.

"지예 오늘 안에 안 들어오니까 그런 줄 아세요. 사람이 염치가 있어야지, 어딜 찾으러 와, 찾으러 오길."

"지예 아빠 아닌데."

"그럼 누구 찾으러 온 건데요."

"저희 집 막둥이 동생이 집을 나가서요." 내가 끼어들었다. "근데 없네, 여기……."

"네 그럼, 빠이요. 안녕히 가세요."

박병옥이 먼저 차에 올랐다. 내가 뒷문을 열 때 여자애들이 저들끼리 이야기하는 소리가 귀에 들어왔다.

"야, 근데 저 차 조수석에 앉은 남자 똥주영 아니냐?"

"어디? 와, 존나 닮았네."

"똥주영 본인 아니냐고?"

"걔가 여길 어떻게 혼자 와? 그랬다가는 창민 오빠한테 뒤질 텐데."

"가출팸, 뭐 그런 거냐?"

엄주영에게 물었다.

"어 뭐. 집에 있어봤자 좋을 게 없는 애들."

"왜 다들 저렇게 누워있어?"

"아니 그거야 쉬는 날이니까. 일하느라 바빴으니까 휴일엔 쉬어야지."

"애들인데 무슨 일을?"

뻔하지. 박병옥이 대신 대답했다. 이젠 완전 사업이네, 사업이야.

남은 창고 두 군데와 빈집 한 군데도 돌았지만 다정은 보이지 않았다. 벌써 열두 시가 넘었네…. 박병옥이 작게 중얼거렸다. 한밤중이었고 서울보다는 훨씬 많은 별이 하늘에 떠있었다. 이 세계와는 아무 상관없이 몇만 광년 밖에서 빛나는 별. 어쩌면 이미 그 자리에선 흔적도 없이 사라지고 말았을 수도 있을 텐데…라고 생각하다 나는 고개를 저었다. 이 무슨 불길한 생각이야.

"진짜 여기가 끝이야? 더 아는 데 없어?"

"영혼까지 털어놓고 아무것도 안 나오니까 제 탓 하는 거예요?"

나는 핸드폰을 꺼냈다. 녹음된 파일은 박병옥이 알려 준 메일 계정으로 모두 전송해둔 상태였다. 그러느라 핸드폰의 배터리가 많이 줄어있었다. 아침까진 못 버티겠는데…. 속으로만 중얼거리며 카카오톡에 들어갔다, 나왔다를 반복했다. 아직도 은빈이 보낸 메시지를 읽지 않고 있었다. 내가 바보 같은 걸 나도 잘 알았다. 그까짓 자존심이 뭐라고. 이미 저쪽 세계에서도 그렇게 은빈을 잃어놓고 여기서 또다시 똑같은 잘못을 반복하다니.

"이제 그만 보내주세요, 저도 제 일이 있고, 정말 지친다구요."

"얼씨구, 네 일이 있어? 무슨 일로 먹고사는지 내 앞에서 당당하게 이야기할 수 있어?"

"아, 제발요, 아저씨, 좀!"

옆에서 박병옥과 엄주영이 계속 옥신각신 다투는 동안, 나는 이중인격을 가진 사람처럼 홀로 나 자신과 싸웠다. 아, 이걸 봐야 해. 아니, 싫어. 봐야만 해. 아니, 자존심 상해. 그럴 때마다 엄지가 멋대로 움직였다. 아….

"아!"

내가 정신을 놓고 있던 동안 박병옥과 몸싸움이라도 했는지, 힘으로 밀린 엄주영이 내 팔을 툭 쳤다. 핸드폰이 액정을 아래로 향한 채 도로 바닥으로 떨어졌다. 어떡해! 핸드폰을 주웠더니 액정 한가운데가 쩍 갈라져 있었다. 맙소사, 나 아직 약정 1년 반이나 남았는데! 서둘러 핸드폰을 켰다. 화면이 파도처럼 마구 일렁였다. 이런 씨발….

"어?"

핸드폰을 떨어뜨리면서 내 손가락이 액정을 건드린 걸까. 켜진 화면은 은빈과의 대화창이었다. 은빈이 다섯 시간 전에 보낸 세 개의 메시지가, 내가 내내 궁금해 하면서도 볼 엄두를 내지 않던 메시지가 어지럽게 일렁이는 화면에 떠 있었다.

나 김다정 씨 찾으러 가. 아래 주소 보내는데 여긴 아니고 여기 지나서 쭉 더 안쪽으로 들어오다 보면 개농장 하나 있어. 거기야. 주소랑 개농장 사진 보낼게. 우리 사

이 안 좋은 거 알고, 나도 이렇게 도와달라고 하기 쪽팔린데 그래도 혹시 나한테 무슨 일 생길지 모르니까 보내 놓는다.

[네이버 지도] 충북 청주시 상당구 낭성면 현암삼산로 XX-XX

사진

그리고 다섯 시간 동안, 은빈은 아무런 메시지도 추가로 보내지 않았다.

전화를 걸었다. 받아라, 받아. 제발 받아라. 그러나 익숙한 여자의 목소리가 말했다. 전원이 꺼져있어 소리샘으로…. 욕설이 터져 나왔다. 씨발, 씨발! 내 외침에 엄주영이 뇌까렸다. 아니 뭐 핸드폰 액정 하나 가지고 그렇게 욕을….

"경사님 우리 당장 여기 가야 돼요."

박병옥의 옷자락을 붙들었다. 핸드폰을 건네주었다. 어지럽게 명멸하는 화면을 뚫어져라 쳐다보며 메시지를 겨우 읽어낸 박병옥이, 기가 막히다는 표정으로 쳐다보았다. 이 메시지를, 어, 그러니까, 지금 보여주는 거예요?

"경사님 제발, 제가 등신이니까요, 제발 이따 얘기하고 일단 가요!"

그래서 우린 다시 차에 올랐다. 박병옥이 내비게이션에 주소를 입력하더니 몸 전체가 앞으로 휙 쏠릴 정도의 속도로 차를 출발시켰다. 주소를 입력하는 박병옥의 손가락이 덜덜 떨리는 것을 나는 보았다. 내 손이 그보다 더 떨리고 있단 사실도 물론 알고 있었다. 또 내가 잘못을 했어. 또 나만 멍청이야. 또, 또.

"은빈이가 김다정 씨 일을 어떻게 알았지? 주영 씨가 얘기했어요?"

칠흑 같은 도로를 달리며 박병옥이 물었다. 아니요, 아니요. 두 개의 대답이 동시에 나왔다. 맞다, 여기 엄주영이 둘이었지. 스테레오로 터진 대답에 박병옥도 잠시 멈칫했다.

"걔 아직 손도 다 안 나았는데… 안경 놓고 가서 눈도 잘 안 보일 텐데…."

"이제 와서 그런 얘기 해봤자 뭐 해요?"

"경사님, 정말 너무 죄송해요……."

"죄송하면 몸이나 좀 대충 풀어요. 내리자마자 뛰어야 하니까." 그러더니 조수석을 향해 덧붙였다. "너도, 인마."

14

목적지까지 1킬로미터입니다.

낭랑한 여자 목소리가 차 안에 울려 퍼졌다. 그 외에는 아무런 소리도 없었다. 박병옥은 이제 내게 정말로 질려버렸겠지. 뒷좌석에서 혼자 땅굴을 파던 나는, 이마를 조수석 목받이에 대고는 작게 신음 소리를 냈다. 하루 종일 긴장을 해서인지, 너무 많은 끔찍한 광경을 봐서인지, 그도 아니면 계속 자학을 해서인지 머리가 견딜 수 없이 아팠다. 아. 지끈거리는 이마를 문지르다가 창밖으로 고개를 돌린 것은 그때였다.

저게… 뭐지. 시골이라 고라니라도 있나. 그렇게 실없는 생각을 0.1초쯤 한 후에 그 형체가 무엇인지 알아본 나는 바로 소리를 질렀다.

"차 세워요!"

밭두렁에서 튀어나온 여자 둘이서 괴성을 지르며 차를 따라 뛰는 중이었다.

소매며 엉덩이에 진흙 덩어리를 주렁주렁 단 두 여자가 뒷좌석으로 비집고 들어왔다. 엉엉, 언니 진짜 너무…. 엉엉. 다정이 막혔다가 방금 뚫린 변기처럼 세차고 시원하게 울음을 터뜨렸다. 됐어됐어, 이젠 안전해졌어! 뒤이어 들어온 은빈이 다정의 어깨를 껴안았다. 나와 은빈의 가운데에 낀 다정에게서 희미하게 축사 냄새가 났다.

"왜 이렇게 늦게 왔어요. 진짜 춥고 무서워서 뒈지는 줄 알았네."

은빈이 운전석 쪽을 향해 핀잔을 놓았다.

"어이. 내가 네 운전수야?"

"에이 아니죠. 나이든 아저씨라 이런 화법이 어색한가? 고마운데 괜히 뻘쭘하니까 틱틱대는 거죠."

"나한텐 왜 말도 안 하고 혼자 갔어?"

"경사님 쉬는 날이신데 불러내면 어떡해요. 가정도 있으신 분한테."

"방금 왜 이렇게 늦게 왔냐고 혼내던 놈 입에서 나올 말이냐 그게? 전화는 왜 안 받아?"

"배터리 떨어져서요."

은빈은 내겐 한마디도 건네지 않았다. 다정의 어깨를 어루만지고, 아저씨 차에 티슈 있어요? 라고 묻고, 축축한 얼굴을 닦아주고, 다정 씨 우리 바지 완전 똥 싼 것 같겠다 그죠, 라고 말해 울다 웃게끔 만드는 동안. 조수석 역시 내내 고요했다.

"야 엄주영!"

은빈이 외쳤다. 무슨 엄주영을 부른 걸까. 나는 움찔했지만 대답하지 않았다. 조수석에서 작은 목소리가 흘러나왔다. …나 부른 거냐?

"그래 너 인마!"

역시 나는 아니었구나. 대답 안 하길 잘했다.

"너 이제 어쩔 거야. 이창민 이 새끼 어쩔 거냐고."

"창민이가 이랬다는 증거가…."

"아, 진짜 미친놈이네 저거!" 은빈이 다시 소리를 버럭 질렀다. "네 친구 이름으로 된 개농장에 네 친구가 스토킹하던 여자가 갇혀 있는데 그럼 누구 잘못이냐? 어? 상황을 떠올리기도 싫은 피해자한테 하나하나 증언하라고 하리? 어? 또 막상 말하면 그럴 거지? 쟤 말을 어떻게 믿냐고? 겁쟁이 새끼. 친구 무서워서 아무것도 못 할 놈."

은빈은 다 알고 있었구나. 나 혼자 2인분을 하고 있다고 생각했는데. 어떻게 알았을까. 룸미러에 비친 박병옥의 눈을 물끄러미 바라보았다. 도로를 보고 있던 눈이 슬쩍 룸미러를 향했다. 내 시선을 마주하고는, 다시 도로 쪽을 향했다. 그렇겠지. 박병옥은 은빈과 일의 진척을 어느 정도 공유했을 것이었다. 적어도 처음은 아니었더라도, 우리가 싸웠다는 사실을 알고 난 후엔 분명 그랬을 테지.

"오늘 이건 경찰 공무 아니야. 신고도 없었는데. 그러니까 제발 겁 좀 그만 처먹고 인정 좀 해라, 어? 다정 씨 보기에 미안하고 창피하지도 않아? 연재 씨한텐 뭐라고 할래? 어?"

"뭐 이렇게 잘 아냐?"

"뭐?"

"어떻게 이렇게 잘 아냐고. 남의 사생활에 관심이 원래 이렇게 많았어? 네가 심연재를 어떻게 알아, 겨우 한 번 술자리에 끼여 본 게 다면서. 너 나 미행해? 나 가지고 뭐 일 꾸미냐?"

기가 막힌다는 표정으로 뭔가 말을 꺼내려는 은빈의 왼손을, 정확히는 왼손을 감싼 흙투성이 붕대를 다정이 조심스레 잡았다. 참으라는 뜻인지, 더 들어보자는 얘긴지. 조수석에서 계속 뿔난 목소리가 흘러나왔다.

"그러고 보니까 진짜 이상하네. 처음 본 탁구장 여자가 내 여친 소식을 나보다 더 잘 알고, 그 여자는 작가라면서 멋대로 녹음을 하고. 여자가 도와줄 사람이랍시고 데려온 사람은 알고 보니까 사복경찰이고, 헛발질만 하다가 드디어 찾았더니 그 옆에 또 다른 사복경찰이고, 그런데 이 셋 모두 별걸 다 알고 있잖아? 안 이상해? 당신들 뭐냐고, 진짜. 함정 파? 아무 죄나 뒤집어씌워서 잡아넣으려고?" 이 새끼가 보자보자 하니까. 박병옥이 호통을 쳤지만 엄주영은 은빈을 콕 집어 다시 물었다. "됐어요, 아저씨. 됐고. 야, 최은빈. 네가 대답해봐. 지금 이게 뭐 하는 짓거리인지. 솔직하게 얘기해, 너네 엄마 걸고 말하라고. 아버지는… 아아, 너네 아버지는, 걸 형편도 안 되지?"

어떻게 저런 말을 할 수가 있지.

엄주영의 태도는 나와 박병옥, 둘만을 대할 때와는 너무나 달랐다. 비굴하고 찌질하던 모습은 온데간데없었고 지나치게 당당했다. 상대가 은빈이기 때문이다, 라고 나는 생각했다. 은빈은 익숙한 여자니까. 고등학생 시절부터 자기 패거리들에게 괴롭힘을 당했고, 경찰이 되었지만 동네 하나 못 바꾸고, 여전히 술 취한 엄마나 챙기러 '한잔'에 들락날락거리는, 자신에게 익숙한 동네 여자니까. 기가 찼다. 아깐 똥파리처럼 굴더니 이제서 남의 치부까지 들춰내며 강한 척을 한다?

"야, 너 진짜 우습다." 나는 입을 열었다. 은빈이 이 차에 오른 이후 처음 낸 목소리였다. "어디서 센 척이야. 아깐 가출팸 어린애들한테도 무시당하고 찍 소리도 못했으면서."

엄주영이 뭐라 입을 열 것 같아서 나는 계속 따발총처럼 말을 쏘아댔다. 너무 흥분해서 내가 무슨 말을 하는 건지 나중에는 기억조차 제대로 하지 못했는데, 대략 이런 말들이었다. 너처럼 비루한 놈은 난생처음 본다, 널 제대로 된 친구로 대우해주지도 않고 똘마니처럼 부리는 애들한테 빌붙어서 기생충처럼 사는 게 네 인생의 목표냐, 그렇게 살 거면 혼자나 그렇게 살지 왜 죄 없는 여자는 꼭 옆에 끼고 있어야만 하는 거냐, 네 그 대단한 좆대가리 때문에 그런 거라면 그냥 콱 잘라 버리고 싶다 정말, 보나마나 크지도 않을 거면서 정말 좆대가리에 휘둘린 네 인생 부질없고 가여워 죽겠다, 내가 아무리 내 세계에서 별 볼 일 없는 애였어도 너처럼 인성 쓰레기는 아니었는데 네가 내 이름을 달고 우리 엄마한테 아들이라 불리며 살고 있다니 내가 진짜 미치고 팔딱 뛰냐 안 뛰냐……

"뭐? 너네 엄마? 너 돌았냐? 아저씨, 쟤 뭐야? 미친년이었어요?"

아. 제멋대로 풀려 좌우상하로 움직이던 입이 딱, 하고

굳게 닫혔다. 내가 지금 무슨 말을 한 거지. 가운데 앉은 다정의 어깨를 감싸고 있던 은빈의 손이, 내 어깨를 툭 하고 쳤다. 싸운 이후, 처음으로 우리 둘의 몸이 닿은 순간이었다. 다정이 옆에서 동그랗게 눈을 뜨고 나를 바라보는 게 느껴졌다. 나는 눈을 질끈 감았다가, 떴다.

"미친년 아니고, 맞아, 너희 어머니 딸." 이판사판이었다. 못 믿으면 자기 손해지, 뭐. 이렇게 멋대로 생각해버렸다. "배중숙 씨. 1963년 7월 28일생. 수원에서 태어났고 거기서 여상까지 졸업한 후에 서울로 상경해서 비서나 회계직으로 일함. 20대 중반에 야간대학을 다녔는데 배중숙 씨를 예뻐했던 직장 상사가 등록금을 이자 없이 빌려줬기에 가능한 일이었지. 엄용민 씨랑 결혼한 건 1988년 3월 15일. 왜, 엄용민 씨도 얘기해 줄까? 1959년 11월 10일생. 지금은 없어진 청원군에서 태어났음. 대학을 서울로 갔고 졸업 후 회사 들어갔다가 회계직으로 일하던 배중숙 씨랑 눈 맞아서 연애했지. 고향인 청주로 돌아온 것은 IMF 때 잘렸기 때문. 어때, 내가 그냥 지어서 이야기하는 것 같아? 아니면 그 짧은 기간 동안 탁구 치면서 열라 뒷조사를 한 것 같아?"

휘몰아치듯 내뱉고 나니 숨이 턱까지 차올랐다. 적어도 두 쌍의 눈, 그러니까 다정과 은빈의 눈이 내게서 단 한순간도 떨어지지 않았다는 것을 나는 보지 않아도 알 수 있었다. 그리고, 박병옥의 눈 역시 도로와 룸미러를 반복해 오고가고 있다는 사실 역시. 시선의 행방을 알 수 없는 건 조수석의 내 빌어먹을 쌍둥이, 엄주영뿐이었다.

"맞아. 저 이야기. 미친 것도 아니고, 꿈꾸거나 헛소리하거나 사기 치는 것도 아니야. 내가 보장할게. 네가 원하는 대로 엄마를 걸 순 없어. 남의 생명을 어떻게 내가 거냐, 너나 네 친구들은 그게 될지 몰라도, 나는 안 돼. 그래도 내 경찰직 정도는 충분히 걸 수 있어." 은빈의 목소리였다.

"지금 단체로… 단체로 약 했냐?"

"아니. 설명해줄 테니까 잘 좀 들어봐, 좀. 공부 못하고 말귀 못 알아듣는 건 고등학생 때도 알았지만 이제 너도 서른셋 아니냐, 제발 좀!"

운전석 쪽에서 조용히 웃음소리가 났다.

은빈은 빠르고 간결하게 요점만 정리해서 내 상황을 설명했다. 두 개의 세계, 성별이 바뀐 나 자신, 내 분신인 엄주영의 망나니짓을 알게 되었을 때의 충격. 저 세계의 나 역시 당해야 했던 가정폭력과 무력하게 목격해야만 했던 배중숙 씨의 아픔. 그리고 내가, 엄주영과 심연재를 쫓아다닐 수밖에 없었던 이유까지…. 다, 전부 다. 내가 엄주영의 결혼을 막고 싶어 한단 사실까지, 전부 다.

"넌 똑같은 인간이 되고 싶어? 네가 자라나야 했던 그 집, 그 지옥 같은 집을 그대로 물려주고 싶어? 누가 뭐라 해도 죽어라 너를 믿는 심연재의 운명을 너희 어머니처럼 만들고 싶어? 그러면 행복하겠어? 그러면 만족하겠어?"

전방 50미터에 과속탐지 카메라가 있습니다. 서행하세요. 내비게이션의 상냥함에, 은빈이 장광설을 뚝 멈추었다. 차창 밖으로 점점 아파트들이 보이고 있었다. 용암동에 가까워지는 중이었다.

"…진짜 말도 안 되는 얘기네. 증거 있어?"

엄주영이 물었다. 맞아, 그게 약점이지, 라고 내가 생각하며 한숨을 쉬려 할 때, 은빈이 잽싸게 대답했다.

"물증이야 없지. 그렇지만 심증은 충분한데. 왜냐?"

놀랄 여유라도 있게, 뜸이라도 좀 들여주지.

"나랑 경사님이 직접 다녀왔으니까. 여자 엄주영의 세계에."

15

"어머, 우리 주영이가…… 제가 이걸 믿어도 되나요, 우리 주영이가 왜…… 아, 어머, 어떻게 주영이를 탁구장에…… 우리 주영이 라켓에 손도 안 댄 지 십 년이 넘었는데…… 라켓만 봐도 경기를 일으키던 앤데 어떻게 탁구장에 있대요, 얘가 지금…… 어머…… 얘 탁구 치는 것 봐, 진짜 옛날 폼 나온다, 어머…… 아직 안 잊어버렸구나. 어떡하죠 주책맞게 눈물이 나서…… 아, 이제 상대도 찍으시려나 보다…… 어머, 잠깐만요, 어머…… 어머 이게 뭐야…… 어떻게, 어떻게 이럴 수가 있어, 어떻게…….”

"맞아요, 어머님이랑 아버님.”

"우리 딸이 어떻게 이런 식으로 멀쩡하게…… 아빠랑 탁구를 칠 수가…….”

"아빠만은 아닌데. 옆에 어머님도 계시잖아요."

"아이고 선생님들, 우리 주영이요……."

"네."

"거기서는…… 아빠랑, 화해한 거죠……?"

"……."

"아닌…가요?"

"그건 나중에 주영이 돌아오면 직접 물어보세요."

"예, 예… 선생님들, 우리 주영이 잘 부탁드려요…… 꼭 좀 무사히, 아무 탈 없이 돌려보내 주세요…. 아빠랑 화해 안 해도 좋으니까요, 그냥 몸만이라도 성하게…… 부탁드립니다, 선생님들. 혹시 점심은 드셨어요…? 제가 살게요……."

"아뇨, 전 괜찮아요."

"저도 괜찮습니다."

"어머니, 주영이 돌아오면 아마 엄청 목 타고 배고플 거예요. 저희 세계에서 하도 뿔뿔대면서 일을 많이 해서. 그때 몰아서 사주세요. 맛있는 거 다. 먹고 싶다는 거 다. 그럼 저희는 이만 가볼게요."

　박병옥은 엄주영을 가장 먼저 내려주었다. 그다음엔 30여 분을 더 운전해야 나오는 다정의 자취방 앞이었다. 그러고는 다시 용암동으로 돌아가야 했으니 비효율적인 동선이었으나, 박병옥이 굳이 티내지 않아도, 나는 그의 세심함을 느낄 수 있었다. 엄주영에게 다정의 거처를 알려선 안 됐고, 제아무리 낯이 익은 경사라 한들 다정이 우리 없이 남자와 단둘이 밀폐된 차 안에 있는 것을, 편하게 생각할 리는 없었으니까.

　"혼자 잘 수 있겠어요?"

　내가 다정에게 물었다. 을도 병도 아닌 정의 위치에서 작가 일을 하며 구른 짬에서 나온 말이었다. 남이 주저하며 말하지 못하는 모양새를 캐치하고 캐내는 것. 남의 심기를 살펴 보살피는 것. 나는 아주 잘했으니까. 물론 그 재능이, 가장 가깝고 그래서 가장 소중히 여겨야만 할 대상에겐 이상하게 발휘되지 않는 게 문제이긴 했지만. 예컨대 은빈에게 그랬듯이.

"아니요, 무서워요….."

그러자 은빈이 옆에서 말했다.

"우리 집 가서 잘래요, 그럼?"

"그런 폐를 끼칠 필요가….."

"얘도 우리 집에서 사는데요 뭘. 우리 엄마 익숙해요, 여러 사람 재우는 거. 하루만 그래 봐요, 괜찮으면."

"네, 그러면….."

"그래도 안에서 옷이나 이런 건 좀 가져 와야지." 내가 문을 열었다. "같이 다녀올게요. 물건 챙기게."

다정의 작은 옥탑방에 들어선 짐은 지나치게 단출했다. 집 하나를 통째로 업어 오는 게 가능하겠다 싶을 정도였다. 스물한 살인데. 이것저것 하고 싶고, 갖고 싶을 나이인데. 과외비나 아르바이트 급료를 받을 때마다 한 번 입고 버릴 옷, 누군가는 구분도 못할 가방, 신고 걷지도 못하는 높은 구두 같은 것들을 멋대로 사들여 자취방을 꽉 채우던 내 스물한 살이 생각났다. 그것은 내가, 처음 맛보는 자유를 기념하는 내 나름대로의 방식이기도 했다. 아직도 엄마는 얼지 못한 자유. 엄마가 옷을 골라서 사는 것을 본 적이 있었 나? 엄마를 떠나온 그 막걸리 집에서도, 엄마는 내가 중고 등학생 때 입고 다니던 후드티를 걸치고 있었다.

옷만 좀 챙겨요, 나머지는 집에도 있으니까. 내 말에 다 정이 고개를 끄덕이며 옷가지 몇 개를 챙겨 커다란 백팩에 넣었다.

"집 되게 깔끔하게 하고 산다."

"저도 이것저것 사서 꾸미고 싶은데, 돈이 없어서 언제 나갈지 모르니까 뭘 들여놓기가 그래요."

그런 대답을 들으려고 물은 건 아니었는데. 괜스레 미안 했다.

"엄마가 서울로 대학 못 가면 돈 안 대준다고 해서 뻥인 줄 알았는데, 진짜 안 대줬거든요. 그래서 좀 쪼들려요. 다 챙겼어요, 언니. 이제 나가도 될 것 같아요."

"…부모님이 여기 와 보신 적은 있어요?"

"네, 뭐 근데, 젊어서 고생은 사서 하는 거라고, 이런 집 이라도 감사하게 여기고 살라고 하시던데요. 그리고 전 익 숙해요. 고등학교 때에도 청주로 유학 와서 자취했거든요."

뭐가 감사해, 감사하긴. 해준 것도 없으면서! 속으로만 바락바락 소리를 지르는데 다정이 말을 이었다.

"저희 부모님한테 절대 비밀이에요. 저 이런 일 있었던 거."

"아니, 저야 뵐 일이 있을까. 경찰분들이면 또 몰라도. 근데 아마 신고도 없었으니까 뵐 일은 없겠죠… 근데 왜요?"

"여자애가 조심성 없이 어디서 굴러먹다가 그런 놈팽이를 만났냐고 욕먹을 테니까요."

*

은빈의 엄마는 내가 처음 온 날 그랬듯, 마치 20년 동안 같이 산 식구가 동네 산책을 마치고 집에 들어온 것처럼 다정을 대했다. 은빈이 돌아온 것을 보고도 그저, 이제 왔니? 하고 무심하게 인사할 뿐이었다. 그러나 길게 땋은 머리끝이 찰랑이는 것을 보며 나는, 좋으시구나 하고 알아챘다. 딸이 돌아와서. 다시 자기만의 방에서 다리 뻗고 코를 골 딸을 자신의 시선 끝에서나마 확인할 수 있어서.

다정에겐 핸드폰이 없었다. 이창민이 개장 너머로 던져버렸다고 했다. 친구들에게 무사히 돌아왔다고 연락하라고, 나는 내 핸드폰을 빌려주려 했다. 다정은 고개를 저었다. 그렇게까지 폐 끼칠 건 없어요. 아마 그러면 오늘 밤새도록 언니 핸드폰을 내가 써야 할 테니까요. 그냥 연재한테 메시지 하나만 보내주세요. 저 무사히 돌아왔다고, 경찰관님 집에서 하룻밤 묵을 거라고. 그럼 연재가 친구들에게 전하겠죠. 나는 다정이 시키는 대로 메시지를 보냈고, 연재에게서 온 전화를 바꿔주었다. 다정은 거실을 가로질러 베란다까지 나가서 길게 통화를 했다. 은빈의 엄마는 거실에 비스듬히 앉아 뜨개질을 하는 중이었다. 수없이 많은 코스터와 수세미와 인형들이 그 두 손에서 만들어지고 있었다. 우리는 일부러 TV 소리를 좀 키웠다. 통화를 마치고 들어온 다정의 얼굴이 번들거렸다. 잰걸음으로 허리를 굽힌 채 TV 앞을 가로지르는 다정을, 우리는 또 모르는 척했다. 화장실에서 오랫동안 물소리가 났다.

"그래서, 어떻게 할 거예요? 이제? 주영 오빠가 다 알게 됐잖아요. 언니들 계획."

셋이서 방에 돌아와 나란히 누워 불을 껐을 때, 다정이 물었다. 아, 글쎄. 어쩌면 좋아.

질러버렸는데, 너는 아무 생각이 나지 않잖아.

"그런데, 그런 말을 하니까 어땠어?"

갑자기 은빈이 끼어들었다.

"응?"

"사실 진짜 하고 싶던 말을 한 거잖아. 원래는 다 훼방 놓고 무너뜨린 다음에 그 잔해를 밟고 서서 지르려던 말, 너는 쓰레기고 나는 너를 응징했다, 뭐 그런 말을, 미리 해버린 거잖아. 아주 솔직하게."

"······그렇지."

"어떤 것 같아? 기분이?"

나는 까만 천장을 바라보았다. 아니다, 까맣지 않다. 한밤중 불을 끈 방의 천장이 까맣다고 느끼는 것은 내가 오래전부터 그렇게 마음을 먹고 내 시야와 인식을 한군데에 고정해버렸기 때문이다. 눈을 꾹 감았다 뜨면 그물이나 먼지나 아까 은빈의 엄마가 뜨던 수세미 같은 무늬들이 아무렇지 않게 눈앞을 둥둥 떠다니는데. 나는 보이는 것에도 솔직하지 못해서 뻔한 말들만을 한다. 그게 부끄럽고, 지겨울 때도 있지만, 대체로 다른 이들도, 아마 모두 그렇게 살기에, 거기 익숙해졌을 것이다.

은빈처럼, 콕 집어 묻지 않는 이상은.

이상했다. 내가 배운 대로라면, 예상했던 대로라면 나는 전전긍긍 걱정해야 했다. 내가 모든 걸 망쳤으니까. 계획해왔던 것도 어그러지게 생겼고, 말도 안 되게 비현실적인 정체도 탄로…가 아니라 자백해버렸고, 게다가 나를 못 믿는지 두 사람이나 직접 저쪽 세계로 넘어가서 우리 엄마에게 확인을 해봤다니 – 그런데 세상에, 은빈이야 그렇다 치고 박병옥은 어떻게 넘어간 걸까? 몰래 여자 화장실에 들어갔단 말인가? 범죄 아닌가? – 그 사실만으로도 충분히 자존심이 상해야만 했다. 그럼 우리 엄마는 거기 가만히 앉아서 내내, 뭐 시간이 어떻게 왜곡되는지는 모르지만 혼자서, 내가 돌아오기만을 기다리고 있어야 하는 것 아닌가.

하지만······.

하지만 왜 통쾌하지.

하고 싶은 말을 다 해서일까.

아니면 내가 누군가의 삶을, 그냥 누군가도 아니고 내 쌍둥이라고 할 법한 엄주영의 삶을 망치겠단 계획을 그 몰래 세웠단 죄책감 자체가 나를 계속 짓누르고 있었던 걸까. 그래서 이제, 자발적으로 들키곤 해방되었나. 혹은 설마, 엄주영의 삶에 대한 동정심인가. 안 된다, 안 돼. 개똥은 약에도 못 써.

왜 자꾸만 아까 박병옥의 차에서 내릴 때 엄주영이 짓던 표정이 떠오르는 걸까. 허탈한 표정. 분노나 짜증이 아니라, 멍하고 혼란스러운 표정. 그런 표정은 엄용민 씨에게선 한 번도 본 적이 없는 것이었다.

대답하려 하는데, 웅웅, 하고 진동 소리가 났다. 나와 은빈이 동시에 머리맡을 더듬었다. 내 손에 잡힌 핸드폰이 바르르 몸을 떨었다. 화면을 보았는데, 모르는 번호였다. 이상하다, 여기서 나한테 전화를 걸 모르는 사람이 누가 있지. 나는 일부러 스피커폰으로 모드를 바꾸고, 녹음 기능까지 켰다. 그리고 전화를 받았다.

"여보세요?"

"나 엄주영인데."

눈알 네 개가 옆에서 팽글팽글 도는 기척이 느껴졌다. 이불을 걷어차고 몸을 발딱 일으켜 앉는 소리들이 뒤를 이었다. 나는 침을 꿀꺽 삼켰다. 여기서 놀란 티를 낸다면 완전 지는 것 같았다. 내 쌍둥이에게. 완전 무심하게 해야지, 완전 관심 티끌도 없다는 듯이. 나는 단단히 각오하고 어, 왜? 라고 되물었는데, 젠장…… 목소리가 쩍 갈라지더니 삑 사리까지 났다. 그러게, 엄마가 평소에 물 좀 많이 마시라고 잔소리를 했는데…….

"어허어, 왜에헤?"

"……."

"……."

"얘기 좀 하자고. 연재랑 같이. 나 못 믿겠으면 그 경찰들 데려와도 좋아. 아니, 다른 경찰들도 다 상관없어. 부대를 끌고 와라. 난 괜찮으니까. 나랑 연재랑, 얘기 좀 해."

딸깍 소리가 나며 책상 위의 스탠드가 켜졌다. 그 앞을 가로막고 선 은빈의 고개가 끄덕, 하고 위아래로 흔들렸다.

"얼마나 많이 데려가도 상관없다고 했어?"

"경찰청장을 데려와도."

뭐야, 왜 이렇게 비장해? 은빈이 입모양으로 묻는 게 스탠드 불빛을 통해 눈에 들어왔다.

"다 불고, 다 알려줄게." 엄주영이 말했다. "그러니까 우리 결혼, 무사히 할 수 있게 해주면 안 될까."

*

언젠가 엄마는 내가 대학에 붙었을 때, 이런 말을 했다. 그래 얘, 사람은 서울서 살아봐야 돼. 여기 머물러봐. 중학교 고등학교 동창들만 계속 보다가, 그중 그나마 나쁘지 않은 놈 골라잡아 결혼하곤 여기 붙박이로 살겠지. 딸, 엄마가 그런 사람을 비하하는 게 아니고. 근데 좀 번듯한 신랑감, 어? 좀 넓은 세상을 본 신랑감을 데려오면 좋겠어, 그게 엄마의 바람이야.

요즘 여자는 있잖니, 넓은 세상을 봐야 야무지고 똑똑해지지! 그래야 자기처럼 야무지고 똑똑한 사람을 만나 결혼하는 거야. 아무랑 대충 하는 게 아니라.

그런데, 엄마, 20대 때 고향만 가면 서울깍쟁이라고 놀림 받았다는 엄마도 서울에서 아빠 만났잖아? 라고는 못 물었다.

과외비는 다른 아르바이트와는 다르게 선불이었다. 대학

에 들어가자마자 국어 과외를 시작했으니 처음으로 내 돈이란 걸 손아귀에 거머쥔 건 3월 중순경이었다. 그렇게 두툼한 만 원짜리 다발은 처음 만져보았고, 믿을 수가 없었다. 그걸 그대로 몽땅 지갑에 집어넣고 싶었는데 다 들어가지 않아서 절반만 집어넣고 동대문역까지 갔다. 동대문이 패션의 메카라잖아. 한 번도 내 의지와 취향대로 옷을 사본 적이 없었으니까. 내 돈을 들고 내 옷을 사기. 나의 아주 오랜 꿈이었다.

동대문역에 내렸는데 뭔가 허전했다. 패션의 메카라더니 다 죽었나? 지하철역을 벗어나 밖에 올라서는 것은 몹시 두려운 상경 보름 차는, 역사에서만 한참을 뱅뱅 돌다가 누군가에게 밀리오레 어디로 가요? 따위는 물어볼 생각도 못 하고 다시 지하철 플랫폼으로 내려왔다.

동대문역이 아니라 동대문운동장역에 가야 했다는 건 그다음 주에 알았다. 밀리오레에 갔더니 수많은 상인들이 옷자락을 잡았다. 어느 구두 가게에선 남자 직원이 예쁜아, 라고 부르며 구두를 신겨주었다. 지갑을 꺼냈더니 와 대박 예쁜아 너 부자다, 오빠랑 사귈래? 어? 하고 자기 팔을 내 어깨에 두르고 팔뚝을 만지작거렸다.

나는 그때, 웃었다. 남자가 예쁘다고 말해주는 것도, 누군가 내 어깨에 손을 올리며 안는 자세를 취하는 것도 처음이었다. 두려움보다, 불쾌감보다, 생경하지만 기분 좋은 설렘을 느끼도록 그때의 나는 교육 받았고, 서울에 혈혈단신 올라와서는 어쩔 수 없이 바보 멍청이가 될 수밖에 없었던 것이다. 야무짐? 똑똑함? 그것도, 미리 배워본 아이들이나 먼저 습득할 수 있는 미덕이었다.

유도 동아리 역시 마찬가지였다. 엄마는 몰랐지만 실은 4학년이 될 때까지 나는 유도 동아리에서 유도를 하지 않았다. 여자 매니저 두 명을 뽑는 남자 동아리. 남자를 어지간히 좋아하던 여자 동기에게 낚여 4년간 아무것도 배우지 못한 채 그 동아리의 일원으로 모든 술자리와 엠티, 훈련을 빙자한 친목도모를 함께했다. 내가 졸업반일 때 여학생 유도 동아리가 새로 만들어졌고, 우리는 남자애들이 시키는 대로 비웃었다. 자기들이 유도를 뭘 안다고? 안 봐도 비디오지, 얼마나 형편없을지. 내년쯤 되면 없어질 걸? 그 동아리가 없어졌는지 졸업한 나는 더 알지 못하지만, 새로 구한 직장 근처에서 유도 체육관을 발견했을 때 홀린 듯 걸어 들어가 물었다. 여자도 가르쳐주나요? 라고. 역시나 바보같이, 멍청하게.

혼자 배우려면, 무엇이 잘못되었고 그때 기분이 어땠어야만 했으며 내가 찾는 곳은 동대문역이 아니라 동대문운동장역이라는 것을, 그 모든 걸 혼자 배우려면 너무나 오랜 시간이 걸린다. 10년도 짧다. 서른셋인 나도 실수투성이니까. 어쩌면 그 전에 아예, 시행착오를 반복해볼 그 모든 기회부터 차단당할 수도 있다. 서울깍쟁이라는 질시 섞인 별명으로 불렸지만 자기 옷 한 벌 제대로 사본 적도 없이 그대로 예순 살이 되어버린 엄마처럼. 누군가 가르쳐주지 않으면 쉽게 나뭇가지에 옷이 찢기고, 뿌리에 발이 걸려 넘어지고, 그러다 구덩이에 처박히거나 누군가 놓은 덫에 걸리곤 할 수밖에 없는 게 삶이고…….

*

다정이 끼어들었다. 내 핸드폰에 대고 빠르게 물었다. 연재랑 같이 있어요? 연재랑 얘기한 거예요? 연재가 그러겠대요? 동의를 얻은 거냐고요.

아무 대답이 없었다. 그러나 곧 부스럭거리는 소리가 들리더니, 누군가 전화를 넘겨받았다.

"언니?"

연재였다. 내가 뭐라 이야기를 꺼내기도 전에 다정이 다짜고짜 먼저 끼어들었다.

"야 심연재, 나 김다정인데. 단도직입적으로 묻자. 너 진짜 이 결혼 할 거야?"

"응?"

"할 거냐고. 나, 되게 무서워서 그래. 너는 말만 들었으니까 상상을 못 하지. 똥냄새 찌는 개농장에 갇혀서 그 사람이 오기를, 또 오지 않기를 기다렸어. 그 사람이 오면 나를 어떻게 할까 두려웠고, 그 사람이 오지 않으면 내가 여기 있는 걸 아무도 모른 채 그대로 죽어버릴 것만 같아서 무서웠어. 캄캄해질 때까지. 미칠 것 같았고, 쇠파이프 같은 게 하나 있었는데, 이창민이 돌아왔을 때 내가 이걸로 이창민을 죽여버릴 수 있을까, 그럼 내 인생은 진짜 끝이겠지, 라고 생각하니까 아무것도 할 수가 없었어. 그런데 지금 나는 걱정 돼. 네가 나중에 그런 일을 똑같이 겪을까 봐. 그리고 그땐 너를 구할 사람이 없을까 봐. 그 사람이 아무도 모르는 남남이 아니라 네 남편일까 봐. 그래서 아무도 끼어들지 않은 채 남의 집 사정이라고 불구경할까 봐. 그게 무섭다고. 결혼, 할 거냐고!"

"다정아, 미안해. 천천히 얘기해, 천천히."

다정이 심호흡을 하더니 침을 꿀꺽 삼켰다.

"연재 너, 통금은?"

"집에서 계속 전화 오는데 무시했어. 오늘 어떻게든 오빠랑 담판 지으려고. 하루쯤은 괜찮겠지. 설마 날 죽이기야 하겠어, 딸인데. 결혼할 남자랑 같이 있다는데. 식장도 잡은 남자랑."

"그럼 아까 네 남친이 말한 것도……."

"나랑 이야기했어, 진지하게."

"잠깐만 기다려, 이건 아무리 생각해도 전화로 할 말이 아닌 것 같아."

우리 셋은 서로를 바라보았다. 은빈의 집에서 모두 샤워까지 마친 상태라 얼굴은 잡티나 뾰루지로 울긋불긋했고, 눈썹은 실종되었고, 이목구비는 흐릿했으며 입술은 황토색이었다. 은빈은 막 방구석에서 상봉한 안경을 쓴 채였다. 머리를 아무렇게나 말린 탓에 추노 세 명이 앉아있는 꼴이었다. 스물한 살이라 아직 부끄러운 다정을 뺀 삼십대 둘은 브래지어도 안 한 탓에 또 다른 눈이 빼꼼 가슴팍에서 안부를 전하고 있었고.

그러나.

"난 좋아."

"나도 좋아요."

우리 둘이 고개를 끄덕였다. 다정이 다시 목청을 높였다. 너, 딱 기다려. 어디서 만날지는 우리가 정할 테니까. 지금 나올 수 있어? 네 잘난 오빠 새끼랑 같이 나올 수 있냐고.

"응. 장소 알려줘. 기다릴게."

그때 다정이 두 음쯤 낮아진 목소리로 말했다.

"알아줘라. 내가 너를 믿고 이런다는 걸. 야, 연재야. 나 다신 널 안 볼 수도 있어. 내가 오늘 죽는 걸까 생각했어. 경찰관님이 안 오셨으면 정말 그랬을 지도 몰라. 그래도 나는 지금 다시 너를 보겠다는 거야, 연재야. 알아줘. 그게 얼마나 무겁고 무서운 일인지."

수화기 너머에선 한참 동안 말이 없었다. 두 사람의 숨소리만이 섞여 들렸다. 은빈은 멀쩡한 손으로 자기 핸드폰을 든 채 '용암동 24시간 카페' 따위를 검색하는 중이었다. 그때 연재의 목소리가 흘러 넘어왔다.

"믿어줘서 고마워. 만나줘서도. 나 절대 너 배신 안 해. 나, 네가 오늘 겪은 일을 생각하면 그냥 죽고 싶어. 그런데, 잘 살고 싶어서 말하는 거니까. 만나자. 만나서 이야기해. 장소 정해서, 카톡 줘. 안 자고 기다릴게." 잠시 멈추었다가, 한 문장을 이었다. "내가 용서를 빌 수 있게 해줘, 다정아."

전화가 끊어졌다. 없어, 없어… 24시간 카페, 없어…… 은빈이 연신 스크롤을 내리며 중얼대는 소리만 계속되었다. 나는 무슨 말을 해야 할지 몰라 입을 다물었고, 다정은 두 눈을 엄지로 꾹꾹 누르는 중이었다.

그때 방문을 두드리는 소리가 들렸다. 똑똑. 그러더니 문이 아주 조심스레, 천천히 열렸다. 얼굴이 보이기 전에, 달

랑거리는 머리채 끝이 먼저 보였다.

은빈의 엄마였다.

"들으려고 한 건 아니고… 부엌에 있으니까 안 들을 수가 없었어. 그런데, 어차피 우리 집이 어딘지는 주영이네도 다 아는데… 만날 곳이 없다면… 나는 우리 집 거실도… 괜찮다고 생각해. 집에 과일도 있고……."

은빈이 벌떡 일어섰다. 전투다! 나는 생각했다. 그게 무슨 말이냐고, 헛소리하지 말고 잠이나 자라고 말하겠지. 이미 굴러온 돌이 둘이나 있는데 어떻게 둘을 더, 심지어 하나는 잠재적 범죄자인 남자를……. 말도 안 된다고 싸우겠지! 나는 팔다리에 힘을 주었다. 말려야 한다. 저 모녀마저 싸운다면 세상에 무슨 희망이 남아 있겠어…….

"엄마 고마워."

어?

"주영아, 여기 주소 연재 씨한테 좀 보내줄래."

"어, 어……."

"20분 내로 안 튀어오면 문 걸어 잠그고 자겠다고도 해줘."

"어……."

나는 그대로 연재에게 메시지를 보냈다. 메시지 옆의 1은 바로 사라졌다.

네 언니, 지금 바로 가요. 고마워요ㅠㅠ

답장이 왔다. 어머니, 연재네 지금 온대요. 어색하게 부
엌에 대고 말하는데, 벌써 은빈의 엄마는 과일을 잔뜩 내놓
곤 썰고 있었다.

"난 옷 갈아입을 힘도 없어. 이대로 볼래."

은빈이 대뜸 내뱉었다. 노… 노브라로? 내가 입을 벙긋거
렸더니 이번엔 버럭 소리까지 지른다. "브라 찰 힘도 없다
고!"

"내가… 입혀줄까?"

"노브라면 뭐가 어때서! 씨발 지가 필요해서 오는 건데,
왜 내가 성가시고 귀찮게 옷을 챙겨 입어야 하냐고! 싫어!
그냥 볼 거야!"

17

 …그래서, 거실에 우리 셋 곱하기 2보다 네 개 더 많은 눈들이 첨예한 시선으로 앞에 쪼그리고 앉은 두 남녀를 바라보는 광경이 벌어지고야 말았다. 눈이 두 개 초과인 사람은 은빈과 나. 나는 초인종이 울릴 때까지 갈팡질팡 주저하다가 에이, 이게 내 우정의 징표다! 라고 외치며 손에 들고 있던 브래지어를 던져버렸는데, 막상 눈을 어디 둘지 몰라 하는 듯한 엄주영을 보니 오히려 통쾌해서, 조금 놀라웠다. 봤냐? 이 누님들은 흡사 아마조네스다 이거다, 이 나잇값 못하는 새끼야.

 은빈의 엄마는 과일만 조금 내온다고 하더니 거의 안주 한 상을 차렸다. 맥주는 기본이요, 과일에 샐러드에 견과류에 먹태에, 세상에 이건 뭐야, 편육과 만두까지? 이러지 않아도 돼 엄마, 반가운 손님도 아니야. 은빈이 말하자, 그는 대답했다.

"이렇게 배불리 먹이면… 막막할 때 이 집 생각이 나겠지."

연재는 다정을 안고 펑펑 울었다. 다정이 민망해하며 이제 그만 울어, 라고 떼어낼 만큼. 사실 연재의 잘못은 아니라고, 다정은 두 사람을 기다리며 우리에게 말했었다. 연재도 얼마나 막막할까요. 이런 일로 친구를 다 잃게 될지 모르잖아요. 이제 누가 연재를 만나고 이야길 들어주겠어요. 누가 연재의 결혼식에 가겠어요. 무서워서 못 가죠. 지금도 다들 손절할 타이밍만 노리고 있을 거예요. 누구 하나가 스타트를 끊으면, 그때부턴 줄줄이 단톡방을 나가겠죠.

다정은 다친 곳이 없는지 몇 번이고 확인하는 연재에게 말했다. 괜찮아. 머리만 몇 대 맞았어. 기껏해야 혹이지 뭐. 배고프고 목마른 게 힘들었는데 살 뺐다고 생각하지 뭐. 그 말에 연재는 또 엉엉 울었다. 나도 은빈도 다정의 트라우마를 건드릴 것이 두려워 무슨 일이 있었는지 묻지 못했는데, 연재를 위로한답시고 웃으면서 그렇게 말하는 그 애의 속이 얼마나 타들어갈지는… 굳이 묻지 않아도 알 것만 같았다.

박병옥의 조수석에서 발악을 떨던 엄주영은, 시간이 얼마 지나지도 않았는데 왜인지 잔뜩 풀이 죽은 모양새로 다소곳이 앉은 채 아무 말도 하지 않았다.

"뭐야, 중대 발표라도 할 것처럼 냅다 전화를 걸어놓고는?" 내가 시비를 걸었다. "왜, 뭐라도 해야겠는데 머리는 안 돌아가냐? 하긴 그 머리를 언제 써봤겠니, 네가."

그러자 대신 연재가 입을 열었다.

"중대 발표 맞아요. 저희, 사실 지난주에 집 계약했어요. 목포에요."

"에에?"

"이렇게 빨리?"

"그렇게 멀리?"

이건 정말 예상 못 했다. 셋의 입에서 짜고 친 듯 비명이 터져 나왔으니. 연재는 고개를 끄덕거리더니 말을 이었다. 아무도 몰라요. 저희 부모님도, 오빠네 부모님도. 여기서 처음 말하는 거예요. 저희 결혼할 때까지 제발 아무한테도 말하지 말아 주세요.

"잠깐. 누가 너희보고 맘대로 결혼하래?"

말이 불쑥 튀어나왔다. 그 누구도 모르는 타지로 옮겨 살 작정을 할 만큼 저 찌질이를 사랑한다니 믿을 수 없었다. 아니 될 말이었다. 어긋난 순정을 어떻게든 바로잡아

쥐야 했다. 이런 건 용납할 수가 없었다. 끝이 빤히 보이는, 아무도 펴지 않은 채 책벌레만이 열심히 페이지를 갉아먹을 서고 속 인생을 연재가 살고 말 것을 나는 견딜 수 없었다……

"저는 믿어요. 오빠 정신 차릴 거라는 거."

기가 막혀.

"사람 고쳐 쓰는 거 아니라고 했어요, 연재 씨."

내가 말했더니 연재는 엉뚱하게 은빈을 향해 물었다.

"혹시, 경찰관님도 그렇게 생각하세요?"

"그게…."

"사람 고쳐 쓰는 거 아니라면, 경찰관님은 뭘 믿고 일을 하세요?"

연재 씨, 은빈이는 제삼자예요. 이건 엄주영 둘이서 먼저 맞짱을 뜰 문제라고요! 내가 가슴을 치며 끼어들 찰나에, 무언가 웅얼대는 소리가 났다.

"…은다고."

"뭐 이 새끼야? 똑바로 말해!"

"계약서… 쓴다고."

"무슨 계약서?"

여기요. 연재가 에코백을 열더니 쫄대 파일 하나를 꺼냈다. 방금 프린트했는지 따끈따끈한 종이 몇 장이 가지런히 꽂혀있었다. 딱딱한 명조체로 대문짝만하게, '결혼계약서'라고 제목을 단 종이였다.

우리 셋의 고개가 일제히 그 종이 위로 떨어졌다. 뭐야, 로맨틱코미디를 너무 많이 본 거 아니야? 나는 처음엔 그렇게 생각했으나 읽으면 읽을수록 이 계약서는, 본격적이었다.

"이거 연재 씨가 쓴 거예요?"

"네."

"나이도 어린데 이런 걸 어떻게 다 썼어요?"

"알바 근로계약서 펴놓고 따라했어요."

아아…… 멍청하게 고개를 끄덕이는데, 은빈이 벌떡 일어나더니 자기 방에서 노트북과 빨간 플러스펜을 들고 돌아왔다.

"이거, 아직 도장 안 찍었죠? 우리가 첨삭해서 고쳐줘도 되는 거죠?"

연재가 고개를 끄덕였다.

결혼 계약서

고용인 심연재(이하 "갑")와 피고용인 엄주영(이하 "을")은 아래와 같이 결혼계약을 체결한다.

1. 계약기간

가. "을"의 계약기간은 20XX년 4월 25일부터로 ~~한다.~~ 2년간으로 하며, 갱신시마다 6조에 명시된 입회인 중 최소 한 사람의 입회하에 새로이 작성한다.

나. 계약기간 중에도 "갑"은 "을"의 근무 상태가 불량할 경우 계약을 취소할 수 있으며, 취소의 절차는 5조에 따라 이행한다.

다. 계약기간 중에 "갑"과 "을"은 상호를 제외한 타인과 일체의 성애 관계를 맺지 않는다.

2. 임금

가. "갑"과 "을"은 근로로 얻은 임금 중 50퍼센트씩을 생활비 조로 공동 명의의 계좌에 지급하며, 나머지 50퍼센트의 임금을 본인의 의사에 따라 자유롭게 쓸 수 있다.

나. 다음 사용처에 대해서는 임금의 사용을 불허하며, 아래 사용처는 "갑"이 자유롭게 추가할 수 있다: 노래방, 노래주점, 단란주점, 모던 바, 토킹바, 마사지 업소, 게임장, 도박장

다. 나항에서 지정한 사용처에서 임금을 사용했을 경우, 당사자는

적발일로부터 향후 1년간 임금의 ~~80퍼센트~~ 100퍼센트를 공동 명의의
계좌에 지급한다.

라. 근로가 불가능한 상황이 발생했을 경우 해당인은 1년간 임금
의 공동 명의 계좌 지급 의무를 면제받으나, 지속적인 구직활동을 해
야 한다. 건강상의 문제일 경우는 제외한다.

3. 상호신뢰

가. "을"은 계약기간 중 다음 사람과 접촉하지 않는다: 이창민,
XXX, XXX, XXX.

나. "을"이 '가'항을 위반했을 경우 건당 위약금으로 "갑"에게 일금
1,000,000원을 지급한다. 적발일로부터 3일 안에 지급한다.

다. "을"은 '가'항에서 명시된 사람들이 "갑"이나 "갑"의 지인에게 접
촉했을 경우 건당 위약금으로 "갑"에게 일금 ~~500,000원을~~ 1,000,000
원을 ~~지급한다.~~ 적발일로부터 3일 안에 지급한다.

4. 안전준수

가. "갑"과 "을"은 계약기간 동안 서로에게 폭력을 행사하지 ~~않는다.~~
않으며, '폭력'으로 인정되는 기준의 결정은 "갑"에게 일임한다. "갑"과 "을"
사이에 자녀가 있을 경우 자녀에 대한 폭력 역시 허용하지 않는다.

나. '가'항을 위반할 경우 "갑"은 상호 합의 없이 계약을 취소할 수
있다.

5. 계약 취소의 절차

가. "을"의 귀책사유로 인해 "갑"이 계약 취소를 원할 경우 "을"은 2조 '가'항에 명시된 공동 계좌의 잔금 중 ~~80퍼센트~~ 100퍼센트를 "갑"에게 지급한다. 하며, 부동산은 매매 후 50대 50으로 나눈다.

나. "갑"의 귀책사유로 인해 "을"이 계약 취소를 원할 경우 6조의 입회인 전원의 참여 하에 절차를 논의한다.

~~나~~ 다. "갑"과 "을" 사이에 자녀가 있을 경우 양육권은 ~~상호 합의에 따른다.~~ 자녀의 의사에 따르며, 자녀의 연령이 어려 확실한 의사 표현을 하지 못하는 시기 동안에만 상호 합의에 따른다.

6. 입회인

가. 본 계약의 입회인은 다음과 같다: 엄주명, 최은빈, 김다정

나. "갑"은 "을"이 본 계약을 위반할 경우 '가'항의 입회인 중 최소 1인에게 알릴 의무를 가진다.

이 계약을 증명하기 위하여 계약서를 5부 작성하여 "갑"과 "을", 입회인 3인이 서명 날인한 다음, 각 1부씩 보관한다.

"이 정도면 되려나." 은빈이 눈가를 찌푸렸다. 잘못된 곳은 없는지 골똘히 살피는 듯했다.

"구멍이야 많겠지. 하나하나 명시하려면 백과사전 한 권을 만들어야 되니까 문제지."

"그래도 언니들이 2년 갱신으로 해줘서." 다정이 1조 가항을 손으로 가리켰다. "그때마다 뭔가를 수정할 수 있으니 다행인 거잖아요. 안 그랬으면 평생 이거 가지고 살 뻔 했는데."

엄주영의 투덜대는 소리도 점점 잦아들고 있었다. 진퇴양난이라고 느낀 걸까. 나는 궁금했다. 쟨 대체 결혼을 뭐라고 생각하기에, 연재를 어떻게 여기기에 계약서까지 쓰면서 억지로 일을 밀어붙이려 할까. 혹시 이걸 종이 쪼가리로 생각하는 걸까. 언제든 위반하면 그만인. 그냥 지금 연재의 장단에 맞춰주고 싶은 걸까.

그때 우리 셋의 머리 위로 슬그머니 그림자가 드리워졌다. 은빈의 엄마였다. 방금 전까지 부엌에서 다라이를 가져다놓고 철 지난 김장을 하는 것마냥 배추를 다듬고 있었는데, 그 커다란 칼을 그대로 든 채였다.

"얘들아, 중요한 걸 빼먹었잖니."

건조하다 못해 버석거리는 표정과 칼날에 반사된 형광등 빛이 함께 섞여 눈을 찔렀다.

"진짜 범죄를 저지를 경우에 대해선, 하나도 적지 않았잖니."

젖꼭지가 쫄깃해졌다.

"꼭 엄청난 폭력이 아니어도. 사기를 치면? 협박을 하면? 자해 공갈이라도 하면?" 놀라고 무서워서인지 지금껏 한 번도 못한 생각이 머릿속에 흘러 다녔다. 나, 저 이의 이름 석 자를 모르는구나. 지금껏 내내, 은빈 엄마라고 불렀고, 은빈 엄마라고 불리는 걸 들었구나. 카카오톡 이름마저 '최은빈모'인 사람. "누군가에게 상해를 입혔을 경우엔 어떡할 거니? 혹시 죽이기라도 한다면? 혹은 죽이지 않더라도, 차라리 죽은 것만도 못한 목숨으로… 만들어 버린다면? 그땐 어떻게 할 거니?"

다정과 연재를 제외한 우리 셋은 은빈의 엄마가 마지막 문장을 얼마나 힘겹게 내뱉었을지, 모를 리가 없었다. 엄주영의 입이 바보같이 벌어졌다. 나는 은빈이 화를 낼 줄 알았는데, 막상 얼굴을 바라보니 그게 아니었다. 은빈과 제 엄마 사이에 거울 하나를 놓은 듯, 두 사람의 표정은 똑같았다. 아주 오래 빨랫줄에 걸어놓은 헌 수건처럼 뻣뻣하고 거칠었다가, 조금씩 물기를 흡수하며 차오르고 훌렁거리기 시작했다. 아무 말도 할 수 없었겠지만 자신의 엄마가 얼마나 큰 용기를 내어 저 말을 입 밖으로 꺼냈는지 은빈은 너무나 뼈아프게 알 터였다. 은빈이 모르면, 누가 알까. 딸이 모르면, 누가 알려나.

"저는… 말렸어요."

엄주영이 말했다.

"이제 와서 빼는 거냐고 욕하셔도 좋은데… 저는 그땐 정말, 말렸어요…."

"그럼 아까 경사님 차에선 왜 그딴 식으로 얘기했는데?"

내가 물었다. 엄주영이 양반다리를 풀더니 조심스레 무릎을 꿇는 것을, 우리 모두는 지켜보았다.

"왜 그렇게 말이 나오는지 모르겠어요…."

영문을 모르는 연재는 눈을 동그랗게 뜬 채로 얼어있었다. 다정은 조금 더 복잡한 표정이었다. 똑똑한 애니까, 아마 아까 박병옥의 차 안에서 들었던 이야기와 지금의 대화 사이에 모종의 관계가 있단 걸 알아챘을지도 몰랐다.

물론 지금 안방에 누군가 숨을 쉬고 있다는 사실은 까맣게 모를 테지만.

연기를 하는 거야? 나는 아무래도 사람을 쉽게 믿는 성격이 아니었기에, 댐이 한순간 와르르 무너진 듯 꿇어앉아 상체를 숙이며 별안간 변명을 시작하는 엄주영이 당황스러웠다. 다정은 눈썹을 치켜 올렸다. 은빈은… 은빈은 두 손에 얼굴을 묻고 있었다. 왼손의 붕대가 꼬질꼬질했다.

"모르겠어요, 저는… 저는 본 것도, 배운 것도 모조리 그딴 식이라서… 집에서도 그렇고 친구들한테서도… 이렇게 말하면 상황이 더 나빠질 걸 알면서도 자꾸 그런 식으로 말을 뱉어요… 행동을 하고….”

참을 수 없어서, 나는 엄주영의 말을 잘랐다. “너 그거, 말로 자식 패는 인간들이 제일 많이 하는 변명인 거 알지? 엄용민 씨가 하는 말이잖아, 그거. 그딴 식으로 합리화하는 걸 누가 들어준다고. 야, 배중숙 씨 말고는 없어.”

“그런데, 정말이야….”

“안 하면 되잖아, 안 하면. 네가 안 하려고 노력하면 되잖아! 씨발, 야, 나도 너랑 똑같은 부모 밑에서 자랐어. 그런데 아무도 안 팼고, 교복에 침을 뱉지도 돈을 빼앗지도 않았어. 취한 여자들 강간할 모의하고, 가출팸 애들 예비 범죄자로 만들고, 외국인 노동자들 착취하지도 않았어, 어? 그래, 다 이창민이 한 거라고, 너는 하급 똘마니라 그저 망만 보고 방관했다고 변명한다 치자. 나는 그런 짓을 하는 놈들이랑은 애초에 상종도 하지 않았다고, 어? 개쓰레기 새끼야, 어디서 자꾸 합리화를 해. 씨발 너처럼 따질 거면 나도 지금쯤 오륙십 대 남자 열다섯 명은 칼빵 놓았어야 한다고!”

오빠… 저게 무슨 말이야? 가출팸… 외국인… 저게 무슨 말이야? 연재가 속삭일 때까지, 아무도 입을 열지 않았다.

그리고 연재의 말에 대답한 것은, 은빈의 엄마였다.

"주영아. 그래, 사람이란 게 다 치 떨리게 이기적이야. 나는 착하다고 소문난 사람들, 아무도 안 믿어. 사람들이 자기 신념이란 거 이러쿵저러쿵 떠드는 거, 하나도 신뢰 안 해. 결국엔 다들 지저분한 면을 가지고 있거든, 남한텐 절대 안 드러내는……." 엄마, 칼은 놓고 얘기해. 은빈이 말했지만 은빈의 엄마는 들은 척도 하지 않았다. "그래서 있지 주영아, 나는 오늘 네가 다 시인하고, 다 받아들였으면 좋겠어. 그렇게 해준다면 좋겠어. 왜냐하면 그게 제일 힘든 거니까, 주영아. 그런데 너도… 너도, 이렇게 살아야만 할까, 하는 생각을 하지 않니? 이런 게 삶이라면 왜 굳이 나에게 주어졌을까, 뭐 그런 슬픔이 찾아올 때가 있지 않니? 연재랑 같이 이곳을 뜨면, 그러면 좀 더 네 자신이 보람찬 하루하루를 맞이할 수 있을 거라는… 뭐 그런 기대를, 하는 것이 아니니?"

나는 너를 믿어. 착한 척, 정의로운 척하는 사람들보다 더.

마지막 문장은 숫제 속삭임이었다.

그것은 마치.

너 왜 여기 있니?

라고 옥상에서 묻던 여자의 목소리처럼 들렸다.

창밖이 조금씩 밝아져 오고 있었다. 연재의 눈은 너무 부어서 쌍꺼풀이 다 사라진 상태였다. 은빈의 엄마가 냉동실에서 아이스 팩을 가져오더니 연재에게 눈에 얹고 있으라며 건넸다. 연재는 그가 시키는 대로 소파에 누워서 눈을 감고 아이스 팩을 그 위에 대었다. 엄주영은 자기 몫의 계약서를 쫄대 파일에 넣었다. 우리 역시 우리 몫의 계약서를 챙겼다.

계약서는 한 부가 늘어있었다. 은빈의 엄마가 입회인으로 추가되었기 때문이었다.

정효길. 처음 듣는 그의 이름을 나는 은빈의 노트북을 두드려 직접 계약서에 적어 넣었다.

"내가 제일 먼저 죽겠지. 그러니까 내가 그때까진 제일 많이 입회할 거야."

무슨 말씀이세요, 아줌마. 다정이 대꾸하자, 효길 씨가 나름대로의 근거를 들었다. 젊은 애들은 바쁘니까 내가 신경 많이 써야지. 그리고, 결혼생활 해본 사람도 나밖에 없잖니. 그러니까 내 눈으로밖에 볼 수 없는 게 있어.

효길 씨의 이름을 적어 넣으면서, 새로운 조항도 추가되었다.

7. 범죄 예방

가. "갑"과 "을"은 계약기간 내에 철저한 준법정신에 의거하여 생활하며 경중을 막론하고 그 어떤 범죄라도 저지르지 않는다.

나. '가'항에 위배되는 일이 발생했을 경우 "갑"과 "을" 중 위반자가 아닌 사람은 자유롭게 본 계약을 해지할 수 있다.

"이 정도면 될까?"

은빈의 물음에 모두 고개를 끄덕였다. 그제야 효길 씨는 칼을 내려놓았다. 은빈은 엄주영을 부르며 다시금 말했다.

"야, 너 나중에 딴소리하지 말고 지금 똑바로 의사 표현 해."

"…된 것 같다."

"그럼 이대로 출력해?"

은빈이 다리를 쭉 펴더니 자리에서 엉거주춤 일어나며 물었다. 아니야, 안 돼. 갑자기 그런 생각이 들었다. 뭔가 빠진 것 같았다. 속은 시원했는데, 어딘지 모르게, 마무리가 덜 된 느낌이었다. 숙제가 분명히 있었는데, 알림장에 쓰지 않아 까맣게 잊어버린 기분이었다. 왜지. 대체 뭘까. 모두가 지금껏 떠올리지 않았는데 반드시 내가 저기에 적어 넣어야만 하는 게, 대체 뭘까…… 은빈 자신, 엄주영, 연재, 그리고 다정까지 오케이 사인을 내리니 마음이 조급해졌다. 뭐지? 진짜, 뭐였지? 이런 미친 돌대가리야, 제발 생각을 하라고…… 머리를 때려도, 이미 잘잘 시간을 한참 넘어선 머릿속은 부옇기만 했다.

"엄마는 어때? 이 정도면 된 것 같아?"

"응. 엄마도 일단은 이 정도면…… ."

아!

은빈 모녀의 대화에 머릿속이 밝아졌다.

엄마!

"잠깐만. 하나 더 있어!"

계속 여기 머물렀던 근본적인 이유가, 나와는 사실상 관계도 없는, 인생에서 엮이기조차 싫은 엄주영의 삶에 끼어들어 참견을 해야 했던 이유가 분명히 있었는데 그게 이 계약서에서 빠져선 안 됐다.

8. 특약 사항

가. "갑"과 "을"은 계약기간 동안 자신의 부모에게 주 1회 이상 전화하고, 연 4회 이상 자신의 부모를 방문하거나 "갑"과 "을"의 주거지에 초대한다.

나. "갑"과 "을"은 계약기간 동안 상대방의 부모에게 주 1회 이상 전화하고, 연 4회 이상 상대방의 부모를 방문하거나 "갑"과 "을"의 주거지에 초대한다.

다. 본 특약은 모든 조항보다 우선하여 진행한다.

"나도 일주일에 한 번 전화 안 하는데."

다정이 말했다. 사실은 나도 그랬다. 제발 연락 좀 하라고, 무소식이 희소식인 것으로 알고 살아야 하는 거냐고 엄마는 내게 자주 핀잔을 놓았다. 집에 자주 내려오는 건 바라지도 않아, 전화라도 하란 말이야. 아니면 카톡방에 점이라도 하나 찍든지! 그러면 나는, 이렇게 대꾸하곤 했다. 그러게 옛날에 좀 잘하지 그랬어? 난 그저 받은 대로 자라나 갚는 것뿐이야.

그러한 내 논리대로라면, 엄주영과 연재는 결혼식 후 목포의 신혼집에 꽁꽁 숨어 다시는 절대로 부모를 찾아오지 않을지도 몰랐다. 내내 원망하면서, 그들로부터 받은 상처를 후벼 파면서, 잊지 못할 어린 시절의 장면을 되감아 재생하면서. 그러나 내겐 배중숙 씨의 삶을 어떻게든 조금이라도 더 나아지게 만들어야 한다는 일차적인 목표가 있었다. 이 세계의 배중숙 씨에게서 엄주영을 뺏을 수는 없었다. 아무리 배중숙 씨가 그 아들의 망나니짓을 보지 않으려 눈을 질끈 감아왔다 하더라도, 그게 내가 여기 남아 해줄 수 있는 거였다. 나는 내 이름을 단 쌍둥이 엄주영이 벌을 받길 바랐고, 동시에 우리 엄마의 이름을 단 쌍둥이 배중숙 씨는 행복해지길 바랐다. 그 두 가지 목표가 양립하는 것은 쉽지 않은 일이었다. 그러나 쉽지 않다고 버릴 수 있는 종류의 것도 아니었다.

"다들 이 조항엔 찬성해?"

은빈이 물었다. 다정은 오케이를 외쳤다. 은빈도 괜찮다고 했다. 커플은 한참을 고민하는 눈치였다. 그리고 효길 씨는 손을 들어 사과 한 쪽을 집어 들더니, 내 입에 넣어주었다. "밤에 먹는 사과는 독이라는데요." 멋쩍게 말하자, 이미 4시가 넘었으니 밤이 아니라 아침이라고 효길 씨는 대답했다. "아침 사과는 금이야."

곧 연재가 먼저, 그리고 엄주영이 뒤이어 대답했다. 이 조항, 넣어도 좋아요.

6시였다. 은빈은 곧 출근해야 한다며 머리를 감으러 욕실에 들어갔다. 한 손으로 감으니 꽤 오래 걸리는 모양이었다. 아이스 팩에 눌린 연재의 코에선 나지막하게 코 고는 소리가 났다. 보통 피곤한 게 아니겠지. 다정 역시도 꾸벅꾸벅 졸고 있기에, 방에 들어가서 자라고 등 떠밀어 보냈다. 효길 씨 역시 안방으로 들어간 후였다. 상은 내일 치울 테니까 그냥 거기 놔두렴, 이란 말을 남기고. 그러고 보니 효길 씨는 그 오랜 세월 동안, 반송장이 된 남편 옆에 누워 잠을 청한 것이었다.

이제 거실에 남은 건 두 엄주영뿐이었다. 나는 가만히 그 얼굴을 쳐다보다 아무도 손을 대지 않은 맥주 캔을 집어 들어 땄다. 미지근한 맥주가 꼴꼴 소리를 내며 목구멍으로 넘어갔다. 그러자 엄주영도 머뭇거리다가 하나를 더 들었다. 꼴꼴. 두 엄주영의 목구멍에서 똑같은 소리가 났다.

"너. 연재한테 진짜 다 이야기했어? 솔직하게?"

효길 씨가 배추 조각이 묻은 부엌칼을 든 채 난입해 계약서를 고친 후, 연재는 우리에게 양해를 구하고 엄주영을 베란다로 불러냈다. 아직 찬 3월의 밤공기 속에서 둘은 한 시간을 이야기했다. 연재는 펄쩍펄쩍 뛰고, 머리를 쥐어뜯더니, 엄주영의 뺨을 때렸다. 그때까진 일부러 고개를 돌리고 있던 우리도 일제히 놀라며 쳐다볼 수밖에 없는 소리로, 그토록 크게, 짝 하고. 그러더니 세 대를 더 때렸다. 나는 도장 사범님의 말을 떠올렸다. 싸대기도 때려본 사람이 잘 때린다고 하더니만… 어디서 남자애들 좀 때려봤는가 보네. 아니면 재능을 타고났거나.

"어. 연재한테 물어봐도 돼. 다 말했어. 이창민이랑 애들 사업에서 내가 무슨 역할을 했는지. 걔들이랑 손절할 내 각오가 얼마나 큰지. 전부 다."

"은빈이 아버님 일은."

"말했어. 너한테도 말할까. 난 정말 나중에 그런 일이 있었다고 듣기만 했어. 변명한다고 해도, 거짓말이라고 해도 증거는 없지만. 다만 그땐… 그땐 솔직히, 이게 죄다, 하는 생각이 없었어. 그거 아냐? 나쁜 짓도 그렇지만, 그걸 쳐다보기만 하는 것도 약 하는 거랑 똑같아. 처음엔 너무 강렬하고, 죄책감이 들어. 근데 계속 하다보면, 아무 생각이 안 든다. 최은빈 아버지 그렇게 되었단 얘기 들었을 때는 이미 그렇게 된 후였나 봐. 그냥, 새끼가 돈을 안 주고 튀냐, 맞아도 싸지, 하는 생각밖엔 안 했어.”

“내가 널 믿어야 되냐?”

“….”

“왜 못 믿는 줄 알아? 나도 은빈이도, 옆에 다정이랑 연재가 있으니까 너한테 차마 말 못한 게 하나 더 있잖아. 그건 왜 이야기 안 해?”

“뭐.”

“결혼했던 거, 예전에.”

그랬다. 그게 궁금했다. 그래, 다 개과천선한다 치자. 이걸 숨길 수가 있나? 물론 죄는 아니지만, 허물도 아니지만, 그토록 사랑하는 사이라면, 저토록 구차한 계약서를 쓰면서까지 결혼해야 하는 사이라면, 당연히 이런 과거는 알아야 하지 않나? 숨기는 게 말이 되나?

엄주영은 맥주를 다시 한번 들이켜고, 뚜껑을 엄지로 훑았다. 그리고 대답했다.

“연재, 처음부터 알고 있었는데. 나 결혼했던 거.”

뭐… 뭐?

"맘스터치 사장이 와이프 오빠였으니까."

이게 지금 무슨 소리야.

"그래, 네가 생각하는 만큼 내가 인간 쓰레기라면, 당연히 맘스터치 사장이 여자 알바 괴롭힌다고 해서 나설 인간… 아니지 않겠냐?"

"그렇지."

맞다. 생각해보니, 너무나 당연히, 이상했다. '의협심 강한 엄주영의 모습'에 심연재가 반했다? 말도 안 되는 이야기였다.

"그냥 그 새끼가 너무 싫었어. 2년제 나온 주제에 자기 여동생이랑 결혼했다고, 결혼하기 전부터 인간 말종 취급하고. 내가 소고기 선물 보내면 일부러 상온에 며칠 처박아둔 다음 다 상한 걸 보냈다고 욕하고, 같이 모이는 자리에선 개무시하고. 우리 부모님 있을 때도 똑같았어. 상견례 자리에선 조개 해감이 안 됐다고 상을 엎으려 들던 새끼라고, 걔가. 이혼했을 땐 야구방망이 들고 찾아오고. 근데 하필이면 맘스터치에 들어가서 주문했더니 영수증에 사장으로 개 이름이 나오더라. 청주 출신도 아닌데 잘못 봤나, 동명이인인가, 하고 둘러보니까 쓰레기통 옆에 걔가 딱 서서 누굴 괴롭히려 들잖아. 그러니까 그게 나한텐 찬스였다고.

지금껏 당한 걸, 진상짓으로 갚아줄 기회.”

“그럼 그때 옆에 있던 게 연재였단 거네….”

“난 형님이란 호칭 안 썼는데, 그 새끼가 먼저 매부라고 부르더라.”

“근데 왜 연재는 모르는 척을 한 건데…?”

연재의 코 고는 소리가 더는 들리지 않는 걸 그때는 못 알아챘다.

“돌싱남이랑 사귀는 걸로 보이고 싶지 않았대.” 엄주영이 빈 캔을 찌그러뜨렸다. “나는 이해한다고 했어. 내가 결혼 사기꾼처럼 보여도 상관없다고 했어. 내가 뭐, 더 떨어질 데가 있냐? 그렇게 해서라도 다시 새출발할 수 있다면, 그게 낫지. 맘껏 연기하라고 했어. 어차피 다른 데 정착하면 더 이상 볼 사람들도 아닌 거. 그리고 무엇보다….”

“무엇보다.”

“어차피 모두가 나를 싫어하잖아. 너희 말대로 친구라 부를 가치도 없는 놈들밖에 친구가 없고, 동네 어른들도 나랑 부모님 앞에서야 살가운 척하지 뒤돌아서면 인간도 못 된 불량배라고 욕할 거 빤하고. 자기들도 허구한 날 노래방 도우미 부르면서, 도우미 연결하는 이창민이나 뒤치다꺼리 해주는 나는 본인들보다 하급인 줄 알지. 똥 싸는 놈이 똥 푸는 놈 천대하듯이. 그러니까 그냥, 싫어할 바에 끝까지 싫어해라, 어린애한테 사기 쳐서 결혼한 놈으로 알고 있어라, 하고 그냥 포기했어."

"왜 모두가 너를 싫어해. 배중숙 씨는 안 그러잖아. 그래도 아들이라고 싸고돌고. 이거 먹어라, 저거 먹어라 챙겨주고."

"…야. 너네 엄마도 그러냐. 나같은 쓰레기 인생도 자식이라고 이뻐해주고 퍼주고 그러냐."

"모르겠네. 나는 쓰레기 인생이 아니라서."

엄주영은 다 마신 맥주 캔을 조금 찌그러뜨린 후 상 위에 내려놓았다. 그러고는 캔의 손잡이를 빙빙 돌리기 시작했다. 그러더니 갑자기 물었다.

"너는 어떻게 살았냐?"

"뭘 어떻게 살아."

"그 화를 다 어떻게 참아냈어? 복수하고 싶고, 누구든 괴롭혀서 억울하고 불행한 마음을 풀어내고 싶은 충동을 어떻게 참았냐고. 왜 나만 이렇게 힘들까, 다른 집은 안 그러는데 왜 나만 이렇게 살아야 할까. 그런 마음이 들면 아무거나 다 부수고 싶어졌는데. 너는 안 그랬어? 너는 나랑 똑같은 사람이라며. 집 분위기도 똑같고."

"당연히 나도 그랬지. 야, 근데 때리고 싶어진다고 때리면 마음이 좋았냐? 통쾌했어?"

"몰라."

"너보다 약한 사람만 골라 괴롭혔겠지. 그건 복수도 아니고 정의도 아니고. 그냥 네 인생 쓰레기 만드는 방법일 뿐이잖아. 네가 그렇게 엇나간다고 해서 누가 피해를 봐? 네가 미워하는 사람들이 피해를 봐? 전혀 아니야. 누가 제일 힘들어 했냐고."

"나지."

"한 명 더. 너랑 배중숙 씨겠지. 네 엄마. 내 엄마."

나는 캔을 세게 찌그러뜨렸다.

"솔직히 말할게. 나는 너를 보면 그냥 이해가 안 돼. 측은한 마음도 생기지 않아. 여긴 어떤지 모르지만, 내가 있는 세상에선 나쁜 짓 하는 새끼들한테 너무나 많은 변명의 기회를 주곤 해. 길고 지루하고 뻔한 서사들을 방패 삼아서 책임을 피하지. 난 완전히 질려버렸어. 그래서 너한테도 변명의 기회를 주고 싶지 않아. 너는 그렇게 살아서는 안 됐어. 내가 그렇게 살지 않았으니까. 누굴 괴롭히지 않으면서 살았는데도 네가 걱정하는 일은 아무것도 일어나지 않았어. 속이 터져 죽지도 않았고 머리가 돌지도 않았고 짓밟히지도 않았어. 그러니까 너는 용기가 없던 거야. 지금까지. 세상에서 제일 비겁한 새끼였다고. 측은한 건 배중숙 씨지. 난 그래."

"야, 내가 진짜 원하는 게 뭔 줄 알아?"

"뭔데."

"연재는 우리 엄마처럼 안 되는 거야. 평생 값을 생각도 능력도 없는 자식한테 돈이며 사랑이며 퍼주는 여자가 안 되는 거."

"개새끼야, 애인 챙기기 전에 엄마한테 때늦은 효도라도 하라고."

은빈이 젖은 머리를 털며 화장실에서 나왔다. 그와 동시에, 연재가 두 팔을 뻗어 쇼파에 등을 대고 바닥에 앉아있던 엄주영의 뒤통수를 빡 소리가 나도록 갈겼다. 그러더니 병 주고 약 주는 것처럼 다시 엄주영의 목을 감싸안았다. 누인 몸을 그쪽으로 돌리는 바람에, 눈에 올려두었던 아이스 팩이 얼굴에서 흘러내려 쇼파 위로 떨어졌다. 뭐야, 연재 씨 일어났네? 은빈이 쓱 보고 중얼거리더니 부엌으로 향했다. 찬장을 열어 한 손으로 휘청대며 카누 박스를 꺼냈다. 또 세 포 털어 마시고 일 나가겠지.

오빠, 우리 이만 가자. 너무 민폐였다… 연재가 속삭이자 은빈이 귀신같이 알아듣곤 대답했다.

"우리 엄마도 출근해야 해서 좀 있으면 일어나니까, 인사하고 가요. 안 그럼 서운해 할 걸."

괜찮다고 한참을 말렸지만 연재는 굳이 배달앱을 켜더니

딱 한 군데 운영 중이라고 뜨는, 꽤나 먼 카페에서 모닝 콤보 세트를 사람 수대로 시켜 주었다. 배달팁이 무려 6천 원이었다. 식탁 테이블에 모두가 앉을 수 없어 엄청나게 큰 상을 가져와 펴고는 모두 둘러앉아 샌드위치를 씹고 커피를 마셨다. "나는 세상에서 배달팁이 제일 아깝더라." 나는 고맙다는 말을 하기 멋쩍어 엉뚱한 말만 뱉었다. 그러나 효길 씨는 이렇게 이야기했다. "맛있다. 이런 걸 배달로는 처음 먹어본다. 좋은 세상이야, 그치."

18

연재가 이미 엄주영의 첫 결혼을 알고 있었다는 소식을 전하자 은빈은 찐사랑이네, 라며 적잖이 놀랐다.

"그러게. 나는 그날 정신이 없어서 계약서 쓸 때 그걸 걸고 넘어져야 한다는 생각도 못 했어. 그런데 너는 용케 다음 날 아침까지도 잘 숨겼네."

"다정 씨가 옆에 있으니까 그랬지. 속상해하는 모습 친구 앞에서 보여주기 싫어할 것 같아서. 하루에 사건이 도대체 몇 개나 터진 거냐. 거기에 더 얹으면 진짜 못 할 짓일 것 같았어. 아, 말로는 표현을 못 하겠네, 뭐 어쨌든 그래서."

"언제부터 그렇게 세심했냐."

"너만 몰라."

박병옥은 옆에서 자신이 찍은 영상을 하나하나 돌려보는

중이었다. 그러고는 마우스를 딸깍거리며 뭔가를 열심히 조작하고, 이번엔 내가 녹음한 파일을 들었다. 가끔씩은 엄주영이 보낸 한글 파일을 띄워놓고 이마를 찌푸리기도 했다.

"우리 셋 중에서 경사님이 컴퓨터를 제일 잘 다루는 것 같아요. 영상 편집도 하고."

"경사님, 유튜버가 꿈이시니까."

"어, 진짜?"

"맞아요, 어떻게든 박제를 해놓아야 다시는 안 그러지." 박병옥이 중얼거렸다. "요새 어린 애들은 네이버에 검색 안 하고 유튜브로 한다는데. 거기다 향을 피워야지. 여러분이 짭새라 부르며 술 취해 찾는 동네북 경찰관, 이토록 허망하게 세상을 떠난 사람들이 많습니다, 하고."

어떤 말도 할 수 없어서, 나는 괜히 컵을 들고 일어나 물을 따르러 갔다. 등 뒤에서 박병옥이 은빈에게 묻는 소리가 들렸다.

"근데 왜 목포래, 뜬금없이? 멀어도 너무 먼데."

"연재가 원래 가고 싶어 했던 대학교가 거기 있대요. 배 만들고, 배 타고, 제복 입고 다니는 학교라나. 어렸을 때부터 배 만지고 싶었는데, 뭐 여자애가 그런 데 가냐고 반대해서 원서도 못 냈었다나요. 지금 다니는 학교엔 애정이 전혀 없나 봐요. 자퇴한 다음 다시 들어갈 거래요."

"붙지도 않았는데 목포로 이사부터 간다니 걔도 웃기네."

"자신 있대요. 그리고 학교가 눈앞에 있어야 열심히 할 마음이 생길 거라나."

"난 또 목포에 엄주영 친구라도 있는 줄 알았지."

"그럴 거였으면 제가 먼저 말렸어요."

"바다 못 보는 데서 태어나 부모님한테 매여 살아서, 그래서 바다에 로망이 있나….." 물을 한 컵 가득 따라 돌아갔다. 박병옥은 웃고 있었다. "뭐, 무슨 도전을 해도 끄떡없을 나이인데. 잘하겠지."

연재가 알려준 결혼 날짜를 보자마자 은빈이 머리를 싸맸다. 나도 알고 있었다. 은빈이 달력에 대문짝만하게 써놓았고, 카카오톡 프로필에도 디데이를 걸어놨으니 모를 수가 없었다. 게다가 내가 티켓팅까지 해줬으니 더.

"콘서트 가야 되잖아 너."

"씨발 이게 어떻게 이렇게 걸리냐…."

"나랑 경사님이랑 둘이서 잘할 수 있으니까 걱정 말고 신나게 놀다 와라. 그냥 자리도 아니고 스탠딩 A구역 5번인데. 심지어 내가 티켓팅 해준 거잖아. 결혼식 현장에 없어서 아쉬워? 요새 웨딩 비디오가 얼마나 잘 나오는데. 내가 연재한테 받아 놓을게."

"야 진짜⋯ 내가 진짜 웬만하면⋯."

"야. 내가 설마 이거 가지고 너한테 뭐라고 할 사람 같아? 네가 얼마나 목 빠지게 기다리고 있는지 내가 모르는 것도 아니고. 그때까지 손이나 잘 나을 생각해, 응원봉이랑 물통을 한 손에 들 순 없잖아."

이제 겨우 한 달 정도가 남은 상황이었다. 너무나 짧고 또 너무나 긴 시간이었다. 엄주영의 적극적인 도움으로 이창민 패거리의 만행을 파헤치며 증거들을 모았지만, 화수분처럼 쏟아지는 그 증거들을 다 갈무리하기엔 몹시 바빴다. 엄주영은 박병옥에게 세세한 사항을 전달했고, 박병옥은 은빈과 함께 최대한의 증거를 찾아낸 후 내게 넘겼다. 내가 하는 일은 그걸 버무려 요리를 만드는 일이었다. 메인 디쉬입니다, 라고 말하며 둥근 돔 뚜껑을 연 후 하객으로 거들먹거리며 앉아있는 이창민과 그 패거리의 얼굴에 처박을 요리를 만드는 일. 그러기엔 시간이 촉박했다.

그러나 지켜야 할 사람도 너무 많았다. 다정이나 연재는 당연했고, 은빈이나 박병옥도 보호해야 했다. 엄주영이 허튼짓을 하지 않는지도, 그리고 들키지 않는지도 내내 전전긍긍하며 지켜보아야 했다. 경찰 두 사람은 매일같이 초과 근무를 하는 것과 마찬가지였다. 모두의 눈 밑에 그늘이 드리워졌고, 웃지 않는데도 광대가 불쑥 튀어나왔다. 서로를 볼 때마다 나는 몇 킬로그램 빠졌네, 하며 서글프게 자랑하는 것이 일상이었다.

사실 이 모든 일이 내 욕심에서 시작된 건데. 그런 생각이나 후회가 엄습할 때마다 나는 손바닥으로 머리를 치며 잡념을 떨쳐내기 위해 애썼다.

성공하면 되는 것이다. 성공하면.

*

그리고 우리 계획에 가장 큰 기여를 한 것은 다름 아닌 연재였다.

은빈 모녀와 함께 드라마를 보고 있을 때였다. 작가님! 작가님은 저 전개, 어떻게 생각해? 아무래도 너무하지? 21세기 최고의 막장이라는 그 드라마를 볼 때마다 둘은 순진한 표정으로 눈을 동그랗게 뜨며 내게 평을 묻곤 했다. 그럴 때마다 나는 대답했다. 저기요들, 지금 우리가 더 막장같아요. 드라마로 만들면 욕 작살나게 얻어먹을 걸요?

언니! 저 설득 성공했어요. 귀에 딱지가 앉도록 들은 메인 테마곡이 흘러나오며 주인공의 얼굴 클로즈업 밑으로 협찬사 배너가 띄워질 때쯤 연재에게서 메시지가 도착했다. 아니, 이렇게 끝내면 다음 화를 어떻게 기다리라는 거야!

두 모녀가 일제히 비명을 지르며 핸드폰을 잡았다. 은빈은 트위터를, 효길 씨는 박대희탁구클럽의 단체 채팅방을 띄웠다. 이제 한바탕 자신들의 네트워크 속에서 드라마 욕을 쏟아 부을 터였다. 그리고 한 30분 동안은 무슨 말을 해도 듣지 않을 게 뻔했고.

베란다로 나가며 연재에게 전화를 걸었다. 신호음이 두 번 가기도 전에 연재가 전화를 받았다. 언니!

"진짜야? 부모님들도 다 허락한 거예요? 연재 씨 부모님 말고, 시부모님도?"

"그럼요. 오히려 시부모님은 엄청 쉬웠는데요. 우리 엄마 아빠가 더 힘들었어요. 뭐 사회자는 신랑 친구여야 한다, 여자면 이상하다, 어쩌구저쩌구. 아주 짜증나 죽는 줄."

"엄용민 씨도 뭐라 안 했어요?"

"언니! 그러니까요, 제가 진짜 깜짝 놀랐다니까요. 아버님이 제일 먼저 오케이 하셨어요."

"말도 안 돼."

"진짜요. 아버님이 언니를 정말 좋아하시나 봐요! 하긴 탁구를 그렇게 잘 치는데 어떻게 뻑가지 않고 버티겠어요."

"대체 뭐라고 꼬신 거예요?"

"엄주영과 심연재의 결혼식 사회를 박대희탁구클럽의 전무후무 탁구천재이자 신랑 부모의 탁구 소울메이트이자 심연재의 절친 언니 엄주영이 본다?"

"…그게 뭐예요."

"어쨌든 언니, 고마워요! 사회자 최고!"

"뭐, 고마울지 죽이고 싶을지는 당일 가봐야 알겠죠. 어쨌든 알겠어요, 열심히 준비할게요."

베란다 새시를 힘주어 열고 다시 거실로 돌아갔다. 이제 온라인에서의 논평은 끝났는지, 모녀는 핸드폰을 내려놓고 서로에게 삿대질을 하며 이번 화에 드디어 반전의 빌런으로 밝혀진 인물에 대해 설왕설래 중이었다. 그리고 나는 문득 생각했다. 우리 엄마를 본 지 너무 오래되었구나. 이 세계의 배중숙 씨 말고, 아직도 막걸리에 반쯤 취해 리필한 나물반찬을 혼자서 먹고 있을 우리 엄마를 본 지가.

집에 가고 싶어졌다.

…라고 말하는 것이 아마도, 생애 처음일지 모르지만. 내가 이런 말을 하는 광경을 엄마가 봤다면, 내가 헛것을 봤나, 하고 눈을 부빌 지도 모르지만.

나는 그 순간, 얼른 이 모든 일들을 끝내고.

집에 가고 싶어졌다.

사람이란 너무나 나약한 존재다. 자기 살기 위해 계속해서 물기 어린 땅으로 어떻게든 뻗어나가는 나무뿌리만큼도 못하지 않을까. 자꾸만 자갈밭을 향해 간다. 자꾸만, 가서는 안 될 곳으로, 결국엔 시들시들 자길 말라 죽일 곳으로 간다. 한번 옮긴 발걸음을 다시 돌리기는 너무나 어렵다. 그러려면 지금껏 버둥대며 어떻게든 지나온 그 과거의 자신을 모두 부정해야 하니까. 처음부터 다시 시작해야 하니까. 사람들을 그걸 가장 힘들어 하고 그래서 자꾸만….

처음엔 용서할 수 없었겠지만, 이제는 용서하지 못했던 과거의 나 자신을 부정하고 싶지 않아서, 아니, 더 솔직해지자면, 더 유치해지자면, 부모에게 유해지는 것이, 토라져버린 아이가 슬그머니 아무 일도 없었다는 듯 자존심을 접고 제자리로 돌아오는 종류의 쪽팔린 일로만 생각되어서, 그래서 계속 도망치고, 등 돌리고, 관계의 골을 깊게 만드는 것이 아니었을까.

"역시 가족은, 좀 떨어져 살아야 사이가 좋아지지."

집에 가고 싶다는 생각이 들었단 자체를 또다시 모른 척하고 싶어서, 괜스레 혼자 중얼거렸다. 세월이 아무리 흘러도 나아지지 않던 관계가, 다른 세계에 떨어지고 나서야 나아지는 게 우스웠다. 아마 돌아가면 다시 또 대판 싸우고 미워하고 원망하겠지. 그러나, 그래도, 이전엔 없던 이곳에서의 기억들이 내겐 남아있을 테고, 무엇보다, 처음으로 집에 가고 싶다, 라는 생각을 했단 사실을 나는 잊지 않을 테니까, 조금은 다르지 않을까. 그런 생각을 했다.

*

　나는 연재의 결혼식을 망치고 싶진 않다는 사실을 모두에게 분명히 전했다. 연재가 진짜로 엄주영을 못 견디게 사랑하든, 혹은 엄주영을 사랑하는 자기 자신을 사랑하는 것에 가깝든 간에, 어쨌든 거대하게 둥실거리는 애드벌룬 같은 사랑을 좇아 삶을 사는 성격의 아이에게 결혼식이란 얼마나 큰 기쁨이며, 꿈꾸던 순간일까. 그래서 적어도 신랑 신부가 무대를 걷고, 포토그래퍼 앞에서 얕은 키스를 나누고, 퇴장하는 그 순간까지는 보통의 결혼식이 되도록 지켜주고 싶었다. 다만 하객 사진 촬영의 순간부터, 결혼식은 아주 특별해질 것이었다.

　연재가 나를 사회자로 만들어준 덕에 혼자 해야 할 일은 두 배로 늘었지만, 시나리오를 짜는 것은 훨씬 수월해졌다. 여기서 어떤 말을 하면 좋을까, 여기선 무슨 영상을 틀면 좋을까. 박병옥은 영상을 만들다가도 내게 자주 의견을 구했다. 이거, 어떻게 편집해야 좀 더 눈에 확 들어올까, 방송작가님? 그도 그럴 것이, 박병옥은 스토리텔링엔 영 재주가 없어 보였다. 영상 편집 기술은 좋았지만 요령이 영

꽝이었다. 자극적인 영상도 박병욱의 손만 거치면 아주 느린 템포의 독립영화가 되었다. 예의 그 창고나 교회, 빈집으로 향하는 길을 찍은 영상은 꼭 힐링 농촌 브이로그처럼 보였다. 방송계로 온다면 어느 프로그램이 어울릴까. 글쎄, 〈6시 내 고향〉도 나름대로 빠르고 자극적인데. 정말이지 고를 수가 없었다.

은빈은 결혼식날 오지 못하는 것이 미안한지 더 무리해서 일했다. 다정을 거의 전담하다시피 보호했고, 엄주영에게도 자주 연락을 해서 혹시 뒤통수를 치는 건 아닌지 동태를 살폈다. 그러더니 결혼식 보름 전쯤엔 갑자기 떠올랐다는 듯 손뼉을 쳤다.

"동창들을 찾아봐야겠어!"

"뭐?"

"고등학교 동창들. 다 기억할 텐데, 이창민이 무슨 짓들을 저질렀는지. 뿌리부터 썩은 놈이라는 걸 보여줘야지. 어때, 괜찮지 않아?"

"해주면 너무 좋지. 그런데 시간이 되겠어?"

"해볼게, 이제 붕대도 풀었으니까." 은빈이 두 손을 나비처럼 팔랑팔랑 흔들었다. 어쩐지, 아까 들어올 때부터 뭔가 달라 보이더라니. 이런 면에선 내가 참 둔했다. "손이 자유로워지고 나니까 진짜 뭐라도 다 해낼 수 있겠단 느낌이 들어."

"조심해, 이창민 쪽으로 말 들어가지 않게."

"걱정마. 지금 좀 쫄았대. 다정이가 없어진 다음부터."

"아, 정말?"

"응. 감금하고 있던 상대방이 감쪽같이 사라진 거잖아. 언제 경찰이 들이닥쳐서 수갑 채울지 몰라서 전전긍긍하나 본데. 그래서 요샌 밖으로도 안 싸돌아다니고 그 잘난 친구들도 잘 안 만난대. 근데 집에 있으면 또 경찰이 집으로 찾아올까 봐, 모텔 옮겨 다니면서 자는 날이 많단다. 너무 웃기지 않냐? 지금까지 그렇게 잘못을 많이 저질러놓고."

"상대가 자기 컨트롤 밖에 있는 건 처음이니 그게 무서운가 보다. 지금까진 다 슬슬 자기 밑으로 불러 약점 잡고 세뇌시킨 다음 밟았는데. 다정이한테는 그런 작업 없이 다짜고짜 그랬잖아."

"어휴, 뇌가 고추에 달린 놈."

은빈이 수소문해 찾아낸 동창들을 나도 함께 만났다. 아무래도 이런 일에 익숙한 내가 질문지를 만들고, 묻고, 거기서 뻗어나가는 가지를 또다시 잡아채 새로운 방향을 만들어 이어나가기 편했으니까. 눈에 띄게 긴장한 또래 여자들을 안심시키는 방법은 단 하나였다. 내가 모든 사실을 폭로

하는 그 자리에 있을 거라는 사실을 미리 말하는 것. 나는 절대 당신들을 방패로 삼지 않는다고, 나 필요한 것만 취한 후 뒤로 쭉 빠지지 않을 거라는 확신을 주어야 했다. "죽이려고 해도 당장 눈앞에 있는 저를 죽일 거예요. 걱정 마세요, 그 즉시 경찰에 붙들려 갈 테니까." 여자들은 이 세계에서도, 이용당한 여자들을 너무 많이 보았다. 여자를 이용하는 건 남자만이 아니었다. 여자들도 여자들을 이용하고, 그 뒤에 숨다가, 모른 척하고, 버리기도 했다. 나는 계속해서 주지시켰다. 그 현장에 있는 여자는 나라고, 위험한 상황이 벌어진다면, 가장 먼저 다칠 사람은 나라고. 동시에, 박병옥이 얼마나 모자이크와 음성변조 처리를 잘하는지도 물론 샘플 영상으로 보여 주었다. 그러면 은빈의 동창들은 하나같이 고개를 푹 숙였다가, 은빈을 향해 말했다. "믿는다?" 은빈이 고개를 끄덕이면 천천히 입을 열었다. 나지막한, 가끔은 떨리는 목소리로.

"작은 용기가 모여서 큰일을 만드는 거지." 박병옥의 말에 나는 고개를 저었다. "작은 용기라고 할 수 없어요. 이런 말을 하는 데도 몇 번을 망설여야 하는 사람들이 있어요. 이미 세상을 너무나 무서워하는 사람들은, 그럴 수밖에 없어요. 그러니 어떻게 용기의 크기를 측정할 수 있겠어요. 그건 사람들마다 천차만별인데. 용기는 셀 수도 없고, 크기를 가늠할 수도 없고, 무게를 잴 수도 없어요. 각자 다른 저울을 쓰니까. 그러니까 그냥, 똑같은 용기를 낸 거죠. 그 모든 사람들이."

그리고 마지막으로 인터뷰에 응한 은빈의 동창은 열아홉 살 때부터 스무 살이 되던 해의 2월까지, 이창민과 사귀었던 전 여자친구였다. 그리고 내 세계에선, 현장학습이나 수련회에 갈 때마다 내 촌스러운 옷차림이나 유행이 지난 가방을 실컷 비웃던 아이였기도 했다.

우리가 컨택한 것이 아니라, 먼저 연락을 준 사람은 그 애가 유일했다. 우리가 이창민에 대한 이야기를 모으고 다닌다는 것을 어디선가 들은 모양이었다. 물론 세 명의 사람이 아는 순간 더 이상 비밀이 될 수 없다는 격언을 우리 역시도 알고, 기밀 유지가 될 거란 헛된 기대는 하지도 않았지만, 그래도 이창민과 한때나마 가장 가까웠던 사람에게까지 이야기가 흘러갔단 사실에 긴장하지 않을 수가 없었다. 함정일까? 위험하진 않을까? 나는, 거절해야 한다고 주장했다. 위험 요소는 최대한 줄이는 것이 나았다. 그러나 은빈은 다르게 생각했다. 어차피 그 애가 나쁜 마음을 먹는다면, 만나지 않더라도 이창민에게 이 일을 전할 가능성은 충분했단 거였다. 막고 싶었으면 그냥 난입해서 우릴 조지면 되지 굳이 거짓말까지 하며 만날 이유가 없다고 은빈은 말했다. 듣고 보니 그러네. 나는 받아들였다. 어차피 각오 없이 시작한 일은 아니었으니까.

그 애가 지정한 카페에 도착했을 때 손님은 아무도 없었다. 그 애 혼자서 자리에 앉아 이미 아메리카노 두 잔을 마신 후였다. "음료 뭐 드시겠어요?" 내가 묻자, 뜻밖의 대답이 돌아왔다. 제가 사장이에요. 뭐 드시겠어요?

"아, 그… 그럼 저는 아이스 아메리카노요. 은빈이 너는?"

"저도 아아요."

"저도 한 잔 더 마실 거라 세 잔 뽑는 데는 시간이 조금 걸릴 거예요. 편하게 말씀들 나누고 계세요."

"또 드신다고요…?"

"카페인 없이는 말을 할 수 없을 것 같아요."

작은 카페엔 종업원도 없었다. 그 애가 곧 커피 세 잔을 들고 돌아왔다. 녹음과 영상 촬영에 대한 허락을 얻은 후 나는 수첩을 들고 앉았다. 시작할게요. 은빈이 말하며 카페 테이블에 슬쩍 고프로를 올려놓았다. 커피잔 뒤로 잘 숨겨지도록. 아무도 보는 사람이 없는데도, 지금껏 다른 테이블이 알아채지 못하도록 몰래 녹화하던 버릇이 그대로 나오는 것이었다.

그 애의 봄이 빳빳하게 굳는 것이 느껴졌다.

"먼저 간단한 인적사항만 확인할게요. 승정고등학교 2008년도 졸업생, 맞으시죠?"

"네."

"제보에 거짓이 없는 걸 약속하실 수 있고요?"

"네."

"저희는 제보자분의 신원을 최대한 보호해드릴 것을 이 자리에서 약속드릴게요."

"보호될 수가 없어요."

"네?"

"이 사실이 알려지면, 백 프로 저라는 걸 알 수밖에 없거든요. 저랑 이창민 외엔 아무도 모르는 일이니까."

나와 은빈의 눈이 마주쳤다. 그러나 우리가 뭔가 대답을 하기도 전에, 그 애가 먼저 선수를 쳤다.

"전 보호받을 생각 없어요. 어차피 여기 뜰 거거든요. 가게도 이틀 전에 폐업했어요. 두 분이 마지막 손님이에요. 이 일 때문에 폐업한 건 아니니까 걱정 마시고요."

은빈은 눈알을 도록도록 굴리기만 했다. 나는 잠시 어떤 말을 해야 할까, 고민하다가, 정면돌파를 택했다.

"저희에게 먼저 연락을 하셨다면, 말씀하시고 싶으셨던 게 있어서일 텐데. 그냥 질의응답 없이 바로 들어갈까요? 자유롭게?"

그러자 그 애는 고개를 끄덕이더니, 빨대를 입에 물고 커피를 쭉 마셨다. 그러고는 테이블에 팔꿈치를 괴고, 두 손으로 눈을 가리더니, 입을 열었다.

　"이창민은 2008년 1월 13일에 사람을 죽였어요."

19

누가 이 소식을 전해야 할까. 나와 은빈은 몇 번을 서로에게 미루다가 결국엔 둘 다 함께하기로 했다. 약속 시간을 기다리는 내내 손이 바들바들 떨렸다. 은빈이라면 드디어 오랜 사건의 실마리를 잡게 되어 통쾌하지 않을까 싶었는데, 나처럼 똑같이 손을 떠는 걸 보니 의아했다. 왜 이렇게 떨어. 내가 묻자 은빈은 말했다. 저 분한테 이게 얼마나 큰 트라우마인지 알고 있어서. 그래서 정신을 못 차리겠어. 어떡해, 경사님. 다시 그 일 때문에 힘들어지시면… 그러면 어떻게 하냐고.

아무것도 모르는 박병옥이 노트북 가방을 내려놓으며 맞은편에 앉았다. 자, 또 무슨 새로운 증언이 생겼나 볼까요?

나와 은빈은 아무도 그에게 경고하지 못했다. 그럴 엄두조차 낼 수 없었다. 그저 나란히 앉아서 서로의 손을 꽉 붙잡고는, 그 애의 증언을 녹화한 영상을 클릭하는 박병옥을 바라보는 것밖에는, 할 수가 없었다.

박병옥이 이어폰을 꽂고 있었기에 우리는 오로지 그의 표정과 눈빛으로만 그가 타임라인의 몇 분 몇 초쯤을 지나고 있는지 대강 가늠할 수 있었다.

"무면허에 혈중 알콜 농도 만땅이었죠. 저 앞에서 단속하고 있는 경찰관을 보더니 걔가 갑자기 그러는 거예요. 자기야, 사람 죽은 거 본 적 있어? 그러더니 속도를 갑자기 휙 높이는 거예요. 제가 그 힘에 밀려 조수석에 딱 붙을 정도로요. 뭔가를 치고 지나갔다는 둔탁한 느낌이 들었어요. 옆에서 낄낄 웃는 소리가 들렸고요. 이창민이 말했죠. 큰 새를 친 것 같네. 그리고 전 그때, 저 자신을 속였어요. 그래, 아주 큰 새를 쳤겠지. 죽어도 별 상관없는 새를. 그 조수석에 앉아서 계속 스스로에게 속삭였어요. 모텔 주차장에 도착할 때까지. 그날 거기 치인 게 사람이었단 거, 음주단속 하던 경찰관이었단 거, 한 달 후에 어느 술자리에서 이창민이 제 귀에 대고 아주 세세하게 조곤조곤 말해주는 바람에 알았어요. 너도 공범이라는, 그런 내용이었죠. 그거 듣자마자, 걔가 나한테 정 떨어져서 차버리도록 온갖

수단과 방법을 다 썼어요. 믿을 수가 없었어요. 난 그냥 잘
나가 보이고 싶었던 게 다인데, 또래들에게 무시당하고 싶
지 않았던 게 다인데. 그래서 걔랑 사귀었는데. 그런데 사
람을 죽이고 내빼는 현장을 묵인하게 되다니."

"어떻게 걸리지 않았는지는… 혹시 아세요?"

"애당초 번호판을 가리고 다녔어요. 걔네 형이 그때 중고
차 사업을 했는데, 형이 매물로 가지고 있던 차를 이창민이
자주 몰고 다녔어요. 그 일 터지자마자 형이 곧바로 처리했
다고 했어요. 뭐라고 이야기해줬는데 저는 어리고 차에 대
해서 잘 모르니까 이해는 안 됐어요. 대충 이해하기로는,
도난신고를 했다고 들었어요. 일 터지자마자."

"누구 다른 사람도 이 일에 대해 알고 있을까요?"

"이창민 형은 알겠죠. 그런데 다른 친구들한테는 얘기하
는 걸 본 적이 없어요. 자기가 저지른 나쁜 짓 떠벌리는 걸
좋아하는 애라 의아했죠. 겁을 먹은 것 같다고 생각했어요.
아무리 자기가 하인처럼 부리고 무시하는 친구들이라도,
사람을 일부러 치고 내뺀 것까지 잘했다며 치켜세워주진 않
을 테니까. 누구 한 명이라도 입 열면 끝이라고 생각했을
거예요."

"제보자님은 그럼 헤어지실 때… 위험하진 않으셨어요?
목격자인데…."

"고3 때 찍었던… 동영상이 있었어요. 헤어질 때 걔가 그러더라고요. 그날 얘기가 다른 사람 입에서 나오는 날은… 인터넷에서 네 얼굴 구경하는 날이라고. 아마 제가 헤어지자고 했다면 이미 풀려서 인터넷에 돌아다니고 있었겠죠."

잠시 침묵이 흘렀다가, 내가 물었다.

"이 제보로 피해를 입으실 수도 있는데, 이렇게 나서주신 이유가 있을까요?"

그러자 그 애는 대답했다.

"돌아가신 분께, 그리고 그 가족분들께 용서를 빌고 싶어요."

"실례되는 말일 수도 있지만, 원망을 들을 것 같단 생각은 안 드세요? 왜 이제야…."

"당연하죠…. 그런데 제가 아이를 가지고 나니까 그 죗값이 제 아이한테로 떨어질 것만 같았어요. 아이가 조금만 아파도 내가 지금 벌 받는구나, 라는 생각에 가슴이 철렁 내려앉아요. 그리고 아이를 잘 키워보고 싶은데, 자꾸만 제가 모자란 걸 느껴요. 나이는 계속 먹어 가는데 저는 그날에 제 모든 성장이 멈춘 것 같아요. 시간은 흐르는데 저는 계속 그날의 저에서 벗어나질 못하고 있어요. 자기 앞가림 할 수 있는 서른세 살이 아니라 아무것도 못하고 겁만 먹은 스무 살짜리처럼 지금도 살고 있어요. 내 아이 앞에서."

박병옥은 이어폰을 뺐다. 영상을 보는 내내, 어쩔 줄 모르는 우리 눈빛을 고스란히 느꼈을 텐데. 그가 눈을 꾹 감고는 양손을 들어 손가락으로 눈꺼풀 위를 꾹꾹 문질렀다. 그러고는 눈을 떴다.

"나이 먹어서, 눈물도 안 나오네."

13년의 세월을 거슬러 돌아온 진실을 마주한 사람의 마음은 어떤 것일까. 13년간 발목에 죄책감을 매달고 스스로 감옥에 들어간 듯 살아야 했던 자의 마음은.

"사람 참 이기적이야. 지 새끼 생겼다고 비로소 죄의식이 드는 게……."

그러더니, 고맙다, 하고 말했다.

"뭘요."

은빈이 말하자 박병옥은 핀잔을 놓았다. 너 말고 인마, 이 분한테.

"지 새끼 생기면 더 이기적이게 변하는 인간이 세상천지에 가득한데."

마치 누군가 독침이라도 쏜 듯 가슴이 찌릿했다.

"사실은 지금까지, 이창민이 도망갈 구석이 너무 많았어. 증언들도, 지금까지 모은 자료들도, 다 간접적인 정황 증거일 뿐이지 '처벌 가능'한 '범죄 사실'을 확실히 가리키진 못했거든. 그래서 걱정이 많았단다, 내가. 이러다 더 나쁜 결과로 치달으면 어떡하지. 결혼식은 한낱 소동이 되고, 모두는 무엇을 봤는지 잊어버리고, 이창민은 멀쩡히 밖에서 보복을 준비한다면. 그러면 어떻게 되는 거지. 난 그게 무서웠어. 그런데…. 이제, 어떻게든 끝을 마주할 수 있게 됐어."

"공소시효는…."

"뺑소니는 10년. 살인은 없고. 살인이야, 살인. 말했다잖아. 사람 죽은 거 본 적 있어? 라고."

아무렇지 않은 척하지 마세요, 라고 나는 말하고 싶었다. 마우스에 얹은 오른손이 덜덜 떨리는 게 빤히 보이는데. 더블클릭 한 번을 제대로 해내지 못해서 마우스로 클릭 한 번 하고, 손가락을 자판 위로 옮겨 엔터키를 누르는 걸 다 눈치채고 있는데. 그러나 13년간 눈앞을 가리고 있던 안개가 예상치 못한 순간 단번에 걷힐 때, 연유도 모른 채 떠나보낸 동료를 다시 불러내야 할 때, 너무도 일상적이었던 음주단속 중에 도주 차량에 치여 숨진다는, 그 누구도 예상치 못했던 허망한 죽음이 다시금 수면 위로 떠오를 때의 기분이 어떤 것인지를 나는 도저히 헤아릴 수가 없었다. 지금까지 허리에 짊어져야 했을 짐이 얼마나 컸을지도. 그래서 얼굴을 돌렸다. 눈물을 흘린 것은 은빈이었다. 그땐 은빈이 그저 박병옥의 감정에 이입해 울음이 북받쳐 올랐다고만 여겼다. 내가 가져다 준 냅킨으로 은빈은 연신 눈가를 찍어냈다.

은빈은 나중에 말했다. 13년 전 순직한 그 동료에겐 다섯 살짜리 아이가 하나 있었대. 장례식장에서 아버지의 죽음이 무엇을 의미하는지 모르는 채 웃는 그 애를 보면서, 경사님은 유서를 두 통 쓰셨대. 하나는 지구대에 있어. 다른 하나는 경사님 딸이 태어나자마자 방의 책상 서랍 가장 깊숙한 곳에 넣어두셨고. 아버지가 언제든 허망하게 떠나갈 수 있단 걸 딸이 반드시 알아야만 한다고 경사님은 말씀하셨어. 그래야만 진짜로 그런 일이 닥쳤을 때도 아이가 쉽게 일어설 거라고. 걔는 지금 열두 살이야. 12년 동안 그 애는 죽음의 가능성을 아무렇지도 않게 이야기하는 아버지와 함께 살아야 했던 거야. 그래서 아이는 아빠가 퇴근해 집에 돌아올 때마다 이렇게 인사한대. 고마워 아빠, 라고.

고마워.

무사히 돌아와줘서.

매일을 간절함으로 버티며 살아가는 법을 태어났을 때부터 배워야 했던 아이는, 어떤 방식으로 일 분 일 초를 감각할까.

나는 내 세계에서의 그 동료가 숨 쉬며 살아있길 바랐다.

박병옥의 딸이 그렇게 거대하고 무거운 간절함을 견디지

않아도 되길 바랐다.

　그러면서 생각했다.

　내가 무사히 돌아가 나물 반찬을 먹는 엄마의 앞에 앉게 된다면, 그러면 그때 엄마가 고마워, 라고 말해줬으면 좋겠다고.

　아니다.

　엄마가 말하지 않는다면 내가 먼저 말할 것이다.

　기다려줘서 고마워, 라고.

　아니다.

　차라리, 꿈이었다고 말할 것이다.

20

어느 날에는 연재가 갑자기 봉투를 들이밀었다. 언니, 원래 결혼식 사회자한텐 한 30정도 주는 거래요. 그런데 아무래도 식 끝나면 그럴 여유가 없을 거잖아요…… 식장이 완전 난장판이 될 텐데…… 위험할 수도 있고…… 그러니까 미리 줄게요, 저는 빚지는 거 진짜 싫어하거든요.

"연재 씨, 됐어요. 결혼식 망쳐서 미안하다고 내가 300을 줘도 모자랄 판에 무슨 수고비예요."

"안 돼요. 저는 맘 한번 정하면 절대 안 돌린단 말이에요. 안 받으면 그냥 길거리에 뿌려 버리는 수가 있어요, 네?"

"뿌리든가. 눈썹 한 올 깜짝 안 할 자신 있네요."

연재는 몇 날 며칠 동안 수단과 방법을 가리지 않고 봉투를 내게 떠넘기려 했다. 내가 화장실에 간 사이 몰래 가방

이나 외투 주머니에 봉투를 넣어두는 건 기본이었고, 박대
희탁구클럽의 뒤풀이에선 언니가 수고비도 안 받고 사회를
보려 한다며 어른들 앞에서 징징거리는 척을 하기도 했다.
일부러 당일에 펑크 내려고 안 받는 거 아냐? 누군가의 농
에 연재는 펄쩍 뛰었다. 그러니까요! 진짜 걱정되어 죽겠다
고요! 정말이지 연기대상 감이었다.

결국엔, 내가 졌다. 돈은 아무래도 안 되겠고, 간단한 선
물을 사달라고 했다. 정말 간단하게, 10만원 이하로요. 내
말에 연재는 대답했다. 와 대박, 언니, 기대해요. 제가 또
센스가 뛰어나거든요 언니.

"언니 다시 돌아가서도 부모님이랑 탁구 치라고요."

우리 둘 말고는 아무도 운동하러 오지 않는 평일 오전.
코치가 잠시 자리를 비워 둘밖에 없는 탁구장에서, 연재가
탁구 테이블 위에 올려놓은 선물을 나는 뚫어지게 바라보았
다. 날이 따뜻해져 활짝 열어놓은 창을 통해 가벼운 바람이
들어왔다. 땀이 많은 나와 달리 아직 보송한 연재의 잔머리
가, 이리저리 흔들렸다.

탁구 라켓과 탁구화.

"사이즈 안 맞을 거 같은데."

뭐라고 반응해야 할지 몰라서 괜히 퉁명스레 말했더니 연

재는 내 팔뚝을 때렸다.

"은빈 언니랑 사이즈 똑같다면서요. 다 물어봐서 한 거임요. 그리고, 감동이면 감동이라고 좀 표현하면 어디가 덧나요? 언니 여기서만 탁구로 효도한 거, 저쪽 어머님이 알면 완전 평생 삐지고도 남을 일이라고요. 내 딸이 그랬다? 나는 평생 말도 안 해. 그러니까 얼른 좀 꺼내봐요. 신어도 보고. 원래 선물을 받으면 그 자리에서 시착을 딱 해보는 게 준 사람에 대한 예의라고요. 서른세 살이나 먹었으면서 이런 건 어쩜 이렇게 모르나 몰라."

라켓엔 러버도 붙어있었다. 탁구화는 발에 꼭 맞았다.

"10만원 이하로 사라니까. 이것만 다 해도 50은 되겠는데. 그런데 라켓이랑 탁구화 모델도 많아서 연재 씨는 뭐 사야 할지 몰랐을 텐데. 잘 골랐네요."

내 말에 연재가 뿌듯해 했다.

"사실 언니 선물, 시어머니가 골랐어요. 저는 초보자라 볼 줄 모르니까. 헤헤."

다시는 탁구를 치지 않을 거라며 엄마 앞에서 커터칼로 러버를 찢고 탁구화를 쓰레기통에 집어넣던 열일곱 살 1월의 어느 날엔 천둥이 치고 우박이 떨어졌다.

아직 엄마는 겨울을 살고 있겠지. 배중숙 씨가 나를 위해

고른 선물은 나와 함께 계절을 거슬러 다시 겨울로 갈 테고, 내 손발과 함께 봄을 맞을 테고, 자신을 택해준 누군가와 꼭 닮은 사람의 가벼운 공을 받아낼 것이었다.

"고마워요 연재 씨. 역시 이게 스물한 살의 센스인가봐."

"저 말고 저희 어머님 센스요."

"그래요. 연재 씨 시어머님 센스. 배중숙 씨의 센스."

"언니 어머니 센스."

그만 바보처럼, 연재 앞에서 울어버렸다. 눈물을 훔치고 있는데 연재가 옆에서 말했다. "언니 대박이야. 언니는 눈물을 훔치는 데도 팔뚝에 전완근이 도드라져. 되게 강인하게 우는 승리의 여신 같다고요."

*

예식장은 황량한 도로변에 뜬금없이 위치한 건물의 5층이었고 딱 하나의 홀만 운영했다. 애먼 부부에게 피해를 줄까 걱정했던 우리로서는 천만다행이었다. 연재의 설명으로는 생긴 지 너무 오래되어서 인기가 없다나. 빨리 결혼하고 싶었기에 선택지가 별로 없었다고 했다. 반짝반짝 좋은 데서 하고 싶을 텐데, 속상하지 않아요? 철없는 내 물음에 연재가 오히려 어른처럼 굴었다. 언니, 지금 내 결혼식 망치는 사람이 바로 언니인데 무슨 말을 하는 거예요. 듣고 보니 정말 그래서, 멋쩍게 웃을 수밖에 없었다.

박병옥의 양복은 영 헐렁해 보였다. 15년 전에 맞춘 양복이라더니, 그간 살이 빠져도 이만저만 빠진 게 아닌 듯했다.

"은빈이는 잘 갔고요?"

박병옥이 물었다.

"네. 9시 버스 탄다고 그랬어요."

"콘서트는 저녁 아닌가?"

"세 시간 전부터 줄 서서 입장한대요. 그리고 덕메들 만나서 점심도 먹기로 했다나."

"덕… 그게 뭐예요?"

"몰라요. 인터넷 친구 뭐 그런 건가 봐요." 나는 이미 잘 알면서도 괜히 멋쩍어서, 모르는 척했다.

박병옥은 고개를 길게 빼서 주차장을 한 번 휘이 훑어보았다. 그간 홀로 지구대에 머물면서 먹이고 키워 올려 보낸 사람들이 여기저기 속속들이 숨어있다고 했는데, 누가, 얼마나 오는지에 대해선 명확히 알려주지 않았다. 나에게도, 은빈에게도. 어차피 알려줘도 모를 거라고 했다. 나야 그렇다 치고 은빈은 같은 경찰관인데, 모를 수가 없지 않나? 내가 묻자, 박병옥은 대답했다. 하늘같은 선배들이 도와주러 온단 소리 들으면 절대 콘서트 못 가요. 개 질질 짜면서 여기 버티고 있는 거 보느니 끝까지 비밀로 하는 게 차라리 속 편하지.

예식 1시간 30분 전. 아무래도 내가 못 미더웠는지 꼭 사회자 리허설을 시켜 봐야겠다고 주장한 건 연재의 부모였다. 내가 바지 정장 차림을 한 걸 보고는 티가 나게 고개를 설레설레 흔들기도 했다. 그래, 여자애 운운하며 딸이 가고 싶단 대학도 안 보낸 부모들이 바지 입고 등장한 여자 사회자를 반길 리가. 그래도 고까운 눈으로 팔짱 낀 채 꼬나보는 갑들의 비위를 맞추는 데 너무나 익숙한 사람이 바로 이 엄주영 아닌가. 매일같이 연출자에게, 스태프들에게, 선배 작가에게 까이고 까여도 다시 일어나던 그 근성을 보여줄 때였다.

내 영혼을 담은 대본으로 감동 이빠이 먹어라, 이 꼰대들아. 인터넷에서 찾아볼 수 있는 '결혼식 사회자 대본' 따위는 좍좍 찢어 변기에 넣고 물 내린 지 오래였다. 여러분, 제가 이래뵈도 문학도입니다. 그렇다고요.

"사랑은 또 다른 세계에서 온다, 이 세계에서도 사랑은 태어난다.

어떤 곳에서는 증명해야 하나 어느 곳에서는 그저 인지로 족할 뿐이다.

나는 다른 세계에서 왔어. 너는 증명할 수 있겠냐고 묻지 않았다. 마주 잡은 손을 감각할 수 있는데 논리와 인과가 무슨 소용일까.

우리는 고작 입술의 온기를 나누는 행위만으로 세상의 모든 바리케이트를 무너뜨린다."

저게 무슨 소리냐? 연재의 아버지가 투덜대며 옆을 툭툭 쳤는데 아뿔싸, 옆에 앉은 아내는 공들여 한 화장 위로 눈물을 주룩주룩 흘리고 있었다. 어머. 나는 속으로 생각했다. 지금껏 글로 누군가를 울려본 적이 한 번도 없는데. 여기 나의 진정한 독자가 계셨네. 아무래도 이 엉뚱한 세계에서 내 글이 좀 더 잘 먹히는 모양이었다.

그러니 지금껏 내 글로 대박을 못 쳤지.

젠장. 잘못 태어났어.

리허설이 끝나곤 신부대기실에 갔다. 아직 하객들이 들이닥치기 전이어서인지, 엄주영도 연재 옆에 꼭 붙어있었다. 언니 사회 완전 짱이라면서요. 우리 엄마가 벌써 들어와서 말하고 갔어요. 연재가 말했다. 쇄골에 하이라이터를 발랐는지 허옇게 빛이 났다.

"친구들이 다 온다고 해서 걱정이에요. 감동이긴 한데." 연재가 속삭였다.

"결국 다 온대요?"

"네. 전 오지 말라고, 안 와도 절대 화 안 내고 이해하겠다고 했거든요. 다정이가 그런 일을 당했는데 얼마나 무서워요. 근데…… 다정이가 온다고 하니까 다들 그럼 다정이 지키러 오겠다고."

"다정 씨 너무 고맙고… 대단하다."

"어떤 친구가 저한테 그러더라고요. 자기네 친척 중에서는 서로 몇천만 원 사기 친 관계도 있고, 5년 넘게 어른들 몰래 사촌 동생 두들겨 팬 양아치도 있고, 진짜 감방 갔다 온 범죄자도 있고. 그런데 결혼식에선 다 모인다고요. 서로 아는 척도 안 하면서 축의금 내고 박수 치고 밥 먹고 헤어진다고요. 결혼식은 그런 거라고, 그러니까 자기도 꼭 와야겠다고 했어요. 게다가 경사님도 오신다 하니까 안심이 되나 봐요. 밥도 경사님이랑 같이 먹을 거라는데. 경사님 혼자 거기 계시면 아저씨라 뻘쭘할 테니까 언니도 제 친구들이랑 밥 같이 먹어요."

알겠어요. 나는 대답하고, 말없이 옆에 서 있는 엄주영을 보았다. 아니, 자세히 보니 목덜미에 땀이 주룩주룩 흐르는 중이었다.

"긴장 타냐?"

"뒈지겠다."

그렇겠지. 순간, 괜히 안쓰러워졌다. 보잘것없는 33년간

의 생에서 유일한 성취라고, 전부라고 믿어왔던 그 허울뿐
인 우정이 무너지는 순간을 목전에 두고 있는 새신랑의 기
분이 어떤 것일까. 찌질한 새끼였지만, 어쨌든 내 쌍둥이였
고 우리 엄마 아들이었다. 그러게 좀 잘 살지. 정신 좀 차
리고 살지 왜….

내가 할 말은 하나뿐이었다.

"내 전완근 만져볼래?"

연재가 폭소를 터뜨렸다. 너무 웃어서 눈물이 나는지 흰
장갑 낀 손으로 화장한 눈을 매만지려 하길래 내가 손을 꼭
붙들었다. 엄주영은 어이없다는 듯 서있다가, 연재의 서슬
에 밀려 조심조심 내 팔뚝을 두어 번 찔렀다. 그러고는 진
심으로 감탄했다.

"목포 가면 집들이 한번 할게요. 회 먹어요."

연재가 말하는 것과 동시에, 익숙한 얼굴들이 불쑥 대기
실 안으로 줄줄이 들어왔다. 박대희탁구클럽 회원들이었
다. 일찍도 오셨네. 나는 꾸벅 인사를 하고는, 그럼 나 나
가요, 하고 속삭였다. 연재가 통통 튀는 미소를 지으며 어
른들을 맞았다. 탁구공 같은 아이였다.

신랑 측 축의금은 엄주영의 사촌들이 받았다. 이창민 패
거리에게 축의금을 믿고 맡길 수 없는 건지, 아니면, 친구

들아, 내 축의금 좀 받아줘, 라고 말할 권리나 용기조차 그 무리 속의 엄주영에겐 없는 건지. 아마도 둘 다일 터였다. 나는 사람들이 속속 도착하는 홀에 혼자 우두커니 서있기가 그래서, 신부 대기실도 갔다가, 신랑 앞에서 얼쩡거리기도 했다가, 박대희탁구클럽 어른들에게 붙들렸다가, 4층의 식당에도 한 번 들렀다가… 그렇게 정처 없이 돌아다녔다.

백오십 번. 오늘 아침까지, 대본을 소리 내서 읽은 총 횟수였다. 몇 초라도 지체하지 않도록, 하객들의 집중이 흐트러지지 않도록, 준비된 영상과 내 목소리가 완벽히 맞아떨어지도록 연습했다. 목캔디를 두 개 녹여 먹고, 물을 계속 마셨다. 심장이 쿵쾅쿵쾅 뛰었다.

식당에는 이미 몇 팀이 앉아 있었다. 익숙한 얼굴들도 보였다. 나의… 아니, 그러니까 엄주영의 친척들. 그들은 식당 구석에 마련된, 극히 낮은 해상도의 롤스크린을 보는 둥 마는 둥 하면서 이미 음식을 한가득 떠와 맛을 논하는 중이었다. 저번보단 낫다는 평이 대세인 듯했다. 다행이네. 나는 중얼거리며, 다시 식장이 있는 5층으로 올라갔다. 음식이 맛있는 것도 다행이었고, 식당에 있는 친척들이 내 세계에서 우리 엄마를 미워하고 괴롭혔던 사람들인 것도 다행이었다. 물론 이 세계에서도 그랬으리란 법은 없지만. 그 낮은 해상도 덕에 무슨 일이 일어나는지 그들은 제대로 알아채지 못할 것이었다. 나중에 땅을 치고 후회하겠지, 그 좋은 구경거리를 놓쳤다며. 그러게 누가 남의 결혼식 축복도 안 해주고 밥이나 처먹으래? 자업자득이었다.

5층으로 올라와 다시 축의금 걷는 테이블을 지나는데, 이창민 패거리가 눈에 들어왔다. 역시나 하나같이 끈 없는 명품 가방을 옆구리에 낀 채 정장을 입고, 주먹만 한 벨트의 로고가 가려지지 않도록 재킷의 단추는 풀어버린 채였다. 목에는 누런 금목걸이가 하나씩 걸려 있었다. 그리고 아무도 아내를 데려오지 않았다.

그동안 겁먹어서 밖으로도 나다니지 않았다던 이창민도 그 무리의 정중앙에 떡하니 있었다. 윗니를 온통 드러낸 채, 킬킬거리고 웃으면서. 나는 기가 막혀서 우뚝 섰다. 어떻게 저렇게 뻔뻔할까.

저런 새끼들을 나는 숱하게 보았다. 〈그때 그 사건〉의 단골손님들이었다. 혼자 있을 땐 몸 사리고 전전긍긍해도, 남들 앞에서는, 특히 피해자 앞에서는 뻐기면서 큰소리치는 게 먹힌다는 걸 저런 새끼들은 기가 막히게 알았다. 나는 네게 그딴 몹쓸 짓을 하고 나서도 털끝 하나 다치지 않았어, 라는 가해자의 과시는 약한 사람들을 절망이란 급류가 입을 쩍 벌리고 기다리는 벼랑 끝으로 내몰았고, 끝내 떨어뜨렸다. 그러면 남은 사람들은 무슨 일이 있었는지 하얗게 잊어버렸다. 물거품처럼. 그런 비극이 이름만 바꿔가며 매번 반복되었다. 그리고 취재를 할 때마다 내 꿈에서 재연되었다.

아니야. 난 적어도 여기서만큼은 이미 벌어진 일을 취재하는 사람이 아니라, 주도권을 쥐고 판을 흔드는 사람이어야 했다. 그 뻔뻔한 작태에 멍해진 머리를 세차게 흔들며 정신 줄을 잡았다. 나는 할 수 있다. 해야만 했다.

핸드폰을 들어 다정에게 전화를 걸었다. 다정이 곧바로 전화를 받았다.

"다정 씨, 어디쯤이에요? 이창민 왔는데. 정말 괜찮겠어요?"

"어, 언니. 저, 지금 신부 대기실이에요."

"네?"

"아까 도착했을 때, 경사님은 봤는데 언니가 안 보이더라고요. 한 15분 전이었는데."

내가 식당에 내려가 있을 때였다.

"언니 저 걱정하지 마세요. 진짜 괜찮고요, 아 맞다. 저랑 친구가 연재 드레스 들고 들어가기로 했으니까 사회 볼 때 그 얘기도 해 줘요, 저 둘은 신부 친구라고. 둘 다 예식장 알바 해봐서 잘해요. 축무도 출 거고요, 꽃도 뿌릴 거예요."

"안 무서워요? 정말 괜찮겠어요?"

그러자 다정은 대답했다.

"언니. 저는요, 세상에서 제일 센 사람이 되고 싶어요. 여자 중에서 센 사람 말고요, 그냥 제일 센 사람이요. 원랜 그런 생각이 없었는데 그날 개농장에서 꿈이 바뀌었어요."

뭐야, 뭐야. 왜 이렇게 예뻐! 수화기 너머로, 연재를 보러 온 하객들이 호들갑을 떠는 소리가 들렸다. 아마 다정은 수화기를 손으로 감싸곤 벽을 향해 등을 돌리고 있는 모양이었다. 작은 목소리가 크게 울렸다.

"센 사람이 되어서, 아무도 저를 못 건드리게 만들 거예요. 그리고 오늘은 겨우 리허설이에요. 전 견뎌낼 거예요. 그 씹새끼가 철판 깔고 왔다면, 저도 질 수 없어요. 빡치게 만들 거예요. 그리고 있죠, 언니." 다정이 잠시 뜸을 들이더니 말을 이었다. "씨발 나를 개농장에 가뒀다? 저는, 들개가 될 거예요."

전화를 끊고서, 나는 다시 박병옥과 마주쳤다. 이미 연재의 친구들, 그 어린 여자애들에게 호구조사를 단단히 당한 얼굴이었다. 퀭한 얼굴을 조금 비웃어준 후 다시금 나의 대본을 주절주절 외워 댔다.

*

버진로드. 쉽내 나는 네이밍이라고 생각했는데 웨딩업계에서 국적도 없는 이 단어를 꾸준히 사용 중인 것 같았다. 어쨌든 그 로드를 걸어 입장하며 엄주영은 엉엉 울었다. 양측 하객이 일제히 폭소를 터뜨렸다. 진짜 울어? 진짜 우는 거야? 누군가 믿을 수 없어 하며 옆에 묻는 소리를 나는 저 멀리 떨어진 사회자석에서도 들을 수 있었다.

아버지의 손을 잡고 선 연재의 긴 드레스 자락을 두 친구가 잡고 있었다. 다정이 선 쪽은 신랑 하객 측이었다. 이창민이 짧은 목을 쭉 내밀고는 다정 쪽을 바라보았다. 나는 신부의 드레스 자락을 잡은 이들이 평생을 약속한 신부의 베스트프렌드라는 사실을 먼저 이야기했다. 어쩌면 신랑보다 더 소중할지도 모른다고, 그러니 신랑은 바짝 긴장하라고 을렀더니 신부 하객 측에서 까르르 소리가 났다. 그리고 나는 내가 막고 싶어 했던 그 네 글자를 입 밖으로 뱉었다. 신부, 입장.

연재의 아버지는 키가 작았다. 160대 초반 정도 될까. 힐을 신어 제 아버지보다 껑충 커진 연재가 아버지를 붙들고 걸었다. 음악은 잔잔한데, 성큼성큼 걸었다. 아버지는 보통의 신부 아버지처럼 천천히 걸으려 하는데 연재가 계속 앞서 나가며 팔을 잡아당기니 그만 난쟁이가 거인에게 질질 끌려 다니는 모양새가 되고 말았다. 하여간, 성질은 어지간히 급하다니까. 나는 소리를 낼 것만 같아서 마이크를 잠시 끄곤 대본에 고개를 푹 숙이고 웃었다. 너무 빨리 신랑 앞에 도착한 연재 때문에 음향 담당도 당황했는지 음악을 뚝 꺼버리고 말았다. 신부 아버지가 신랑에게 딸의 손을 건네줘야 하는데, 연재는 손을 스스로 팩 놓아버리더니 엄주영의 손을 덥석 잡았다.

주례는 없었고, 대신 양측 부모가 잘 살라며 덕담을 낭독하는 시간이 있었다. 보통 이럴 때 읽는 글은 웨딩업체에서 주는 샘플을 이름만 슬쩍 바꿔 사용하는 경우가 대부분이었는데, 2주 전 연재가 신부 측 부모용이라며 보내주는 글을 보니 기가 막히고 코가 막히는 내용이었다. '사랑하는 내 딸아, 항시 조신하며, 남편이 밖에 나가 큰일을 할 수 있도록 든든하게 힘과 용기를 주는 안사람이 되어라. 작은 허물을 사랑으로 품고, 너의 슬기로움으로 가정을 따뜻하게 채워라.' 뭐야, 조선시대야? 결국 신부 측 덕담은 내가 박박 지워 고쳐 써서 건넸다. 연재가 전해준 바로는, 읽어보지도 않고 오케이를 했을 거라나. 그리고 신랑 측은, 배중숙 씨가 직접 쓴 글을 낭독하겠다고 했다.

연재의 아버지가 먼저 마이크를 잡았다. 무대공포증이 있으니 매도 먼저 맞는 게 낫겠다며 순서를 앞으로 당겼기 때문이었다. 그의 목소리가 파들파들 떨리는 게 느껴졌다. 너무 떨리니까 아마 자신이 무슨 내용을 말하는지도 모르겠지.

"사랑하는 사위 주영아. 우리 연재는 부지런하고 힘이 센 아이다. 조금 성질이 급하긴 하지만 빠른 사람을 좋아하는 현대 사회에 아주 딱 맞는 인재상이라 할 수 있다. 그러니 연재가 무슨 일을 하겠다고 한다면 아낌없는 응원과 사랑을 퍼부어주렴. 한다면 하는 애라서, 남편이 잘 받쳐준다면 집안 삼대를 먹여 살리고도 남을 거다."

목소리는 계속 떨렸다. 박병옥의 표정이 눈에 들어왔다. 슬그머니 미소를 짓고 있었다.

"그리고 사랑하는 딸 연재야. 해준 것도 없는데 이렇게 훌륭히 커줘서 고맙다. 이제 둥지를 떠났으니 훨훨 날아 너만의 둥지를 만들고 네 인생을 살아라. 배려하고 아끼며, 모자랐던 사랑을 양껏 받으렴. 오래 네 목을 마르게 했으나 이제 봄비가 온단다. 촉촉하게 살려무나."

신랑 또 울어? 다시금 수군거림이 들려왔다. 신부 아버지 축사인데 왜 지가 울고 지랄이야. 정말이지 가지가지 하는 신랑이었다. 연재의 아버지가 내려오자 하객들이 짤깍짤깍 박수를 쳤다.

배중숙 씨는 단상에 올라 마이크를 잡더니 반으로 접힌 A4 한 장을 펼쳤다. 힐끗 봤을 땐 분량이 많지 않아 보였다.

"사랑하는 아들, 그리고 오늘 새로 생긴, 더 사랑하는 나의 딸아."

역시 내 나이였으면 장관 하고도 남았을 거란 포부의 사람이어서 그런가. 목소리가 단단했다.

"너희가 양쪽 부모님에게 단 한마디 언질도 하지 않은 채 몰래 먼바다 도시에 신혼집을 계약했다는 사실을 알게 되었을 때 엄마는 심장이 내려앉는 것만 같았어."

고개가 번쩍 들렸다. 나만이 아니었다. 단상 앞에 나란히 서서 머리를 조아리고 있던 신랑 신부도, 신부 측 부모도, 그리고 슬슬 지루해하던 하객들도 전부 번갯불 본 듯 어안이 벙벙한 얼굴이었다. 연재가 획 고개를 돌려 나를 바라보았다. 나는 손으로 엑스 자를 그렸다. 나 아니야, 내가 말한 거 아니야!

"왜 그토록 멀리 떠나야만 했을까. 말도 하지 않고. 오래 생각했단다. 짚이는 구석이 없는 것은 아니었지만, 그래도 꽤 오래 섭섭하기도 했지. 왜냐하면."

이창민 패거리는 티가 나게 수군거리기 시작했다.

"왜냐하면 내겐 핑계가 너무나 많았으니까. 떠나고 싶게끔 만든 게 내 탓도 의도도 아니라고 주장하고 싶었으니까. 그래서 온갖 핑계를 더 많이 찾았단다. 내가 아닌 다른 것에 화살을 돌리고 싶어서. 하지만 그렇게 몇 날 밤을 보내다가, 다 깔끔히 비행기 모양으로 접어서, 날려버렸어. 그리고 이 말만을 하기로 결심했단다."

쿵 소리가 났다. 효길 씨가 코를 먹으며 눈물을 훔치는 소리였다.

"서로에게 핑계를 대지 않아도 되는 삶을 살고, 너희의 보금자리 앞에 펼쳐진 바다처럼 사랑하렴."

그리고 배중숙 씨는 종이를 다시 반으로 접은 채 마이크에서 반걸음 물러나, 꾸벅 인사를 하고는 천천히 단상을 내려왔다.

사위가 고요했다. 칭얼거리는 아이 하나 말고는 아무도 입을 열지 않고 있었다. 나는 마이크에 대고 목청을 틔웠는데, 목에 뭔가 툭 걸리는 바람에 삑사리를 내고 말았다.

"신랑 어머님 센스가 넘치시네요. 역시 연설은 짧아야 맛이죠. 하객 여러분의 뜨거운 박수 부탁드립니다."

짝, 짝짝. 가장 먼저 손뼉을 치기 시작한 것은 박병옥과 연재의 친구들이었다. 그다음은 효길 씨와 박대희탁구클럽의 회원들. 그러고는 곧 몇백 개의 손들이, 핑계를 더 이상 찾지 않기로 한 배중숙 씨를 향해 저마다의 속도로 움직이며 각자의 음량을 내었다. 소리가 잦아들지 않아서 나는 말했다. 신랑 어머님, 뒤돌아서서 하객분들에게 인사 한번 부탁드립니다! 그러자 배중숙 씨가 저고리 고름을 만지면서 일어나더니 뒤를 돌아 꾸벅 허리를 굽혔다. 배중숙 씨는 아들의 첫 결혼식에서 어떤 시어머니였을까. 나는 그를 보며 상상했다. 평생 딸의 결혼식엔 오지 못할 우리 엄마 대신 두 번이나 한복을 차려입은 배중숙 씨는, 그때도 이런 축사를 했을까? 그랬을 거라고 믿고 싶진 않았다. 무언가 새로이 깨달은 것이 있겠지. 효길 씨에게 나중에 물어보면 될 일이었다.

연재의 부모는 뒤통수를 오함마로 두들겨 맞은 표정이었다. 그러나 어쩔 거야. 여기서 벌떡 일어나 이 결혼 무효요, 라고 말하기엔 그들은 지나치게 남을 의식했다. 게다가 자기들 논리대로라면, 부창부수 아닌가. 남편이 바닷가 가면 따라 가야지. 아마 그들의 머릿속에 연재가 먼저 목포를 택했을 거란 가능성은 존재하지 못할 거였다. 사람의 시야는 자기가 생각하는 곳까지만 넓혀지기 마련이니.

연재의 친구들이 축무를 췄다. 넥타이까지 갖춘 바지 정장을 입고 포즈를 잡은 친구들 사이에서 보란 듯 마이크를 잡은 다정을 나는 무한히 존경하고 사랑할 수밖에 없었다. "제가 충주에서 청주로 유학을 와서 고등학교에 입학한 첫날 저에게 말을 걸어준 첫 번째 사람이 연재였습니다. 4년 전이었어요. 그리고 우린 그날 약속했습니다. 서로의 결혼식에서 이 곡으로 축무를 춰 주기로. 축가 따윈 약하잖아요. 그날이 이렇게 빨리 올 줄 알았다면 조금은 고민했겠지만, 관절이 아직 짱짱하니 다행일지도 몰라요." 다정이 침을 한 번 삼키더니 말을 이었다. "오빠에게 연재를 보내는 저희 맘은 진짜 찢어집니다. 솔직히 오빠 못 믿어요. 그렇지만 연재가 좋다는데 어떡하겠어요. 다만 저희는 연재 편이기 때문에 오빠는 항상 긴장 타야 합니다. 저희가 두 눈 부릅뜨고 볼 거예요. 그럼, 이제 추겠습니다. 인피니트의 '내꺼하자'입니다. 감사합니다."

아, 아직도 무한대 기호를 잠금해제 패턴으로 쓰는 은빈이 이 자리에 있었다면 얼마나 즐거웠을까. 전주가 나오고 바지 정장을 입은 여자 일곱이서 몸을 꿈틀댈 때 나는 머리를 헤집었다. 은빈이 꼭 봐야 하는데, 이걸. 그들은 나름 각이 잘 맞았다. 웃음을 참지 못하는 몇은 선글라스를 쓰기도 했다. 어른들이 손뼉을 쳤는데 댄스음악에 템포를 맞추지 못하는 바람에 엉망진창이었다. 신부 측에선 환호와 비명이 터져 나왔다. 신랑 측에서 소리 높여 환호하는 것은 모두 박대희탁구클럽의 회원들이었다.

내꺼 하자! 내가 널 사랑해! 어? 내가 널 걱정해! 어?

"어?"에 맞춰 여자애들이 일제히 연재를 향해 팔을 쭉 뻗었다. 연재는 엄주영의 팔에 매달려 거의 실신하기 직전이었다. 나는 핸드폰을 꺼내 지금이라도 은빈에게 보여줄 동영상을 녹화할까 하다가, 효길 씨 쪽을 보곤 그만두었다. 효길 씨가 이미 핸드폰을 어깨높이로 든 채 노래를 따라 부르고 있었기 때문이었다.

댄스브레이크는 다정의 몫이었다. 일렉기타 소리에 맞춰 다정이 몸을 비틀더니 바닥에 무릎을 대곤 빙그르르 두 바퀴를 돌았다. 무릎 박살나지 않을까 걱정이 될 정도의 격렬한 춤이었다. 박대희탁구클럽 무리는 이미 〈전국노래자랑〉의 열혈 관객에 이백 프로 빙의된 듯 보였다. 그리고 그때, 더 이상은 연재를 걱정하지 않아도 될 거라는 걸 나는 처음 깨달았다. 이창민 앞에서 겁먹지 않고 보란 듯 춤을 추는 다정 덕분에. 다정의 일을 다 알면서도 그 무리 앞에서 보란 듯 음악에 몸을 맡기는 여자애들 덕분에. 결국은 나도 다정을 걱정하는 척하면서 다정에게 수동적이고 모자란 피해자가 될 것을 강요했는지도 몰랐다. 마치 내가 그간 내가 태어난 가정을 원망하며 내내 그러하였듯. 하루라도 빼놓지 않고 매일 밤마다 그 옛날의 기억들을 일부러 불러내 나 자신을 할퀴었듯. 그렇게 내내 나 자신을 괴롭히며 괴롭다는 주장을 하지 않으면 아무도 그들의 잘못을 알아주지 않을 것만 같았다. 그게 나를 좀먹었다. 그러나 다정은 낄낄대며 춤을 추고, "어?"하는 추임새에 맞춰 손을 뻗고, 멋지게 무릎을 바닥에 대고 뱅글뱅글 도는 아이였다.

그래도 되는 것이었다.

결국 가장 중요한 것은 자기 자신의 삶인데.

우레와 같은 박수에, 누군가 손가락을 둥글게 말아 집어넣어 부는 휘파람 소리가 더해졌다. 이제 식은 막바지였다. 부부가 다시금 하객 사이를 걷고, 포토그래퍼 앞에서 키스하는 자세를 취하면 본식은 종료였다. 남은 건 하객 사진 촬영뿐.

그러나 우리가 준비한 본 행사는 이제야 시작이었다.

이제 박병옥은 더 이상 웃고 있지 않았다.

나는 말했다. "사진 촬영 시간입니다. 이제 배가 많이 고프시죠? 그런데 여러분, 요새도 영화에 쿠키 영상이란 걸 넣는 게 대세 아닌가요. 특별한 이벤트 하나가 기다리고 있습니다. 그러니 조금만 더 허기를 참으시면, 그러면 랍스터보다 더 맛나고 귀한 이벤트를 선사해 드리죠! 여러분, 적어도 육회랑 소갈비랑 초밥은 동나지 않도록 연재가 애썼대요. 그러니까 모두가 사진 촬영을 끝낼 때까지 퇴장하지 마시고, 조금만 더 참고 인내해주시는 게 어떨까요? 어이쿠, 감사합니다."

21

양가 부모님과의 사진 촬영, 종료.

양가 친척들과의 사진 촬영, 종료.

양가 부모와 친한 친구들과의 사진 촬영, 종료.

그리고 드디어 최종_최최종_진짜최종_레알최종의 차례가 코앞에 있었다.

"신랑 신부 양측의 친구분들께서는 사진 촬영을 위해 앞으로 나와 주시기 바랍니다."

한껏 멋을 부린 사람들이 우르르 나와 좁은 공간을 비집고 섰다. 연재 측 하객에는 젊다 못해 '어린' 애처럼 보이는 남자애들도 많았다. 스물하나면, 아직 고3 티도 못 벗었을 때니까. 신랑 친구들이 티 나게 걔들을 견제하는 게 나는 너무나 우스웠다. 너네, 거의 절반은 유부남이잖아?

"신랑 친구들이 엄청 많네. 신부 친구 두 배는 되겠어."

"신랑이 나이가 많으니까 친구도 그만큼 많겠지."

하객석 쪽에서 그런 대화 소리가 들렸다.

다정이 연재의 바로 옆에 서서는 연재의 팔꿈치를 감싸 안았다. 연재의 얼굴이 빠르게 하얘지고 엄주영이 안절부절 못하며 예복에 손바닥을 연신 닦는 것이 눈에 들어왔다. 이젠 정말 돌이킬 수가 없었다.

박병옥에게서 카카오톡 메시지가 도착한 동시에, 사진기 앞에 우뚝 선 하객들의 뒤에 비춰지던 프레젠테이션 화면이 영상으로 바뀌었다.

나는 마이크를 잡았다.

"새로이 부부가 연을 맺었습니다. 이들은 이해되지 않는 방식으로 어지럽게 돌아가는 세계를 맞닿은 어깨로만 지탱하고 버텨내며 살아가야 하겠죠. 그러나 이 자리에서 축복만으로 이 둘을 사랑하는 우리의 의무를 끝내는 것은 조금 어색하고, 조금은 무책임합니다. 왜냐하면 저는 알기 때문입니다. 이 자리에 존재하는 것만으로 부부의 앞날에 어두운 먹구름을 드리울 수 있는 사람들이 뻔뻔하게 서있기 때문입니다."

영상에 창고가, 교회가, 빈집이 차례로 떴다.

"여러분이 살고 있는, 사랑하는 동네에서 차로 15분만 이동하면 이런 광경을 볼 수 있습니다. 외국인 노동자들을 가축처럼 화장실도 없는 창고에 묵게 합니다. 스무 명이 한방을 쓰고, 밤에는 문을 잠그기 때문에 요강을 사용합니다. 사채업자들은 사람을 가두기 위해 버려진 교회를 사용합니다. 십자가 아래서 그보다 무거운 몽둥이를 들고 기다립니다. 부모를 버리고 싶은 아이들은 남녀가 뒤섞인 채 빈집에서 잠을 잡니다. 이 아이들은 모두, 수단과 방법을 가리지 않고 돈을 벌 수 있는 이곳이 집보다 낫다고 여깁니다. 놀라운 사실은 가끔 부모가 아이를 찾으러 이 집까지 흘러든다는 거죠. 그들은 자기 자식을 찾아낸 후 눈길 한번 다시 돌리지 않은 채 애써 모든 것을 잊어버리며 이 집을 떠납니다. 다른 아이들이 어떻게 지내고 있는지, 이래도 되는 건지에 대해서 절대 고민하지 않죠. 그저 내 자식이 구렁텅이에서 나오는 것만이 중요했던 거예요. 그곳이 왜 생겼는지, 없앨 수 있는지 알아본 부모는 단 한 명도 없었어요."

사진을 찍기 위해 늘어서 있던 신랑 측 하객 쪽에서 소란이 일어났다. 이창민과 그 패거리들이었다. 뭐 하는 거야 씨발! 고성이 터져 나왔다.

그러나, 신랑 측 친구가 그렇게나 많았던 이유가 무엇이었을까?

친구가 아닌 사람들이 잔뜩 섞여있었으니 당연한 일이었다.

이창민의 뒤에 서있던 남자 둘이서 그의 팔뚝을 하나씩 잡았다. 하객석이 시끄럽게 술렁였다. 양가 부모는 거의 기절하기 직전이었고, 나이 지긋한 어른들은 둘 중 하나였다. 벗어놓았던 양복 재킷을 조심스레 걸치고는 식장을 나가려고 하거나, 혹은 어머 어떡해, 라는 말을 연신 뱉으면서 핸드폰을 들어 영상을 찍거나.

식장의 문은 밖에서 잠겨있었다.

"그리고 이 자리에는 절대 함께 있어서는 안 될 두 사람도 존재합니다." 다정의 허락을 받아 끼워 넣은 내용이었다. "한 사람이 다른 사람을 납치하여 폭행하고 자기 소유의 개 농장에 감금했습니다. 피해자는 간신히 탈출했으나 가해자는 아무 일도 없었다는 듯 뻔뻔하게 이 자리에, 피해자도 자신을 빤히 볼 수 있는 이 자리에 서 있습니다. 이런 일이 일어나는 세상에서 우리는 어떻게 두 눈을 가리고 모른 척하며 행복만을 빌어줄 수 있는 걸까요? 저는 불가능합니다."

우리가 지금껏 모아온 모든 증거들이, 아주 사소한 것부터 정말 끔찍한 것까지, 영상으로 공개되고 있었다. 이게 지금 남의 결혼식에서 뭐 하는 짓들이야! 야, 마이크 꺼! 영상 꺼! 당장 내려와! 소리를 높이며 벌떡 일어나 삿대질을 시작한 것은, 엄용민 씨였다. 나는 믿을 수 없단 표정으로 눈을 동그랗게 뜨고 내 아버지와 같은 얼굴을 바라보았다.

그러나 내가 왜 당신의 말에 복종해야 하는가. 나는 당신의 것이 아니잖아. 심지어 여기선 딸도 아니라고.

"엄용민 씨. 아드님이 이 계획에 함께 참여하셨어요."

이중적으로 해석될 수 있는 말이었다. '이 계획'은 이창민의 계획일 수도, 나의 계획일 수도 있었다. 나는 엄용민 씨가 전자로 해석할 거라 믿었다. 그는 바보가 아니다. 자기 아들이 어디서 무슨 짓을 하는지 아예 모를 인간은 아니다. 모르는 척하는 거지.

뭣 모르고 허튼소리 하면 당신 아들 인생도 망쳐, 라는 메시지를 제대로 알아들었는지 엄용민 씨가 삿대질하던 팔을 내렸다. 그러나 자존심이 상해 앉지도 못하고 우두커니 서서 어깨만 부들부들 떠는 중이었다.

그러거나 말거나. 이젠 마지막 쐐기를 박을 때였다.

"그리고 그 가해자는 13년 전, 스무 살의 나이에 의도적으로 살인을 저질렀습니다."

화면에 뜬 것은 나도 처음 보는 사람의 증명사진이었다.

박병옥과 동갑이라고 했으니 13년 전에는 아직 뚜렷한 노화의 기미가 나타나기도 전의, 청년에 가까운 나이였을 터였다. 아마도 지금의 이창민과 비슷했겠지. 제복을 입고, 어색한 미소를 띤 남자의 피부는 깐 달걀처럼 맨질맨질했다. 나는 세상에 더는 없는 그의 얼굴을 바라보았다. 그의 미래는 그날의 도로 위에 녹아 스며들거나 증발하였고, 박병옥의 하루하루는 온통 그날에 매여버렸다. 도망칠 수도, 끊어낼 수도 없게.

악으로 똘똘 뭉친 가해자에게 왜 그랬냐는 물음을 던지고 싶지 않았다. 사실은 그래서 이 자리가 필요했던 거였다. 증거를 모아 놨으면서도 굳이 오늘까지 기다린 이유가 바로 그거였다. 마이크가 필요했다. 기계의 힘을 빌린 음량으로 가해자의 고함을 덮어버리기 위해서. 사람의 눈길을 빼앗는 영상을 틀어야 했다. 같잖은 연기를 하려 들 가해자의 표정을 가려버리기 위해서. 그가 그 어떤 이야기도 변명거리로 들이밀지 못하게 원천 봉쇄 해야 했다. 그리고 무엇보다, 증인들이 필요했다. 빠져나갈 쥐구멍을 찾으려 하는 쥐새끼 같은 가해자에게 수많은 다리, 털이 북슬북슬하거나 깡마르거나 우람하거나 불편한 구두를 신은 동네 어른들의 다리가 빽빽하게 서서 방해물이 되어줄 거라 믿었으니까.

"임규진 경찰관. 2008년 1월 13일에 사창사거리에서 음주단속 중 도주하는 차량에 치여 사망했습니다. 가해자가 몰던 차는 중고차 매매업을 하던 가해자의 형이 매물로 가지고 있던 차량이었고, 가해자는 그때 막 스무 살이 된 참이었습니다."

영상이 바뀌었다. 그 애. 카페를 정리한 그 애의 명치에서부터 턱까지가 비춰졌다. 잔뜩 변조한 음성이 흘러나왔다. 우리가 들었던 그대로.

자기야, 사람 죽은 거 본 적 있어?

큰 새를 친 것 같네.

사방이 온통 고요해졌는데, 사락사락, 하고 옷자락 스치는 소리가 났다. 연재였다. 연재가 드레스를 손으로 들어 올린 채 내 쪽으로 걸어오고 있었다. 다정과 친구가 얼른 긴 옷자락을 잡아들었다. 연재는 내 앞에 서더니, 마이크를 빼 들고, 자기 입에 갖다 대었다.

"제가 아이를 둘 낳고 싶다고 했을 때 어른들은 다 이렇게 기특한 아가씨가 없다고 했어요. 요샌 다들 안 낳겠다고 난리인데 참 대견하고 현명하다고. 진정한 대한민국 국민이라고. 살아서 그렇게 칭찬을 받은 건 처음이었어요. 다 기억하시죠?"

연재는 마치 입을 맞추듯 마이크를 가까이 들었다. 립스틱이 묻어났다.

"하지만 저는 그냥 낳고 싶진 않아요. 가장 안전해야 할 가정에서 이유 없는 절망이 넘쳐난다면 저는 견딜 수가 없어요. 그런 삶이라면 처음부터 주고 싶지 않을 거예요. 살다 보니 팍팍해서 어쩔 수 없었다고요? 아니에요, 비겁해요. 저는 비겁하다고 맘껏 어른들을 욕하고 싶기 때문에 제가 먼저 행동하는 거예요."

그러고는 이창민을 향해 고개를 돌렸다.

"그 가해자는 제 친구를 감금했어요."

다정이 손을 번쩍 들더니, 소리를 버럭 질렀다. 제가 바로 감금당한 피해자입니다! 여기저기서 아주머니들의 비명이 들렸다. 혀를 차는 소리도. 연재가 말을 이었다.

"교묘하게 범죄를 저지르며 돈을 긁어모았고, 자기랑 똑 닮은 클론들을 마구 만들어내서 이 고장을 더럽히고 있어요. 그리고 13년 전에 사람을 죽였단 이야기도 나왔네요. 저는 이제 식 끝나면 도망갈 거니까 당당하게 말할래요. 이창민 씨."

씨발 엄주영 개새끼야, 너는 빠져나갈 수 있을 것 같아? 이창민이 몸을 버둥대며 소리쳤다. 너도 죄 존나 많아 새끼야, 내가 입 털면 너도 콩밥 먹어 새끼야!

"주영 오빠 모든 걸 다 증언했고, 책임을 지기로 했어요." 뭐? 이건 나도 모르는 이야기였다. 연재가 나를 보며 고개를 작게 끄덕였다. 천장에 매달린 샹들리에의 불빛이 그 애의 축축한 눈과 볼에 반사되었다.

"저는 어쩌면 신혼집에서 혼자 몇 년을 보내게 될지도 몰라요. 그렇지만 아이에겐 아빠에 대해 좋은 말을 할 수 있을 거예요. 얼마나 용기있는 사람이었는지. 저는 사실 그렇게 생각해요. 세상에 마냥 깨끗하기만 한 사람이 어디 있을까요? 누군가를 미워하거나 괴롭히지 않은 사람이 어디 있을까요? 그리고 저는 내내 괴롭힘을 당했던 사람이라 더 잘 알아요. 가해자들은 기억조차 못 한다는 걸. 그래서 저는 오빠를 믿어요. 오빠는 자기 잘못을 기억한 사람이고, 늦었지만 벌을 받겠다고 말한 사람이니까. 오빠는 좋은 아빠가 될 수 있을 거예요."

밖에서 문이 열리고, 제복을 갖춰 입은 경찰관들이 달려들어왔다. 연재는 마이크에 대고 마지막 문장을 급하게 뱉었다.

"혹시 아기 용품 있으신 분들은 저한테 나눔 좀 해주세요! 미리 감사합니다!"

핑. 내 대뇌에 박혀있던 안전핀이 뽑히는 소리였다.

설마.

이창민 패거리의 누군가가 갑자기 연재에게 달려들었다.

그리고 그 앞을 자그마한 그림자 하나가 막아섰다.

여기 있으면 안 될 사람의 그림자였다.

그래서 나는 스프린터처럼 튀어나가, 그림자를 밀쳤다.

그러고는 연재에게 돌진하는 새끼를 그대로 메쳤다.

매일 나더러 몸치라고, 기술 한 번을 제대로 못 써먹는다고 핀잔을 주는 사범님이 봤다면 30분간 기립박수를 쳤을 터인데.

아쉬웠다.

22

"언니, 뭘 그렇게 걱정해요, 응? 애기 키우다가, 오빠 나오면 따악 토스해서 넘기고 저는 해양대로 빠질 거라고요. 제복 입고 딱딱. 바다에서 머리 날리면서 딱딱. 얼마나 멋있는 엄마야. 안 그래요?"

다 식어버린 음식 접시를 앞에 놓고 나는 이마를 짚었다. 피로연장에는 나와 연재, 연재의 친구들, 그리고 또 한 사람밖에는 없었다. 나머지는 끌려갔거나(이창민 패거리), 도망쳤거나(대부분의 하객들), 혹은 실려 갔거나(양측 부모님들). 박병옥은 동료들을 따라 경찰서로, 효길 씨는 배중숙 씨를 부축해 병원으로 향한 뒤였다.

"엄주영 개상놈새끼, 하여간 마지막까지 맘에 안 들어."

"언니 욕 진짜 잘한다."

"내가 안 하게 생겼냐? 어?"

그러고는 옆을 휙 쳐다보았다.

"아니 씨발, 그리고 너는 왜 여기 있냐고! 내가, 어? 내 인생의 운 다 끌어다 모아서 5번 뽑아줬더니 왜 네 맘대로 그 표를 갖다버리고 여기 와서 앉아있냐고!"

"야, 버리진 않았어."

"씨발 그게 그거지. 어차피 지금 서울 올라가도 이미 입장 시작했을 거 아냐. 가봤자 맨 끝에서 면봉들 춤추는 거나 볼 거 아니야, 아니, 너 키도 작아가지고 스탠딩에 서면 면봉 대가리마저도 못 볼 게 뻔한데!"

"그럼 걱정되는데 어떡해. 야 나는 뭐 생각 없이 그런 줄 아냐? 진짜 솔직히 멋쩍고 쪽팔려서 별일 없이 끝나는 것만 몰래 보고 다시 올라가려고 했어. 그런데 그 새끼가 마지막에 연재한테 달려드는 바람에 어쩔 수가 없었다고."

"메친 건 나야."

"야, 까놓고 말하자. 내가 막아가지고 그 새끼가 움찔해서 속도 늦추지 않았으면 네가 메치기 성공할 수 있었을 것 같아? 너 내 덕에 성공한 거야, 야! 내가 콘서트 가서 칠렐레 팔렐레 하고 있었으면 연재가 어떻게 됐을지도 모른다고!"

…젠장. 너무나도 맞는 말이라서 더는 억지를 부릴 수가

없었다. 지금에라도 올라가면 안 되냐? 면봉이라도 봐라. 힘없이 말하자 은빈은 그렇잖아도 3시 30분 버스를 예매했다고 했다. 어차피 입장 시간을 놓쳤으니, 시작할 때쯤 느지막이 들어가는 게 낫겠다고. 그래도 어지간히 좋아하는 그룹의 콘서트라 놓치고 싶진 않은 모양이었다.

"다 잡혀가긴 했지만, 사실 재판은 오래 걸릴 거예요. 천천히 기다려요."

은빈의 말에 다정이 대답했다.

"그러면 주영 언니는 못 보겠네요. 무슨 결과가 나올지."

맞네. 나는 눈을 껌벅였다. 아마 내가 나의 세계로 돌아가고 나면, 이쪽 세계의 시간은 멈출 터였다. 우리 엄마는 아직도 막걸리 집에서 나물을 먹고 있지 않은가. 이들은 나 없이 살아가겠지만, 그거야 이 세계의 사정이고.

그런데 그렇다면, 만약 내가 몇 년 후쯤 다시 이 세계로 돌아온다면, 이들은 모두 과거로 회귀하는 걸까?

모순 아닐까?

"아니, 당연히 볼 수 있지." 은빈이 말했다. "그맘때쯤 내가 연락해서, 다시 오면 되잖아요."

"그런데… 뭔가 이상해."

"뭐가?"

"내가 떠나온 쪽에선 시간이 안 흘렀잖아. 저번에 경사님이랑 갔을 때도 우리 엄마, 그 자리에 그대로 있었다며. 그 럼 있지, 내가 여기 떠나면… 그러면 이곳 시간도 멈추는 게 아닐까?"

아, 그거?

"나랑 경사님이랑 같이, 너희 엄마랑 꽤 긴 대화 나눴어. 그런데 돌아오니까 청국장 먹는 손님들도 다 그대로. 시계 도 그대로더라."

"어?"

"게다가 야, 생각해봐라. 너 없다고 우리가 다 멈출 거면 애당초 우리가 어떻게 태어나서 지금까지 컸겠니?"

"아….'

"우리 주영이가, 자기가 아주아주 중요한 사람이라고 단 단히 착각을 하네요. 야, 너는 우리 세계 사람 아니야. 그 냥 얹힌 덤이라고. 그러니까 우리 세계에서 시간 흘러가는 거엔 네가 영향을 줄 수가 없어. 다만 블록을 하나라도 상 실하면 그곳의 세계는 멈춘 것처럼 아주아주 느리게 흘러가 지. 그래서 내가 네 세계로 건너갔을 땐 이곳이 멈췄던 거 야. 사람들은 감각할 수 없었겠지만."

저게 다 무슨 말이래? 연재의 친구들이 쑥덕거렸다. 다정 이 나중에 알아서 잘 설명해주겠지 뭐.

"그러니까 무슨 일 생기면 내가 넘어가서 연락할 테니까 가끔 들러. 계약 갱신하는 날에 입회도 해야 되잖아. 2년에 한 번 오라고는 안 할게. 그래도 가끔은 와라."

그럼 나 간다, 터미널로. 은빈이 주섬주섬 짐을 챙겼다. 나는 혼란스러워졌다. 뭐 이렇게 뒤죽박죽이지? 연락을 어떻게 준다는 거지?

"내일 점심에 막걸리 집에서 쫑파티 하자. 올만한 사람들끼리만. 다 이야기해 놓았어. 그러고 돌아가. 어머니 보러."

"너, 되게 매정하다. 우리가 살 부대끼고 산 게 몇 달인데 바로 이렇게 보낸다고?"

"그럼 여기 더 남아서 뭐 할래? 할 일 있어? 난 백수 먹여 살리는 취미는 없어, 야."

또다시, 할 말이 없어지게끔 만드는 논리였다. 알았다, 알았다고. 나도 테이블에서 일어났다. 연재는 호텔 파티룸을 잡았다나. 친구들과 하루를 묵고 목포로 내려갈 계획이라고 묻지도 않은 정보를 늘어놓았다. 목포에는 다정이 함께 가주기로 했단다. 손끝이 야무져서 이삿짐 풀고 집을 정리하는 데 적격이라고 했다.

"그럼 연재 씨랑 다정 씨는 오늘이 마지막이네요."

"아닌데요. 2년에 한 번씩 부를 건데 무슨."

2년에 한 번이면 제 부모님보다 많이 보는 것일 걸요? 다정이 대답했다. 저, 청주로 유학 오고 나서는 집에 거의 안

갔거든요. 두 번 갔나. 2년 후딱 가요, 라고 다정은 마치
노인네처럼 끝을 맺었다.

연재는 나를 안았다. 그 애의 배가 아직도 납작해서 나는
내가 잘못 들었던 걸까, 하고 잠시 궁금해졌다. 그러나 귀
신같이 영리한 젊은이는 내 품 안에서 속삭였다.

언니, 돌아가서 꼭 성공해요.
돈 많이 벌어요.
그래서 나 유모차 사줘요.

이 년이! 소스라치며 떼어냈더니 연재가 히죽히죽 웃었
다. 아. 나는 인정할 수밖에 없었다. 쟤는, 잘 살 거다. 아
주 잘 살 거다.

*

쫑파티에 가기 전 은빈과 함께 한국병원을 찾았다. 배
중숙 씨를 만나기 위해서였다. 효길 씨가 아직 그 옆을 지
키다가, 내가 도착하자 자리를 피해 주었다. 나는 이야기
를 나눈 후 효길 씨의 차를 타고 상당산성으로 향할 계획
이었다.

"아줌마…."

배중숙 씨의 입술이 거칠었다. 나는 죄인이 된 기분으로 고개를 푹 수그렸다. 집에 가려고 다시 챙겨 입은 패딩 때문에 목덜미에 땀이 송골송골 맺혔다. 뭐라고 할 말이 없어서, 괜히 주머니를 뒤적거리자 까맣게 잊고 있던 물건 하나가 나왔다. 립밤이었다.

"연재가 한 말이 진짜야?"

주머니 안에서 몇 달을 굴러다녀 로고가 닳아버린 립밤만 노려보고 있는 내게 배중숙 씨가 먼저 물었다. 진짜로, 아가씨 엄마도 배중숙이야?

"…네."

"그 여자는 어때, 잘 살고 있어?"

뜻밖의 질문이었기에, 고개를 들어 배중숙 씨의 얼굴을 바라보았다. 힘이 들었지만.

"궁금하네. 아가씨 이름도 엄주영이니까 아마 똑같은 남자랑 결혼해서 성씨 물려줬겠지. 어떻게 살았을까? 지금은 일 하나, 아니면 쉬나? 이왕이면 벌이도 괜찮았으면 좋겠네. 황혼이혼이라도 하게."

배중숙 씨는 엄용민 씨나 나에 대해 묻지 않았다. 오로지 또 다른 배중숙 씨에 대해서만 물었다.

솔직히, 그의 입이 열릴 때마다 다른 사람의 다른 삶에 대한 물음이 나올까 마음을 졸였고, 다시금 배중숙 씨에 대해 물으면 안심했다.

그것이 좋았다. 엄마가 자신에 대해서만 궁금해 하는 것이.

"요새 고민은 뭐래?"

"제가 결혼 안 하는 거요."

"미치겠네. 한쪽에선 두 번 해서 난리인데. 세상이 뭐 이리 불공평하다니?"

"저희 엄마 만나서 뭐라고 좀 해주세요."

"얘, 난 이제 나이 먹어서 거울 보는 것도 싫은데 나랑 똑같이 생긴 얼굴을 만나서 좋을 게 뭐가 있니."

"저희 엄마는 거울 많이 보시는데."

"그래?"

"네. 나름 외모에 자부심도 있으세요. 미인은 아니지만 동안이라고. 세상에 딸내미 옷 훔쳐 입어도 안 어색한 60대가 본인 말고 어디 있냐고."

"걔도 주책이네."

그러고는 잠시 말이 없다가, 내 팔뚝을 찰싹 소리나게 때렸다.

"귀띔이라도 해줬으면 어디가 덧나니, 응."

"아…."

"그래, 물론 미리 솔직하게 말했으면 다들 펄펄 뛰고 야

단났겠지. 결혼식 취소되고 나쁜 놈들은 잡혀가지도 않았겠지."

"죄송해요."

"이래도 정신 못 차리면 내 아들이 진짜 멍청한 거지, 응."

"정신 차릴 거예요. 저 닮았으면."

내가 못 살아. 중숙 씨는 그러더니 나더러 윽박질렀다. 왜 머리를 조아리니, 응? 이왕 저지른 거 당당해야지, 어? 결국 나 위해서 이런 거 아니니? 결국 우리 아들 좀 똑바로 살라고 이런 거 아니냐고?

"아가씨도 돌아가서 죄짓지 말고 착하게 살아. 안 그러면 아들더러 가서 복수하라고 할 거니까."

나는 고개를 주억거리고는, 립밤을 내밀었다. 저기 이거, 튜브형이라 입술에 안 대고 손으로만 바른 건데…. 입술이 너무 트셔 가지고. 한 번만 바르세요…. 진짜 더러운 거 아니고, 지금 이게 로고가 닳아서 오래되어 보이는데 사실 올해 초에 산 거라 오래된 것도 아니에요….

"됐어. 이제 그만 가."

립밤을 바르고 인사하는 배중숙 씨의 입술이 번드르르 빛났다. 나는 허리를 꾸벅 숙였다. 연락드릴게요, 라고 마지막 인사를 하고 싶었지만 왠지 목구멍이 꽉 막힌 것처럼 아무 소리도 나오지 않았다. 그래서 그냥, 두 걸음 걷다가 돌아서서 인사하고, 병실 문을 열다가 돌아서서 또 인사를 하고, 밖으로 나갔다가 다시 들어와서 진짜 진짜 마지막이라며 인사했다. 배중숙 씨는 세 번째 인사 때 나를 손짓해 부르더니 누군가 문병을 왔을 때 사왔을 초코파이를 손에 쥐여주었다. 그러고는 속삭였다. 이제 진짜 그만 가, 병실 사람들 다 쳐다본다. 그래서 나는 물었다.

"아줌마… 마지막인데… 제 전완근 만져 보실래요?"

초코파이를 손아귀에 꼭 쥐고 나와 효길 씨의 차에 올랐다. 정신을 차려보니 초코파이는 손안에서 다 으스러져 있었다. 그래서 나는 그걸 계속 주물럭거려 반죽처럼 만든 다음, 포장을 조금 뜯고 쭈욱 밀어올렸다. 어린 시절 은빈과 함께 초코파이를 그렇게 먹었었다. '똥'이라고 부르면서. 아줌마 이거 아세요? 초코파이 똥? 내가 묻자 효길 씨는 대답했다.

"은빈이가 그렇게 먹을 때마다 내가 지저분하다고 뭐라했는데, 어쩜 그렇게 똑같이 닮았니…."

*

콘서트가 끝난 후 '덕메'들과 밤새도록 달리고 아침에 내려왔다는 은빈은 눈이 퉁퉁 부은 채 청국장을 떠먹을 때마다 아저씨처럼 크어억, 하고 소리를 내질렀다. 대체 안주로 뭘 먹었기에 눈만 그렇게 부은 거야? 내가 묻자 그게 아니고, 엉엉 울었다고 했다.

"뭐?"

"아니, 그 왜, 내가 싫어하는 멤버 있잖아, 작년에 펑크 터뜨려서 자숙하느라 활동 쉰 애. 걔가 이번 콘서트에서부터 복귀였는데 말이 엄청 많았거든. 난 당연히 완전 싫어했고. 근데 콘서트 끝날 때 애기들이 막 울잖아. 그 새끼 때문에 죄 없는 내 아들내미가 우는 거야. 팬들 맘고생 시켰다고, 미안하다고 우는데 눈물이 안 나오냐고. 짜증나서 엉엉 울었지 뭐."

"허이고."

엄마 술 좀 천천히 먹어. 은빈이 막걸리를 항아리째 들이킬 기세였던 효길 씨의 손목을 붙들고 말리는 사이, 박병옥이 조금 늦게 도착했다. 손에 작은 케이크 상자를 들고 있었다.

"죄송합니다. 차가 막혀서."

목련공원 다녀오셨어요? 은빈의 물음에 박병옥이 고개를 끄덕였다. 목련공원. 휴일만 되면 진입로가 언제나 자동차로 꽉 차있는, 공동묘지였다.

"가서 청탁했지. 너 친 놈 찾았으니까 부디 죗값 제대로 받게 네가 하늘에서 힘 좀 써줘라, 라고."

"경사님 술 드실 거예요? 차는 어떻게 하고."

"대리 부를 거야. 얼마만의 낮술이야. 기분 좋게 마셔보게."

효길 씨와 박병옥은 초면이었는데, 막걸리를 두어 잔 걸치더니 금세 누님 아우 하며 호칭을 바꾸었다. 술꾼끼리는 어쩔 수 없다니까. 은빈이 대작하기 편하도록 자리를 옮겨주며 중얼거렸다. 그리고 나는 잠시 무서워졌다. 오늘 안에 제정신으로 엄마에게 돌아갈 수는 있을까?

모두 알딸딸하게 취했을 즈음, 박병옥이 사온 미니 케이크에 초를 꽂았다. 초를 몇 개 달라고 와야 할지 몰라 고민하다가, 내가 서른셋이니까 분홍색 세 개와 연두색 세 개를 챙겨왔다고 했다. 나는 그 초를 모아 한 군데 푹 꽂고는 불을 붙였다. 초가 횃불처럼 활활 타올랐다. 멋있어, 멋있어. 나는 핸드폰으로 사진을 찍었다. 불어서 끄는 데 시간이 꽤 걸렸다. 용이 된 기분이었다. 초가 꺼지자 박병옥은 칼로 케이크를 썩썩 네 조각으로 나누더니 각자의 앞접시에 덜어주었다. 이거 다 먹고 파하는 겁니다. 박병옥이 말했다. 나는 젓가락으로 촛농이 떨어진 부분을 도려냈다. 옆을 보니 이미 다시 머리꼭지까지 알콜 기운이 차오른 은빈은 촛농까지 씩씩하게 퍼먹고 있었다.

　"야, 촛농은 왜 먹냐." 앞접시를 빼앗아 아직 남아있는 촛농을 버려주었다. 은빈은 내 얼굴에 제 얼굴을 바짝 대더니 딴소리를 했다.

　"너 아까 촛불 불 때 입에서 막걸리 냄새 엄청 난 거 아냐."

　"어이없네. 너는 안 나는 줄 아냐? 얼굴 치워. 시뻘게져가지고서는."

　"너 근데 이렇게 마셔가지고 집엔 어떻게 가냐. 엄마한테 혼나는 거 아냐? 술 깨게 낮잠이라도 한숨 자고 가야 되는 거 아냐?"

　"장난하냐? 취한 건 너고. 난 간에 기별도 안 왔어 야."

　"너가, 어? 몇 달을 살았으면 도배는 아니어도 화장실 줄눈이라도 깨끗하게 다시 해주고 갈 줄 알았는데 너 솔직히 오늘 나올 때 방 청소도 안 했지? 배중숙 아줌마 만나야 된다고 급하게 나왔지? 안 봐도 비디오야 야. 방 들어가서 걸레질 한 번만 싹 하면 네 머리카락 우수수 나올 걸."

　"아 씨, 야. 지랄맞은 상사도 퇴사할 땐 축하하면서 행운 빌어주는 게 인지상정인 세상이야. 가는 마당에 곱게 좀 보내주지 왜 자꾸 지랄이세요 경찰관 님."

　입에 케이크를 집어넣던 박병옥이 말했다. 야 은빈아. 고맙고 즐거웠다, 보고 싶을 거다, 잊지 말고 쌩까지 말고 꼭 놀러 와라, 그렇게 말하면 되는 거야. 따라해봐. 고맙고, 즐거웠다! 사랑한다!

은빈은 한 문장도 따라하지 못하고 이마를 테이블에 묻은 채 이미 부은 눈에서 또 눈물을 주룩주룩 흘렸다. 그래서 그만 나도 울고 말았다. 울면서 우리 둘은 똑같은 외마디 비명을 이렇게 질렀다. 씨발 쪽팔려 진짜!

은빈의 손이 내 팔뚝을 사정없이 주물렀다.

00.5

엄마는 눈을 느리게 꿈벅이고 있다가, 신발을 벗고 들어
오는 나를 보자마자 벌떡 몸을 일으키려 했다. 그러나 너무
오래 앉아있었는지 다리가 저린 모양이었다. 아구구, 소리
를 내길래 나는 종종 뛰어갔다. 아니 왜 호들갑이야. 그냥
앉아있어. 다시 주저앉은 엄마의 입가에 채 넘기지 못한 나
물 줄기가 매달려 있었다. 호로록, 소리를 내며 엄마가 나
물 줄기를 빨아들였다. 그러더니 손을 뻗어 내 몸을 이리저
리 더듬었다.

"뭐야, 왜 이래."

"팔다리 두 개씩에 손가락 열 개네. 몸 성히 잘 왔네, 내
딸."

"뭔 소리야, 화장실 다녀온 사람한테."

"아니, 엄마가. 꿈인지 뭔지 하여간 이상한 걸 꿔서….."

"대박. 나 화장실 간 새에 뻗은 거야? 겨우 이거 마시고? 엄마 이제 밖에서 술 마시면 큰일 나겠다. 절대 안 돼. 이제. 집에서만 마셔야겠다."

"그러게, 내가 나이가 든 거야, 이렇게…. 세상에 뭐 그리 생생한 꿈이 다 있다니."

"엄마는 꿈을 너무 믿는 경향이 있어. 그거 그냥 무의식의 발현이에요, 아줌마. 예지몽, 계시, 이런 거 아니라고. 미신 좀 그만 믿어."

"그래, 맞다, 맞아. 오랜만에 낮술을 마셨더니 별 희한한 꿈을 다 꾸더라."

계산은 내가 했다. 내 카드가 제대로 긁히는 걸 두 눈으로 똑똑히 확인하고 싶었다. 결제 완료 문자가 오자 감격해 온몸이 터질 지경이었다. 음식점을 나와서는 엄마와 데굴데굴 굴러 버스정류장까지 내려갔다. 그림자가 길어지는 중이었고, 버스를 기다리는 남자 중학생 무리는 연신 씨-이발-을 내뱉으며 낄낄거리는 소리를 내고 있었다. 버스 시간이 너무 오래 남아서, 나는 아이스크림으로 해장하자고 엄마를 매점으로 끌고 갔다.

나는 빵빠레를, 엄마는 뽕따를 골랐다. 엄마가 뽕따를 똑 따더니 대가리를 먹으라며 건네주었다. 매점 앞에 있는 테이블에 앉아 각자 손에 든 아이스크림에 열중했다. 그러다가, 나는, 퍼뜩 꼭 물어야지, 했던 질문을 떠올렸다.

"엄마."

"응?"

"혹시, 내가 어렸을 때 뭐 크게 잘못한 거 있어?"

"응?"

"그런데 엄마가, 내 딸은 그럴 리 없지, 하면서 빤히 보이는 증거를 덮어두고 스스로 부인한 적 있어?"

"왜 갑자기 그런 얘길 해?"

"아니, 그냥. 궁금했어."

엄마는 뽕따를 손으로 주물주물 녹였다. 한참 대답이 없더니, 그랬다.

"기억이 안 나네."

"있었단 말이구만."

"아니, 진짜로 나이 먹어서 기억이 안 나. 네가 뭐 학교에서 말썽 피우는 성격도 아니었고."

그러더니 덧붙였다.

"친구랑 싸운 적은 있었지. 걔 이름이 뭐더라. 엄청 친한 친구였는데. 네가 울면서 들어와서 내가 무슨 일이냐고 물었더니 네가 이런저런 얘기를 했어. 그런데 내 딸을 내가 모르겠니, 네가 거짓말하는 거, 숨기는 거. 너 유리한 쪽으로만 얘기하는구나 싶긴 했어. 그래도 친구랑 절교했다고 울고 있는데 거기서 어떻게 더 추궁을 하고 그러니? *그러니까 그냥 토닥토닥 하고 넘어갔지.*"

"…그게 다야?"

"몰라, 진짜 기억 안 나."

"그럼 이제부턴 그러지 마."

"뭔, 쌩뚱맞은 소리야."

"내가 잘못하는 거 같으면 잘못하는 거 같다고 따끔하게 얘길 해달라고."

"지금 잘못하는 거 있어."

"헐, 뭐."

"저거 갑자기 어디서 난 거야. 엄마한테 왜 얘기 안 해줘."

라켓과 탁구화가 든 쇼핑백이었다. 이런 젠장. 나는 질끈 감았다. 아직 버스 시간은 한 시간이나 남아있었다. 그 와중에, 엄마의 눈에서 탐욕이 방울방울 떨어지고 있어 우스웠다. 배중숙 씨의 선물 고르는 안목이 탁월했던 게 분명했다.

"사실 있지."

"어."

"중고거래 했어."

"어?"

"여기서 직거래했다고. 나 탁구 다시 치고 싶어서 당근마 켓 뒤졌는데 새 라켓이랑 탁구화 판단 사람이 아니 진짜, 놀랍게도 바로 지금 상당산성이라네? 그래서 얼른 나가서 직거래 후딱 하고 왔다고. 엄마한테 말하면 꼬치꼬치 캐묻 고, 돈 주고, 그럴까 봐 말 안 하고 갔다 온 거야."

"탁구 다시 친다고?"

"어. 그런다고."

"아이고 내 딸⋯."

"응, 울지 말고 뒷말은 생략해, 오글거리면 다시 맘 바꾸 는 수가 있어."

"엄마가 신통력이 있다고 했지. 엄마 꿈은 다 맞는다니 까!"

"아, 미신 좀 그만 믿으라고!"

＊

이 세계에선 빈집이 하나 더 많았고, 비닐하우스도 하나 있었다. 나는 박병옥에게서 넘겨받은 영상을 적절히 편집하 고 내가 몰래 추가로 찍은 두 군데의 영상을 추가했다. 어 차피 다 모자이크 처리된 영상이라서 재활용이 가능하겠지 싶었다. 〈그때 그 사건〉 측에선 별로 자극적이지도 않고 심지어 수도권이 아니라 조그만 지방 소도시 이야기라며 다루지 않으려 했다. 화딱지가 나서, 다른 곳에 팔아버렸다. 그곳에서 내 영상을 가지고 탐문 프로그램을 꾸렸는데 방송의 신이 뿌려주는 요정 가루라도 맞았는지 뜻밖에도 그 프로가 대박이 났다. 〈그때 그 사건〉의 피디가 펄펄 뛰었지만 어쩔 수 없었다. 사실 그 꼬라지를 예상해서 미리 품에 사표를 넣고 다녔었다.

퇴사한 다음 날 11시쯤 느지막이 잠에서 깨었다. 너무 많이 자서 허리가 아팠지만 딱 12시까지만 놀자, 라고 생각하며 핸드폰을 들었다. 트위터의 인기 트렌드를 보는데 은빈이 좋아하던 바로 그 아이돌 그룹의 이름이 보였다. 어? 그걸 클릭하자 콘서트 공지가 떴다며 흥분하는 팬들이 올린 트윗이 가득했다.

"얘네가 이 세계에도 있었구나. 그런데 얘네 6인조 아니었나… 왜 다섯 명이지."

몇 달을 같이 살며 은빈에게 하도 영업을 당했기에 멤버 구성도 대충 알고 있었다. 손가락을 꼽으며 한 명씩 제했다. 얘는 은빈의 최애. 얘는 은빈의 최애랑 가장 친하다는 멤버. 얘를 은빈의 최애랑 같이 메인보컬인 멤버. 얘는 은빈의 최애랑 룸메이트라는 멤버. 얘는 은빈의 최애랑 생년

월일이 똑같다는 운명의 멤버. 그럼 누가 없는 거지……

"와, 대박."

은빈이 유일하게 싫어하는, 매일 자기 최애에게 대놓고 면박을 준다는, '병크'를 터뜨렸다는 그 멤버만 없었다. 급하게 인터넷을 뒤져보았다. 그 멤버는 처음부터 이 그룹에 없었다. 내 세계에선 처음부터 5인조였다.

"대박 사건."

티켓팅이 언제야? 갑자기 손가락이 근질근질했다. 저번의 그 두렵도록 엄청난 실력이 과연 초심자의 행운이었을까? 확인해볼 차례였다. 딱 앞자리 뽑아준 다음 불러와야지. 아마 여기서 눌러 살며 팬질하고 싶어 죽을 걸? 12시까지 누워 있겠단 다짐을 잊어버리곤 나도 모르게 벌떡 일어났다. 가슴이 벌떡벌떡 뛰었다.

얼른 그 애의 손을 잡고, 여자화장실 세 번째 칸에 함께 들어가 웃어보고 싶었다.

1004

야 나 최은빈. 주말이라 데이트한다고 바쁘냐? 전화 안 받아서 음성메시지 남겨. 야, 근데 요 앞에 공중전화 왜 없어졌냐? 덕분에 공중전화 찾느라 산성 한 바퀴 돌 뻔했잖아. 어쨌든 그게 중요한 게 아니고. 큰일 났어 대박 사건이야. 연재한테 들이대는 남자 생겼대. 해양대 동기이고 심지어 세 살 연하랴. 애엄마라고 해도 신경도 안 쓰고 들이댄대. 어떻게 알았는지 알아? 연재 딸내미가 나한테 전화해서 말해줬어. 지가 봐도 그 삼촌은 잘 생겼댜, 미치고 팔딱 뛰겠어 진짜. 그래도 딸내미라 의리가 있는지, 아빠가 훨 좋대. 그 삼촌은 잘생기긴 했는데 눈빛이 썩었다나. 엄마는 관심 없는 것 같은데 그 삼촌이 자꾸 들이대고 자기한테도 점수 따려고 찾아오고 그래서 짜증난대. 아빠는 이제 막 알

앉는데 자신감이 없어서 슬퍼하기만 하고 있대. 아니 걔는 이제 겨우 여섯 살이면서 어쩜 이렇게 말을 청산유수로 하지? 아무래도 연재가 천재를 낳았는가 봐. 어쨌든, 그래서 우리가 좀 모여서 진상규명을 해야 할 것 같다. 어차피 재계약 시즌도 되었는데. 나머지 사람들은 5월 셋째 주 빼고는 주말 싹 비어있어. 메시지 들으면 연락 줘라. 데이트 잘하고. 나 그럼 다시 화장실 간다. 빠이.

작가의 말

밝은세상의 김민희 님, 나예은 님과 만나 어떤 이야기를 쓸지 정하고 돌아가던 버스 안에서 어찌나 신이 났는지를 나의 얕은 문장력으로는, 혹은 욕설을 안 섞은 반듯한 무드로는 도저히 설명할 수가 없다.

내가 오랫동안 해오던 상상—내가 남자로 태어났다면 과연?—을, 내가 자란 동네를 배경으로 펼칠 수 있다니! 이거 완전 신나잖아!

그러고는 이 소설을 쓰던 매일매일을 훼까닥 돌아버린 각성 상태로 보냈다. 약간, 뭐랄까… 무아지경인 상태로 사람들의 다리 사이를 하염없이 뛰어다니는 견공… 혹은 간달프의 섀도팩스…처럼 정신 못 차리고 키보드를 두드렸던 기억이다.

그러므로 〈너와 막걸리를 마신다면〉은 헬렐레, 하며 아무 생각도 없이 무책임하게 미팅 현장에 도착했던 내게서 이야기의 씨앗을 이끌어낸 두 분이 다 만든 것이나 다름이 없다. 그분들이 없었다면 씨앗은 움트지 못한 채로 영원히 파묻혔을 터이다.

이 소설을 쓰는 내내 복작복작한 하숙집 주인장이 된 기분이었다. 빨빨거리며 저마다의 몫을 하고 돌아와서는 뜨거운 물로 샤워를 마친 후 한 식탁에 모여 저녁을 먹는 이들의 이야기를 듣고 받아 적는 느낌. 이제 그들은 모두 저마다의 길을 걷기 위해 인사하며 떠났고, 나는 혼자 빈방을 청소하며 아주 가끔 올, 혹은 오지 않을 연락을 넌지시 기대하곤 한다. 주스병 세트라도 사서 오면 아주 최선을 다해 귀여워해줄 테다.

주의. 아래 문단에는 스포일러가 있다.

나 자신은 살면서 결혼이란 제도에 편입될 가능성이 0에

수렴한다고 생각하지만, 다른 이의 결혼식에 가서는 언제나 진심을 다해 행복을 빌어준다. 설재인이란 사람은 두려워서, 싸우고 용서하고 용서받고 다시 마주 보며 껴안을 자신이 전혀 없어서 가지 않는 길을 선택한 타인의 용기에 대한 예의랄까. 혹은 나와 달리 사랑을 이루는, 가정을 꾸리는 것이 인생의 최우선 가치인 이들에 대한 존중의 표현일 수도 있다. 실은, 심연재와 엄주영을 이어줄지 말지를 꿈에서도 고민했다(아마 이 소설을 쓰면서 가장 오래 주저한 부분일 것이다). 그러나 나는 많은 허들에도 불구하고 사랑을 동력으로 삼아 달리는 연재의 마음을 굳이 짓밟고 싶지 않았다. 연재의 현재와 미래를 최대한 아껴주고 싶었다. 또한, 엄주영이란 사람이 더 나은 누군가로 발전할 수 있을 가능성을 배제하고 싶지도 않았다.

…나 따위가 뭐라고.

나나 잘해야 하는데….

낙가산과 것대산을 굽이굽이 넘나들던 후 청국장을 곁들여 막걸리를 콸콸 마시던 첫 장면은 실제 우리 모녀의 경험이다.

그러므로 소파에 누워 뒹굴던 딸의 몸뚱이를 막무가내로 일으켜 산에 질질 끌고 갔던 엄마에게 가장 큰 감사를 보낸다.

추천사

〈너와 막걸리를 마신다면〉의 주인공 엄주영은 얼떨결에 평행 세계 속에 빠져듭니다. 이 세계는 현실과 매우 흡사하지만 몇몇 세부 지점에서 차이가 납니다. 가장 핵심적인 차이는 그 세계에 살아가는 엄주영의 성별이 반대라는 겁니다. 그는 남자입니다. 사회가 형성한 남성성 중에서도 부정적인 특성은 죄다 가진 듯한 남자지요. 그런데 그 문제 많은 남자가 결혼을 한다는 겁니다.

엄주영은 대단히 능동적이고 대담한 인물인데요. 그는 이 비현실의 원인을 사유하거나 원래 세계로 돌아갈 방법을 찾는 데 시간을 낭비하지 않습니다. 대신에 엄주영은 남자 엄주영 때문에 더 많은 여성들의 인생이 불행해지는 것을 막으려고 시도합니다. 이 소설은 그 과정 중에 펼쳐지는 하나의 모험담이고, 엄주영 자신의 성장 이야기이기도 합니다.

이 이야기는 잘 쓰인 다른 장르소설들이 그렇듯 좋은 사고 실험입니다. 두 엄주영은 가혹한 가정폭력의 목격자이자 피해자이며, 같은 트라우마를 공유합니다. 같은 환경에서 자라났는데도, 여자 엄주영은 구원자가 되고 남자 엄주영은 망나니가 됩니다. 사회가 여성에게 가하는 그 수많은 억압이 그런 결과를 낳았겠지요. 설재인 작가님은 이야기 전반에서 그 억압을 효율적으로 묘사하는 데 성공했습니다.

자신의 삶에 그토록 커다란 비현실이 틈입했는데도, 여자 엄주영이 앞뒤 안 가리고 뛰어드는 이유에 대해 생각해 보게 됩니다. 그 본질이 선량하고 다정하기 때문이겠지만, 그 이유 하나가 다는 아닌 것 같습니다. 엄주영은 이 억압이 재생산되는 걸 견딜 수가 없기에 싸웁니다. 아름다운 의도입니다만, 모든 여성들이 영웅이 될 수는 없고 그래서도 안 되겠죠. 궁극적으로는 여성에게 가해지는 억압과 부정적인 남성성이 일소된 사회, 엄주영 같은 영웅이 필요하지 않은 사회가 도래해야 할 겁니다. 그래서 결말을 해피 엔딩으로 봉합한 작가님

의 선택에 응원을 보냅니다. 남자 엄주영이 정신을 차리기를
바랍니다.

장르적 즐거움과 사회적 메시지를 둘 다 잡는 데 성공한 훌
륭한 소설이었습니다. 제가 이 소설을 독자님들께 추천할 수
있어 기쁩니다.

심너울